Buch

»Ein Feuer brennt das andere nieder, ein Schmerz kann eines anderen Qualen mildern« – Hervé Bazin entlehnt den Titel dieses Buches Shakespeares Drama *Romeo und Julia*. Der Roman erzählt die tragische Geschichte einer leidenschaftlichen Liebe zwischen dem 37jährigen Atheisten Manuel Alcovar, Senator einer südamerikanischen Volksregierung, und der 22jährigen gläubigen Katholikin Maria Pacheco. Die Beziehung der beiden aus »verfeindeten Häusern« stammenden Menschen – ebenfalls ein Motiv aus Shakespeares Drama – ist vom Zufall oder der Vorsehung geknüpft. Anläßlich der Hochzeit ihrer Halbschwester Carmen führt Maria Manuel in ihre Familie ein. Während der kirchlichen Trauung werden sie vom Putsch des Militärs überrascht. Der Versuch, in der französischen Botschaft Zuflucht zu finden, mißlingt; aber der französische Kulturattaché kann sie auf dem Dachboden seines Hauses verstecken. In den 26 Tagen, die Maria und Manuel in der qualvollen Enge dieses Asyls verbringen, reißt ihre Liebe alle äußeren und inneren Schranken nieder. Manuel wird von der Junta steckbrieflich gesucht, ihm droht die Todesstrafe. »Zwei weniger eins, das macht in der Liebe null«, sagt Maria. Sie ist bereit, mit Manuel zu sterben.

Autor

Hervé Bazin, Jahrgang 1911, gehört zu den erfolgreichsten französischen Schriftstellern nach dem Zweiten Weltkrieg. Seine Werke erreichten Millionenauflagen und wurden in 28 Sprachen übersetzt. Hervé Bazin ist Mitglied der Académie Française und Präsident der Académie Goncourt.

HERVÉ BAZIN

Ein Feuer brennt das andere nieder

Roman

Deutsche
Erstveröffentlichung

GOLDMANN VERLAG

Aus dem Französischen von Martin Schulte
Titel der Originalausgabe: Un feu dévore un autre feu
Originalverlag: Editions du Seuil

Made in Germany · 2/87 · 1. Auflage

Umschlaggestaltung: Design Team München
Umschlagfoto: Design Team München
Satz: IBV Satz- und Datentechnik GmbH, Berlin
Druck: Elsnerdruck, Berlin
Verlagsnummer: 8625
Lektorat: Ria Schulte/UK
Herstellung: Gisela Ernst
ISBN 3-442-08625-6

Das Blut, Kreon, muß dem Purpur Sicherheit geben. Ob es um einen Mann und eine Frau geht, ob es sich um meine Länder handelt: Wenn sie gegen mich glücklich sein wollen, Verderben über ihr Glück!

MENANDER

Die Leidenschaften vergehen. Wenn es unsterbliche gibt: Welche Farce! Eine Tragödie verkürzt sie und zwängt sie so in einen zeitlich verkürzten Rahmen.

NIMIER

Ein Feuer brennt das andere nieder.

SHAKESPEARE, *Romeo und Julia*

1

Also wirklich, ob das der richtige Augenblick ist? Die Kämpfe toben, und Maria betet. Vermutlich ist sie die einzige in dieser Kirche, die innerlich ganz gesammelt ist. Manuel weiß nicht recht, ob er den Kopf schütteln oder sich ärgern soll. Ein Mädchen, das für ihn betet, also an ihn denkt, wenn er abwesend ist, hat irgendwie etwas Rührendes, wenn es auch provozierend ist. Aber ein Mädchen, das für ihn betet, wenn es an seiner Seite ist, was soll man davon halten? Welches Illusionsbedürfnis kann es in diesem Fall geben? Für Manuel liegt etwas Unbegreifliches, Frustrierendes darin, so als ob seine Gegenwart zugunsten einer anderen aufgehoben würde, die *eine Brücke bilden* soll (das ist Marias Ausdruck) zwischen zwei Wesen, die im Augenblick gar nichts trennt. Es liegt darin eine Herausforderung, die diesen Eindruck einer geistigen Mesalliance wiedererwekken könnte, den überwunden zu haben er nicht immer ganz überzeugt ist. Richtiger würde man wohl von Feindseligkeit sprechen, die übrigens, was er noch vor kurzer Zeit nicht geglaubt hätte, die Leidenschaft nicht nur zu tolerieren, sondern sogar zu steigern vermag. Sein altes Argument brennt ihm wieder auf der Zunge: Eines ist sicher, Maria: Wenn Gott existierte, könnte er nur Gerechtigkeit sein; er könnte keinem etwas anderes gewähren als sein Recht; er müßte jedes Gebet, jede Bestechung zurückweisen, weil sie der Ordnung seiner Welt widersprächen.

Nun ja, zum Philosophieren ist das wohl auch nicht der Augenblick. Maria ist heute von einer aparten Schönheit, in diesem Kleid aus grüner Seide, auf das ihr erstaunliches kupferfarbenes Haar fällt. Kann er ihr böse sein, daß sie die Gelegenheit genutzt hat, um ihren Angehörigen den Mann vorzustellen, mit dem sie, vielleicht, dem Beispiel ihrer Stiefschwester folgen wird? Kann er ihr dieses öffentliche Bekenntnis verübeln, das sie einen so harten Kampf gekostet hat, mit der eigenen Zurückhaltung ebenso wie mit der ihres Gastes? Und es gehörte eine Menge Mut dazu, sich öffentlich zu ihm zu bekennen, der vielen von diesen Leuten so verhaßt ist. Wie könnte er ihr die Freude verargen, die sie so offen zur Schau trägt, ungeachtet der widrigen Umstände. Wenn Manuel sich unbehaglich fühlt, so weiß er sehr genau, warum: Er macht sich selbst Vorwürfe. Wenn er seine Ungeduld kaum bezähmen kann, dann deshalb, weil er sich schuldig fühlt: der Abwesenheit, der Nutzlosigkeit, des privaten Glücks.

Unmöglich, die Kampfgeräusche, ob nah oder fern, zu deuten. Unmöglich, von dieser Kirche aus, in der sich die Echos überlagern, verstärken, zu erraten, auf was, auf wen man schießt, und sogar nur, wo sich das abspielt. In manchen Augenblicken scheint es im Zentrum der Stadt zu sein, in anderen wieder mehr im Westen, in Richtung der Vororte. Aber selbst wer gegen wen kämpft, ist unklar. Ist die ganze Armee dabei, das Volk in die Knie zu zwingen? Oder kämpfen aufständische Regimenter gegen regierungstreue Einheiten? Auf einzelne Gewehrsalven antworten lange Feuerstöße automatischer Waffen, die sich in einer Art dumpfen Rollens verlieren; und die Flugzeuge, die die Kirche immer wieder im Tiefflug überfliegen, ersticken mit ihrem donnernden Getöse die Stimme des Priesters, der seine Predigt jedesmal unterbrechen muß. Die gefalteten Hände ringend, den Kopf nach links, den Kopf nach rechts drehend, als befürchte er, das Heiligtum könne gleich von Plünderern geschändet werden, so steht er da, der kleine dicke Padre, und wischt sich die feuchte Stirn, gibt schließlich auf.

»Ich muß zum Ende kommen, meine Kinder. Ich wünsche euch und euren Familien, daß ihr in Frieden und Eintracht leben möget, einer Eintracht, für die unser unglückliches Land in diesen schweren Stunden nicht gerade ein Beispiel gibt...«

Er wird von einer gewaltigen Detonation unterbrochen, zuckt zusammen, aus seinem von der Kupferrose geröteten Gesicht entweicht das Blut, läßt nur je einen violetten Fleck auf den beiden Wangenknochen zurück. In der Nähe ist eine Bombe explodiert oder ein Haus in die Luft gejagt worden. Man hört Glas zerspringen, und der große Lüster über der Mitte des Raums schwingt mit klirrendem Gehänge an seinem Seil. Alle Anwesenden drehen plötzlich die Köpfe; Lila, eine Cousine der Braut, hat einen Schrei nicht unterdrücken können, sie zittert, krallt sich an ihren Betstuhl, sie tritt, leichenblaß, beschämt über das Mißgeschick, das ihr passiert ist, in den Mittelgang hinaus; sie deutet, dem Altar zugewandt, vage eine Kniebeuge an; sie flüchtet auf Zehenspitzen aus der Kirche.

»Man hätte die Zeremonie verschieben sollen«, flüstert Manuel, als eine kurze Feuerpause eintritt.

Maria schrickt zusammen, dann, auf die Erde zurückkehrend, legt sie eine Hand auf die Manuels, die den Betstuhl umklammert. »Unmöglich«, murmelt sie. »Die Hälfte der Familie ist aus der Provinz angereist.«

Wenn ich gewußt hätte – heute morgen, sagt Manuel zu sich selbst.

Wenn er gewußt hätte, wenn er nicht erst um Mitternacht ins Bett gekommen, wenn er nicht so spät aufgewacht wäre, wenn er diesen Tag nicht für Maria reserviert hätte, wenn er nicht allein wohnte, wenn er Radio gehört hätte, dann wäre er sicher nicht gekommen; er wäre nicht hier in einer Kirche, das erstemal, seit er das Waisenhaus verlassen hat, um diese lächerliche Rolle inmitten einer Hochzeitsgesellschaft zu spielen, während sich draußen unerwartet eine blutige Auseinandersetzung entwickelt hat, von der auch sein Schicksal abhängt. Um sich herum sieht er nur ängstliche oder höhnisch triumphierende Gesichter. Diese Garcia und diese Pacheco, diese Leute, von denen er knapp ein Dutzend mit Namen kennt, er ist ihnen begegnet, er hat zu ihnen gesprochen, zu Tausenden ihresgleichen, bei den Versammlungen, wo sie ihm zujubelten oder ihn niederschrien. Das, was sich draußen abspielt, das spielt sich auch hier drinnen ab, im Schoß der beiden Clans, die im Begriff sind, sich zu vereinigen. Manuel sieht es deutlich: Während diejenigen die Augen niederschlagen, die ihn gestern dekorativ fanden und ihn heute für kompromittierend halten, starren ihn die anderen mit unverhohlenem Haß an.

Mittlerweile hat der Padre mit der Lesung des ersten der Texte begonnen, die die Brautleute selbst ausgewählt haben, um der Zeremonie eine »persönliche Note« zu geben. Es ist ein Auszug aus dem *Hohen Lied,* den er *recto tono* wie ein Communiqué rezitiert:

»Da ist die Stimme meines Freundes! Siehe, er kommt und hüpft über die Berge und springt über die Hügel...«

Ein erneutes Abflauen des Gefechtslärms erlaubt ihm, den Text bis zum Ende zu verlesen, unter allgemeiner Unaufmerksamkeit. Von den etwa hundert Verwandten und Freunden, die Einladungskarten bekommen haben, fehlt mehr als die Hälfte. Und die, die gekommen sind, haben ihre Plätze nicht zufällig gewählt. Gewiß, auf beiden Seiten des Kirchenschiffs findet man die gleichen kleinbürgerlichen Typen, Angestellte und Handwerker; aber während die einen bieder ihre Sonntagskleidung tragen, stellen die anderen ein gewisses Bemühen um Eleganz zur Schau, in einer hochnäsigen Art, die den Geschäftsinhaber herauskehrt. Das Kurioseste indessen ist, wie jeder so tut, als folge er aufmerksam der Zeremonie am Altar, sich genauso verhält wie sein Nachbar, dabei aber gleichzeitig begierig den Nachrichten lauscht, die im Flüsterton weitergegeben werden und die aus den Transistorgeräten kommen, die einige mitgebracht haben. Die Schnur, die vom Ohr Onkel Josés herabhängt, würde man sicher für die eines Hörgeräts halten, wenn seine Lippen sich nicht bewegten, Elena zugewandt, die sich bald eng an ihn lehnt, bald sich zu Tante Beatriz hinüberbeugt, die ein ebenso auffälliges Benehmen zeigt, sobald sie informiert ist. Nur Arturo, der Lastwagenbesitzer, dessen Gesicht sich zusehends aufheitert, versteckt sein Gerät nicht; er preßt es mit dem Ellbogen an sich und dreht ständig am Suchknopf, um ja keine Nachricht zu versäumen. Er gibt Zeichen, grinst in selbstgefälliger Zufriedenheit.

»Und am dritten Tage war eine Hochzeit zu Kana in Galiläa, und die Mutter Jesu war dabei. Jesus aber und seine Jünger waren auch zur Hochzeit geladen«, liest der Padre jetzt aus dem Evangelium nach Johannes. Er kann das Zittern seiner Hände nicht unterdrücken.

»Die anständigen Bürger sollen ihre Häuser beflaggen! Und die anderen warnen wir: Für jeden getöteten Soldaten werden wir fünf von ihnen erschießen!« deklamiert der Transistor von Arturo, der den falschen Knopf erwischt und ohne es zu wollen den Ton lauter gestellt hat.

Der Padre unterbricht die Lesung, blickt den Schuldigen scharf an und schüttelt den Kopf. Arturo wölbt den Brustkorb, starrt fromm geradeaus, bläst die Backen auf, die, obwohl frisch rasiert, einen bläulichen Schimmer zeigen. Die Lesung geht weiter:

»Und als der Wein ausging...«

Niemand versteht die folgenden Worte, die in einem ohrenbetäubenden Lärm untergehen. Das schwere Maschinengewehr ist in Aktion getreten, wird von der Kanone übertönt, die auf kürzeste Entfernung schießen muß, denn zwischen Abschußknall und Detonation der Granate liegt nur der Bruchteil einer Sekunde. Ein sich verstärkendes Getöse von Schreien, berstendem Mauerwerk, schepperndem Eisen und erneut ein Hagel von Glas. Es hagelt sogar im Kirchenschiff, das eine verirrte Kugel von einem Fenster zum anderen durchquert hat. Ein purpurfarbener Splitter – ein Stück vom Gewand des heiligen Petrus – ist Alfonso, dem Bruder Arturos, vor die

Füße gefallen. Er hebt ihn auf, prüft ihn, läßt ihn von Hand zu Hand gehen. Die Männer versuchen, unbeeindruckt auszusehen, die Frauen tuscheln erregt, blicken zum Gewölbe hoch, die zitternden Hände auf die Schultern ihrer Männer gelegt.

»Das geht nicht so weiter, das wird gefährlich«, ruft Mireya, die lange, dürre Frau Alfonsos.

»Die Armee warnt seit einer Stunde dauernd: Kehrt in eure Wohnungen zurück, wir garantieren für nichts und niemand«, fügt Alfonso hinzu.

»Erst muß man mal wissen, wie man dorthin kommen kann! Die Straße wird weniger sicher sein als die Kirche«, wirft Arturo, ebenfalls mit lauter Stimme, ein.

Ohne abzuwarten packt Mireya ihre beiden Töchter, deren gleiche schwarze Haare über die gleichen rosa Kleidchen fließen, zieht sie hinter sich her durch das Seitenschiff, in einem dreifachen Rascheln von Seide. Alfonso und sein Bruder sehen sich unschlüssig an, dann folgen sie ihnen, ebenso wie zwei Cousinen, die nicht versäumen, den Zeigefinger ins Weihwasserbecken zu tauchen, das am letzten Pfeiler angebracht ist, und sich mechanisch zu bekreuzigen. Aber kaum ist die Kirchentür geöffnet, wird sie heftig wieder zugeschlagen. Einen Augenblick lang war das Rasseln der Raupenketten, das Fauchen von Motoren und das Brüllen unverständlicher Befehle über Megaphone zu hören. Die Gruppe weicht zurück, zögert kurz, dann nimmt jeder wieder seinen Platz ein. Die Panik ist mit knapper Not vermieden, und die Brautleute, die schon fast resignierten, die bei ihren unentschlossenen Eltern Rat suchten, nehmen wieder vor dem Altar Aufstellung. Eine Sirene heult irgendwo. Ist es möglich, daß Feuerwehrleute den Auftrag haben, die Brände zu löschen, sobald die Bomben sie entzündet haben? Der Padre beginnt von neuem mit müder Stimme:

»Jorge und Carmen, ihr habt das Wort Gottes vernommen, das den Menschen den Sinn der Liebe geoffenbart hat. Ihr wollt miteinander den Bund der Ehe schließen. Ist es euer freier und...«

Das Geschützfeuer wird stärker, die Explosionen reißen nicht ab; die Flugzeuge fliegen pausenlos über die Kirche hinweg, ihre Angriffswellen lassen das Gebäude erzittern; schwere Panzer rasseln vorbei. Niemand versteht etwas von dem Gestammel Jorges und Carmens, die ängstliche Blicke auf das durchlöcherte Fenster werfen, dann sich wieder zusammennehmen, um auf die Frage des Priesters zu antworten. Eine Taubstummenhochzeit! Wenn die Zeremonie weitergehen kann, dann deshalb, weil jeder ein Heftchen mit dem liturgischen Text zur Hand hat. Fragen und Antworten kämpfen vergeblich gegen Phonstärken, folgen einander nach Augenmaß. Ein Satz dringt trotzdem durch, den der Padre besonders laut gesprochen hat:

»Und jetzt, vor dem Angesichte Gottes, gebt einander das Jawort.«

Aber das *Carmen, willst du meine Frau sein?* und das *Jorge, willst du mein Mann sein?* lassen sich nur wieder aus der Bewegung der Lippen erraten, ebenso wie die beiden rituellen *Ja.* Die Gelöbnisse, die folgen, sind nur an der Bewegung der Hände zu erkennen, die vor Nervosität so zittern, daß Jorge und Carmen die größten Schwierigkeiten haben, einander den Ring über den Finger zu streifen. José hat soeben den Hörknopf aus dem Ohr genommen, mit einer Geste der Ohnmacht. Manuel wird sich bewußt, wie verzweifelt die Lage sein muß.

Wenn die Freunde von José, die auch die seinen sind, aufgehört haben zu senden, wenn ihre Rundfunkstation verstummt ist, dann heißt das, daß der Gegner sich ihrer bemächtigt hat. Es genügt, Arturo anzusehen, um die Bestätigung zu haben. Sein Transistorgerät hält er jetzt an die Wange gepreßt, er jubiliert schamlos, er hebt triumphierend einen Daumen. Manuel, der keine Möglichkeit sieht, sich auf andere Weise zu verständigen, so stark ist der Lärm, zieht sein Notizbuch aus der Tasche, kritzelt mit dem Miniaturbleistift auf die erste freie Seite:

»Maria, die Situation wird bedenklich. Mein Platz ist nicht hier.«

Sein Gesicht wird rot vor Scham. Wenn sein Platz nicht in dieser Kirche ist, worauf wartet er dann noch, warum ist er nicht längst fortgegangen? Warum fragt er ein Mädchen nach seiner Meinung, das ihn auf jeden Fall zurückhalten wird?

Sie betet wieder, mit geschlossenen Augen, und er glaubt zu wissen, er kann sich vorstellen, was sie sagt: *Alle Liebe kommt von dir, o Herr. Wenn ich mich darüber wundere, daß ich diesen Mann liebe, der von dir nichts wissen will, so kann ich mir doch nicht etwas vorwerfen, was auch ein Vorwurf gegen dich wäre. In diesen tragischen Stunden empfehle ich ihn dir, o Herr...* Manuel, der sein Notizbuch immer noch geöffnet vor sich hält, fühlt sich erneut von dieser zärtlichen Feindseligkeit ergriffen, die ihn jedesmal aus der Fassung bringt. Maria hat nie gesagt: *Ich bitte Gott, daß er Sie erleuchtet.* Er würde es nicht ertragen. Aber auch er hat niemals versucht, sie zu überreden. Sie würde es ebensowenig ertragen. Ein leichtes Anstoßen mit dem Ellbogen: Maria öffnet die Augen, liest, schüttelt den Kopf so heftig, daß ihr wohlgeordnetes Haar durcheinandergerät. Sie greift nach dem Notizbuch, dem Bleistift, sie antwortet:

»Sinnlos! Wissen Sie überhaupt, wohin Sie gehen wollen? Übrigens ist gleich Schluß. Wir werden gemeinsam hinausgehen.«

Maria hebt die Augen. Ihr Lächeln wirkt etwas angestrengt. Grüne Flecken, rosa Flecken, blaue Flecken, tanzend, sich überlagernd wie die Lichtkreise, die die Mittagssonne unter den Bäumen hervorzaubert, erscheinen auf der nördlichen Wand. In der Mitte zeigt sich ein weißer Fleck, der dem Loch im Kirchenfenster zu verdanken ist. Wenn die Schatten der Pfeiler sich scharf abzuheben beginnen, wird das Kirchenschiff von Helligkeit durchflutet: Das ist die Stunde, in der jeden Tag die Sonne um die große Mietskaserne herumgewandert ist und durch die bunten Kirchenfenster ihr Regenbogenlicht verstreut. Ein flüchtiger Gottesfrieden! Der Padre wendet sich zum Harmonium, bemerkt, daß der Organist sich heimlich aus dem Staub gemacht hat. Er hat die ersten Noten der Danksagung angestimmt, bleibt mit offenem Munde stehen, verschluckt den Rest; er fährt rasch fort, die Arme zum Segen ausbreitend, die Handflächen glockenförmig über das junge Paar haltend, das sich ehrfürchtig verneigt – wobei die Braut verstohlen auf die Armbanduhr des Bräutigams schielt. Der erste Satz, zum Lüster hoch gesprochen, hallt majestätisch durch den plötzlich stillen Raum:

»Allmächtiger Gott, du hast den Menschen als Mann und Frau erschaffen, damit sie in der Einheit des Fleisches und des Herzens gemeinsam das Leben...«

Der Schluß mit der Bitte um göttlichen Beistand geht im allgemeinen Aufbruch unter. Die Hochzeitsgesellschaft ist erleichtert, daß der Priester die Zeremonie auf das Wesentliche abgekürzt hat, daß er auf die Messe und den feierlichen Auszug verzichtet. Die Frauen greifen nach ihren Taschen, die Männer stauben die Hosen ab, eine Brautjungfrau zieht ihre langen Handschuhe über. Schließlich läßt der Padre die Arme sinken, spricht die Schlußworte:

»Und gewähre ihnen beiden, himmlischer Vater, die Freude, eines Tages in dein Reich einzugehen, durch Christus, unseren Herrn.«

»Amen!« antworten ein paar Stimmen, während die kleine Gemeinde schon eilends dem Ausgang zustrebt.

Im Eilschritt sind die Vermählten zur Sakristei gehastet, um die Eintragung in das Register zu unterschreiben, im Eilschritt gesellen sie sich wieder zu ihren Familien, die unentschlossen auf dem Vorplatz herumstehen und darüber diskutieren, wie es weitergehen soll. Die Straße, auf der die Raupenketten tiefe Eindrücke hinterlassen haben, ist im Augenblick seltsam ausgestorben, wie Schildwachen sehen die beiden Reihen von Wagen aus, die entlang den Bürgersteigen geparkt sind. Zwischen den grauen, ungleichmäßigen Häusern, bei denen der Beton die alten Ziegelbauten immer mehr verdrängt und die von Fabrikschornsteinen überragt werden, ist die Fahrbahn von einem Ende zum anderen völlig leer. Ein Autobus steht verlassen in zweiter Reihe, und als einziges lebendiges Wesen irrt ein Hund herum, schnüffelt am Türpfosten. Die meisten Geschäfte dieses kleinbürgerlichen Viertels haben ihre eisernen Gitter heruntergelassen, die anderen scheinen aufgegeben zu sein. Überall geschlossene Fensterläden, zugezogene Vorhänge. Die Fassaden, an denen hier und dort einige Fahnen flattern, sehen wie erblindet aus. Das Kampfgetöse, das ringsum tobt und das vorher von den Mauern der Kirche gedämpft worden war, bombardiert jetzt ungehindert die Trommelfelle. Aber weder der Lärm noch der starke Brandgeruch, der Gestank von heißem Öl, die Rauchsäulen, die über die Dächer hochsteigen, und das unbegreifliche Ballett der Flugzeuge überall am Himmel erlauben es, das Kampfgeschehen genauer zu orten. Arturo ruft heiser:

»Ihr denkt doch wohl nicht daran, in geschlossenem Zug durch die Stadt zu ziehen? Alle Ansammlungen sind verboten.«

»Das Restaurant ist nicht weit«, ruft José.

»Aber wenn es geschlossen ist?« jammert Elena.

»Das Risiko müssen wir auf uns nehmen! Jedenfalls, eine Braut im Schleier, das sieht man; Carmen wird unser Schutz sein«, wirft der alte Fernando Pacheco ein, der unerschrockene Patriarch, und stößt seine Enkelin nach vorn, die davon gar nicht so angetan ist.

Das Argument hat Gewicht, und die Garcia folgen schließlich den Pacheco, und alle ziehen hinter Carmen her, die ängstlich wie auf Eiern geht. Manuel, der oben an der Kirchentreppe stehengeblieben ist, winkt seinen zukünftigen Verwandten einen Abschiedsgruß zu, der nur von wenigen erwidert wird. Es hat ihn nicht überrascht, daß sein Chauffeur nicht wie vereinbart mit seinem Dienstwagen zur Stelle ist. Er hätte ihn sowieso nicht mehr brauchen können. Er zählt die Fahnen. Er ruft Maria zu:

»Sehen Sie! Da hat jemand tatsächlich den Mut gehabt, seine Fahne auf halbmast zu setzen.«

»Kommen Sie«, fleht Maria, sich an seinen Arm klammernd.

Wenn die Braut ein Schutz für den Hochzeitszug ist, dann ist sie es auch für Manuel; aber der ist natürlich das genaue Gegenteil. Manuel weiß das, er versucht vergeblich, Maria abzuschütteln, die ihn, eine Stufe nach der anderen, die Treppe hinunterzieht. Sie sind jetzt auf dem Gehsteig. Sie sind jetzt am Rande der Fahrbahn, zwischen einem Chrysler und einem Toyota, dreißig Meter vom Hochzeitszug entfernt, der unter dem Geklapper von achtzig Absätzen dicht gedrängt wie eine Schafherde davonzieht. Aber Arturo, der sich umgedreht hat, brüllt wütend:

»Oh, nein, kein Roter mit uns! Scheren Sie sich zum Teufel!«

Er läuft weiter, den Kopf halb zurückgewendet, und schreit:

»He, du Idiotin, laß diesen Schweinehund laufen! Er steht auf der schwarzen Liste. Du wirst sonst Witwe sein, bevor du verheiratet bist...«

Das Dröhnen einer neuen Flugzeugstaffel, deren Schatten über den Zug hinwegjagen, veranlaßt ihn, sich enger an die Gruppe anzuschließen, die jetzt die Straße hinunterzieht und deren Nachhut, mutig von Männern gebildet, hinter den Frauen Schutz sucht, die im Kielwasser von Carmen, ihrer weißen Fahne, hertraben. Ob unter den Fliehenden die Meinung überwiegt, daß im Schoß der Familien die politische Leidenschaft zu schweigen hat, ob es Proteste dagegen gibt – und das ist wahrscheinlich, denn José redet gestikulierend auf seinen Nebenmann Arturo ein, ohne den Schritt zu verlangsamen –, das wird Maria nun nicht mehr erfahren. Sie ist in den Armen Manuels, das Kinn in seiner Halsbeuge vergraben, das rote und das braune Haar vermischen sich. Sie stammelt:

»Ich bleibe bei Ihnen, Manuel...«

Und ohne daran zu denken, daß sie ihn lähmt, daß jede Minute zählt:

»Retten Sie sich, Manuel, retten Sie sich!«

Sie ist so außer sich, so nahe dem Zusammenbruch, daß Manuel weder wagt, sich loszureißen, noch ihr, was die Situation nur verschlimmern würde, zu gestehen, daß er ebenso ratlos ist wie sie, daß er nicht die geringste Idee hat, was er tun soll, was er tun kann, daß er nie an eine Niederlage gedacht hat, an eine Zufluchtsstätte, nicht im Traum, daß er sich haßt wegen seiner Untätigkeit, daß er sie wie einen Verrat empfindet. Unbeweglich, mit geschlossenen Augen, kostet er mit Bitterkeit das Lächerliche der Situation aus. Der schändliche Manuel Alcovar, einer der Hauptverantwortlichen, von der Opposition wie von den Militärs verabscheuter Demagoge, dessen Foto so oft in den Zeitungen zu sehen war, er ist da, Herr General! Er ist da, gut zu erkennen, mitten auf der Straße stehend, in den Armen eines Mädchens. Eine leichte Beute für die nächste Patrouille…

Manuel öffnet wieder die Augen. Manuel reißt sie weit auf, bewahrt aber genügend Geistesgegenwart, um plötzlich eine Mund-zu-Mund-Beatmung zu praktizieren, die zumindest Maria hindern wird, zu schreien. Sie hat nicht gezögert, sie ist schon da, die Patrouille! Aus einer Seitenstraße herauskommend, auf tiefwulstigen Reifen rollend, nähert sich ein leichter Panzerwagen vom Typ AML, wie sie von Panhard nach ganz Südamerika exportiert werden. Er ist in dem allgemeinen Getöse kaum zu hören. Er fährt vorbei, ein rötliches Auspuffgas ausstoßend, mit diesen schwerfälligen Bewegungen eines eisenhornbewehrten Rhinozeros, die den kleinen Panzerwagen eigen sind. Schande über den Panzerführer, Schande über die Besatzung, die den Feind nicht erkannt hat. Sie entfernen sich, ohne sich über dieses Liebespaar zu beunruhigen, das so wenig Verstand hat, daß es sich öffentlich im Zentrum eines Aufstandes abküßt.

Aber die Rohre der koaxialen Maschinengewehre schwenken im Gleichmaß, senken sich um einige Grade, richten sich auf die verbotene Menschenansammlung, die weiter unten die Straße entlanghastet. Was können sie denken, die Soldaten im Panzerwagen? Wie könnten sie auf die Idee kommen, daß es sich um eine Hochzeitsgesellschaft handelt? Von hinten – und das hat der Großvater nicht vorausgesehen, als er die Braut an die Spitze des Zuges stellte – sehen sie zwangsläufig nur eine Gruppe von Männern, wie sie sich zu Dutzenden in den Vororten formieren: eine Gruppe auf der Suche nach Waffen oder bei einem Sabotageakt oder auf dem Weg zu anderen Banden, um sich mit ihnen dem Putsch entgegenzustellen. Die Soldaten haben strikten Befehl, diese Gruppen mit allen Mitteln auszuschalten. Ein Irrtum ist nicht möglich! Wenn diese Leute weglaufen, dann haben sie kein gutes Gewissen. Und jetzt seht doch nur diesen Wahnsinnigen, der einen Arm hochhebt, während seine Kameraden sich in Sicherheit zu bringen versuchen! Wenn man sich ergeben will, bleibt man stehen. Wenn man sich ergeben will, dann hebt man beide Arme hoch und nicht nur einen, nicht eine Hand, halb geöffnet, oder vielmehr eine Faust, die schlecht geschlossen ist. Eine Faust? Provokation, schlicht und einfach! Der Panzerwagen gibt Gas, er hält auf die Flüchtenden zu und eröffnet aus fünfzig Meter Entfernung das Feuer.

2

Selma gibt ihre Versuche, eine Verbindung mit Paris herzustellen, auf. Wie gewöhnlich, wenn sie unruhig ist, wirft sie einen Blick auf den Familienbaum, von dem sechs Medaillons herabhängen: eine fiktive Versammlung, denn es liegen erhebliche Entfernungen zwischen Güllspäng (wo ihr Vater und ihre Mutter am Ufer des Dalbosjön mit einer *Folkpension* von 1500 Kronen ihren Lebensabend verbringen), dem Marktflecken Iré (im buschreichen Haut-Anjou, wo die Witwe Legarneau noch ihre dörfliche Épicerie betreibt) und den diversen Einsatzorten eines ebenso einträchtigen wie verschiedenartigen Paares, das kürzlich nach Südamerika versetzt worden ist. Der Baum, an dem das Medaillon des jüngsten Sprosses ein rosiges Gesicht umrahmt, aus dem blaue Augen unter messingfarbenen Brauen den Betrachter anstrahlen, wird bald einen siebten Zweig brauchen. Sie reißt sich los, beugt sich zur Sprechanlage hinunter und ruft hinein:

»Nichts zu machen. Die Leitungen sind unterbrochen.«

Selma lächelt nicht mehr. Sie verläßt ihren Schreibtisch, tritt ans Fenster, das dank skandinavischer Liebe zu grünen Pflanzen von zwei Feigenbäumen mit großen, unregelmäßig gezackten Blättern eingerahmt ist. Was für ein Gedränge! Wie viele mögen es sein? Eric, der Militärattaché – den ein gewisser Kommentar über die Brauchbarkeit »seines« Materials nicht sehr fröhlich gestimmt hat und der den Vormittag damit verbrachte, die Nase in die Luft zu halten und gelegentlich darauf hinzuweisen, daß die Jagdflugzeuge alle aus amerikanischer Produktion stammen –, Eric versichert, daß es schon fast zweihundert sind, die sich in den Salons drängen wie zu einem Empfang am 14. Juli. Als Selma hinuntergegangen ist, um eine Kleinigkeit zu essen, hat sie festgestellt: In der Mehrzahl handelt es sich um Männer, die wegen ihres Staatsamtes oder ihres Parteiranges gefährdet sind; viele gehören zu der Liste der Persönlichkeiten, die über den Rundfunk aufgefordert wurden, sich beim nächsten Polizeikommissariat zu melden. Aber sie hat auch zwei oder drei vollzählige Familien entdeckt und sogar ein Baby, dessen Mutter, die Tochter eines Ministers, sich ohne Mitnahme von Windeln und Fläschchen hierher gerettet hat: Mangels einer bestimmten Sorte Milchpulver, der einzigen, die es verträgt, kann es durch nichts beruhigt werden.

Wie viele werden es heute abend sein? Von Minute zu Minute strömen mehr Kandidaten für das Asylrecht durch das Tor der Botschaft, fallen einander in die Arme. Man muß sie jetzt schon in den Garten dirigieren, wo sie sich auf dem Rasen niederlassen, nachdem sie sich instinktiv um ihre Vorgesetzten oder Parteioberen gruppiert haben.

»Selma!« ruft jemand die Treppe hinauf.

Aber Selma rührt sich nicht. Eine Hand auf ihren Leib gelegt, der selbst unter dem weiten Kleid sich abzuzeichnen beginnt, hat sie nur das heisere Schreien eines kleinen Mädchens gehört, das plötzlich mit einem epileptischen Anfall zusammengebrochen ist. Sie fühlt sich wie erstickt durch diese aufgeregt schwatzende Menge, die in ihrer singenden Sprache – so verschieden von dem klassischen *Castellano,* das sie auf dem Gymnasium gelernt hat – ihre Chancen diskutiert oder Verwünschungen ausstößt. Obwohl sie kein Schwangerschaftskorsett trägt, hat sie das Gefühl, sich zu stark geschnürt zu haben. Ihr Blick flüchtet. Ihr Blick geht in die Ferne, verweilt jenseits des Gartens auf dem Grün des Stadtparks, eines botanischen Paradieses, wo ein alter Wächter in strohgelber Uniform auf und ab geht, wo die große Kaskade weiter die Goldfische mit Sauerstoff versorgt und Moos in das kunstvoll angelegte Flüßchen schwemmt, das sich durch die Rasenflächen schlängelt. Eine Rasenmähmaschine, verlängert durch einen aufgeblähten Grasbeutel, verrichtet gewissenhaft die Arbeit.

»Wir verstehen es ganz entschieden, mein Schatz, uns unsere Posten auszusuchen! Wir ziehen das Raubzeug an! Das letztemal war es in Griechenland.«

Selma dreht sich langsam um. Im Rahmen der Tür, den er zu sprengen droht, erscheint Olivier, ihr Ehegemahl mit der Statur eines Riesen, obwohl einer Rasse von eher mäßigem Wuchs entstammend, dehnt seine kostspieligen Schultern, die Maßkleidung verlangen. Er schüttelt seinen dunklen Haarschopf, von der gleichen Farbe und Üppigkeit wie das Haar, das freigebig aus seinem Hemdausschnitt wuchert, und dröhnt, ebenso massiv, aber bei weitem nicht so gutmütig wie gewöhnlich:

»Hübsche Arbeit! Wie der Chef sagt: Die Demonstration der Ohnmacht eines Volkes gegenüber dem Putsch einer modernen Armee. Menschen gegen Panzer, da ist kein Widerstand möglich.«

Selma schüttelt abwehrend den Kopf. Ja, so ist er, ihr braunhaariger gallischer Rundschädel; seine Entrüstung ist geschwätzig, er muß glossieren. Er ahnt nicht, daß er damit ihre Übelkeit, diesen Brechreiz, der sie quält, noch verschlimmert.

»Nicht zimperlich, aber auch nicht töricht übrigens, diese Herren von der Junta! Eisenbahn, Hauptverkehrsstraßen, Fernsehen, Häfen, Post, Zeitungen, sie haben sich zuerst auf die Medien und auf die Verkehrsknotenpunkte gestürzt; sie haben den Gegner zersplittert. Das wird ein Vorbild für dieses Genre werden.«

»Du redest, als wenn der Putsch schon gelungen wäre«, sagt Selma, die nervös an einem Fingernagel kaut.

»Daran gibt es leider keinen Zweifel mehr.«

Olivier ist zu ihr getreten. Einen Arm um die Schultern seiner Frau gelegt, betrachtet er seinerseits die Menge der Asylsuchenden – nur drei von ihnen tragen einen Koffer mit sich, alle anderen sind ohne jede Habe gekommen –, die nur ein vorübergehendes Refugium finden und bald ihre Heimat werden verlassen müssen. Ein Botschaftsangehöriger verteilt Sandwiches und Pappbecher; ein anderer geht mit einer Kanne herum und gießt ein blasses, durchsichtiges Getränk in die Becher. Selma öffnet den Mund, überlegt es sich anders... Wozu? Einem Gesicht einen Namen zuordnen – und sie kennt mehrere von ihnen –, das heißt, ihm eine Bedeutung geben, die er doch gerade verloren hat; das bedeutet, aus ihm einen Privilegierten des Unglücks machen. Sie murmelt:

»Mir wäre lieber, es gäbe hier weniger Krawatten.«

Was Olivier sofort auf seine Art kommentiert:

»Diese hier werden tatsächlich davonkommen. Aber es ist richtig, daß wir nichts für die Tausende namenloser Menschen tun können, die man in den Fabriken und in den Elendsvierteln niedermetzelt. Die Junta operiert auf eigenem Territorium, also hat sie alle Rechte. Für die Väter, die ihre Kinder mißhandeln, können Richter überall auf der Welt den Entzug der elterlichen Gewalt verfügen. Über die Henker von Völkern müßte die UNO, mit der Verpflichtung zur Intervention, den Entzug der Souveränität verhängen.«

»*Jag alskerdig*, Blauhelm!« fällt ihm Selma ins Wort, deren Ironie – diesmal nicht sehr überzeugend – sich gern ihrer Muttersprache bedient. »Also sag endlich, was willst du von mir?«

»Befehl vom Chef: Die Büros werden in Schlafräume umgewandelt. Ich gehe zum Tor zurück, um die Leute in Empfang zu nehmen. Du gehst nach unten und kümmerst dich um die Kinder.«

»Und unser Kind?« fragt Selma stirnrunzelnd.

»Wir werden den Jungen morgen holen. Die Kinder, die in Halbpension sind, müssen im Internat übernachten. Seit sechzehn Uhr ist totale Ausgangssperre.«

Sein Tonfall hat sich geändert. Die Beunruhigung hat jetzt auch ihn erfaßt. Schweigend, behutsam bahnt er seiner Frau – und der ersehnten Tochter – den Weg, sie vor Zusammenstößen auf der Treppe schützend, die die einen hinunterhasten, die anderen heraufsteigen, beladen mit Matratzen und Decken, die sie Gott weiß wo aufgetrieben haben. Auch »Monsieur Mercier« selbst – alias der Botschafter – ist, ein paar Kopfkissen tragend, mit von der Partie.

»Schone dich«, wirft er im Vorbeigehen Selma zu, die er duzt, weil er sie schon als Kind gekannt hat, als er bei der Botschaft in Stockholm tätig war. »Und Sie, Olivier, vergessen Sie nicht, Sie schulden mir eine Flasche Champagner. Habe ich Ihnen nicht gesagt, daß sie vor Ablauf von acht Tagen das Fell des Präsidenten haben werden? Nun, sie haben es geschafft. Man weiß nicht einmal, was aus ihm geworden ist.«

Er klettert mit seinen Kissen weiter die Treppe hoch. Das Paar geht die letzten Stufen hinunter. Unten ist das Gewühl noch schlimmer geworden. Olivier drängt sich durch die Menge, sein breiter Rücken gibt Selma Schutz. Aber plötzlich dreht er den Kopf herum und ruft wütend:

»Verdammt! Siehst du da drüben den Polypen? Das ist Prelato, diese Mißgeburt von Kommissar, der sich hier wichtig macht.«

Er stürzt auf eine Art Gnom zu, im grauen Anzug, mit grauem Haar und Schnurrbart, mit zu kurzen Armen und zu kurzen Beinen, der sich mitten im Tor aufgepflanzt hat, um Neuankömmlingen den Zugang zu versperren.

»Folgen Sie mir, ich habe Befehle!« brüllt er einen Mann an, der an ihm vorbei will.

»Von wem? Aufgrund welchen Mandats? Auf jeden Fall haben Sie nicht das Recht, sich im Eingang der Botschaft zu postieren«, wirft Olivier ein, der den Polizisten so fest am Ärmel packt, daß diesem die Rocknaht auf der Schulter platzt.

Der Kommissar tritt einen Schritt zurück, stellt sich auf die Zehen, reckt den ganzen Körper, runzelt die Stirn, demonstriert eindrucksvoll seine Indignation. Er hat das provozierende Auftreten der Leute, deren Sache zwangsläufig die gute ist, weil sie im Begriff ist, zu gewinnen. Er schnarrt:

»Seien Sie vorsichtig! Sie machen sich zum Komplizen einer Rebellion, wenn Sie sich in die inneren Angelegenheiten dieses Landes einmischen. Diese Leute sind über den Rundfunk aufgefordert worden, sich zu stellen; ihre Flucht ist ein offenkundiges Verbrechen.«

»Rebellen gegen Rebellen, da sind mir diese doch noch lieber«, wirft Olivier – ziemlich unvorsichtig – ein. »Wir ergreifen keine Partei, wir helfen Unglücklichen. Wenn Ihre Freunde scheitern, wenn Sie selbst morgen für Ihr Leben fürchten, werden wir auch Ihnen Asyl gewähren.«

»Danke!« zischt der Kommissar. »Ich werde nicht vergessen, Sie in meinem Bericht zu zitieren. Wort für Wort.«

Er geht davon, spuckt, sich halb zurückwendend, dreimal auf den Boden. Kurz darauf hört man den durchdringenden Ton einer Trillerpfeife, die zweifellos Verstärkung anfordert.

3

Das Geschützfeuer ist verstummt; die Flugzeuge sind zu ihren Basen zurückgekehrt, sie haben den Himmel den Hubschraubern überlassen, die bei ihren Überwachungsflügen von Zeit zu Zeit unbeweglich in der Luft stehen, nach Art der Raubvögel, wenn sie die Erde nach Beute absuchen. Auch sie haben etwas später, nachdem die Sterne aufgegangen sind, ihre Flüge eingestellt, sind mit gelb und grün blinkenden Positionslichtern in die Nacht getaucht, in der ferne, immer seltener werdende Detonationen das Abflauen der Kämpfe anzeigen. Man hätte glauben können, alles sei vorbei, wenn nicht immer wieder einzelne Salven aus Maschinengewehren minutenlang das Echo aufschreckten.

Im Dunkel des Zufluchtsortes, in dem ein undefinierbarer Geruch herrscht, hört Manuel das Atmen Marias, die von Barbituraten betäubt in ihren Kleidern schläft. Nichts anderes hört man in dieser Stille, seit die rücksichtsvoll gedämpften Plätschergeräusche aus dem Badezimmer ihrer Gastgeber verstummt sind. Nichts anderes, abgesehen von einem ganz leichten Rascheln und einem Gepiepse, das dünner und verstohlener klingt als das von Mäusen. Um sich von seinen unlösbaren Problemen abzulenken, spürt Manuel diesem Phänomen nach und begreift schließlich. Der Geruch! Dieses Gemisch aus Federn und Kot, das ist ein Geruch von Vögeln. Die Zeit des Nistens ist vorbei; aber die Spatzen, im Schlummer leicht schilpend, schlafen unter den Balken auf ihren Federkissen.

Manuel beißt grimmig die Zähne zusammen. Sie werden morgen früh davonfliegen, diese Spatzen, oder sie werden fröhlich in der Dachrinne herumturnen; die schwarzköpfigen Männchen werden auf die rotgefiederten Weibchen klettern. Friede den Vögeln, wehe den Menschen! Wie viele seiner Freunde haben sich wie er verstekken können? Wie viele sind von den Suchkommandos aufgegriffen und erschossen worden, sind in Massengräber verscharrt worden, wie Jorge und Carmen in ihrer Hochzeitsnacht? Manuel kann die grauenhafte Erinnerung nicht abschütteln. Noch einmal zieht die Szene des Massakers vor seinen Augen vorüber...

Der Panzerwagen hat sein Ziel erreicht, hat aus gutgeölten Maschinengewehren das Feuer eröffnet: Mit sechs Salven, in sechs Sekunden, im Gleichmaß von links nach rechts, von rechts nach links schwingend, haben die Stahlrohre den Hochzeitszug niedergemäht. Arturo, der bereit ist, ihnen zuzujubeln, Arturo, der zum Zeichen der Freundschaft den Arm erhebt, der nicht daran gedacht hat, beide Arme hochzuheben, der sie zweifellos vergeblich hochgehoben hätte, denn beide Arme hochzuheben bedeutet, daß man sich ergibt, also daß man sich schuldig bekennt, und im Gefechtseinatz hat ein leichter Kampfwagen, ein Straßensäuberer, weder die Zeit noch die Möglichkeit, sich mit Gefangenen zu belasten –, Arturo ist als erster gefallen, rechtwinklig zusammenklappend, mit gebrochener Wirbelsäule. José, den die Pacheco mit Spitznamen José Klatschmohn nannten, ist auf die Knie gestürzt, dann aufs Gesicht, wie Alfonso, wie alle anderen, den Rücken von Kugeln durchlöchert, und erst im letzten Augenblick hat sich aus dieser kompakten Masse – die in eine einzige Richtung zu Boden stürzte, mit der Geschwindigkeit, mit der ein geübter Spieler ein Paket Karten auf den Tisch blättert – eine weiße Gestalt gelöst, bekränzt mit Orangenblüten, schon schwankend, und ist der Länge nach zu Boden gestürzt, in einer Woge von Tüll.

»Ay, Jesus! Qué lástima!« hat die ganze Straße aufgeheult, allerdings gut verbarrikadiert hinter ihren Fensterläden.

Der Kampfwagen hat plötzlich einen Satz gemacht, dann abrupt gestoppt. Kurz danach ist er langsam weitergefahren, hat einen Meter vor dem Haufen zerfetzter Leichen angehalten, aus dem nicht einmal der kleinste Seufzer aufstieg. Die Luke hat sich geöffnet, aus ihr hat sich ein junger Rekrut, ein Mestize mit starken Backenknochen und kurzgeschorenem Haar, bis zum Gürtel herausgelehnt, hat auf die Stahlplatten gekotzt, bis ein barscher Befehl ihn in den Panzer zurückrief. Die Luke wurde wieder geschlossen, und der Wagen blieb zwei Minuten lang unbeweglich stehen, so als ob die Besatzung die Reaktionen der Anwohner beobachtete oder sich über die Konsequenzen ihres Irrtums beriete oder einfach nur über Funk Bericht erstattete. Dann haben die Räder angefangen, sich rückwärts zu drehen. Nicht wagend, über das Leichenfeld zu fahren, von dem das Blut in Bächen in die Rinnsteine zu fließen begann, ist der Panzer zurückgerollt. Er hat eine Bresche in der Reihe der geparkten Autos gesucht, hat sie gefunden, er hat das Hindernis umfahren, indem er über den Bürgersteig rollte.

In diesem Augenblick hat Maria sich losgerissen und ist zu ihren Toten gerannt. Sie schrie nicht. Sie hatte nur das erstarrte Gesicht, die unnatürlich geweiteten Augen, wie man sie manchmal bei Zuschauern eines Horrorfilms sieht, wenn sie das Kino verlassen. Als sie am Ort des Massakers angekommen ist, hat sie sich dreimal um sich selbst gedreht, geistesabwesend mit den Blicken diese unsichtbaren Zeugen suchend, die entsetzt durch die Spalten der Jalousien starrten. Dann hat sie ihren Vater angeschaut, der auf dem Rücken lag, mit gekreuzten Armen, ihre Stiefmutter, die nach vorn aufs Gesicht gefallen war, und die beiden Töchter Mireyas, die ineinander verschlungen dalagen, deren schwarze Haare immer noch über rosa Kleidchen flossen, die jetzt mit großen Purpurflecken übersät waren. Sie hat sich nicht hingekniet, sie hat sich nur bekreuzigt. Dann, als Manuel wieder bei ihr stand, hat sie sich zu ihm umgedreht und gestammelt:

»Jetzt habe ich niemanden mehr als Sie.«

Und ein wenig später mit einer festeren, aber erstarrten Stimme:

»Machen Sie sich keine Sorgen: Es gibt keine Verletzten.«

In der Tat gab es keine Verletzten außer der Braut, deren Todeskampf noch andauerte, deren frisch beringte Hand mit den lackierten Fingernägeln sich in die Erde krallte. Als die Hand sich nicht mehr bewegte, hat Maria sich über ihre Stiefschwester, das verwöhnte Kind aus zweiter Ehe, gebeugt und ihr den Ehering abgezogen; sie hat ihn auf ihren Finger gesteckt und dabei gemurmelt:

»Erinnern Sie sich an die letzten Worte der Trauungszeremonie? *Und gewähre ihnen beiden, himmlischer Vater, die Freude, eines Tages in dein Reich einzugehen!* Sie sehen, Manuel: Die Bitte ist sehr rasch erhört worden.«

Auf der schmalen Luftmatratze sitzend, die neben der Schlafenden liegt, tastet Manuel mechanisch seinen Bauch ab, ohne den Ursprung eines leichten Seitenstechens zu finden.

Marias seltsame Redeweise, die von einem schlafwandlerischen Gang unterstrichen wurde, war zweifellos auf einen Schock zurückzuführen. Das galt sicher ebenso für die unglaubliche Gleichgültigkeit gegenüber der Gefahr wie die rücksichtslose Mißachtung der Grenzen weiblicher Zurückhaltung, mit der sie sich in eine verzweifelte Rettungsaktion gestürzt hatte. Sie sagte immer wieder:

»Ich habe niemanden mehr als Sie. Ich muß Sie vor allem in Sicherheit bringen.«

In Sicherheit? Aber wo, in einer Stadt, in der vereinzelte Inseln des Widerstandes von den allgegenwärtigen Soldaten hermetisch abgeriegelt waren? Es war sinnlos zu versuchen, eine von ihnen zu erreichen. Es wäre Selbstmord gewesen. Es konnte auch keine Rede davon sein, sich in seiner Dienstwohnung zu verstecken. Sie hätten in einer Falle gesessen. Ebenso unmöglich war es, durch die Sperren zu kommen, die die Flucht in die Provinz verhindern sollten. Das Apartment von Maria, einer kleinen unbescholtenen Sekretärin ohne parteipolitische Aktivitäten, konnte vielleicht ein provisorischer Zufluchtsort sein. Aber nach einer halben Stunde Hindernismarsches über umgestürzte Bäume, zwischen Kadavern hindurch, deren Köpfe in runden roten Lachen wie von einer Aureole umgeben aussahen, über Brocken geborstenen Asphalts, vorbei an Bombenkratern, aus denen die grünlichen Flammen geplatzter Gasleitungen zuckten, stellte sich heraus, daß das Gebäude, in dem Maria wohnte, von Polizisten umstellt war, weil es ausgerechnet neben einem Gewerkschaftshaus lag. Die Bewacher machten sich einen Spaß daraus, auf alles zu schießen, was sich hinter den Fenstern bewegte.

»Verlassen Sie mich, bitte, es muß sein«, hat Manuel gesagt. »Auf jeden Fall werde ich nicht weit kommen. Und ich habe nicht das Recht, Sie –«

»Unsere einzige Chance ist eine Botschaft«, hat Maria ihn unterbrochen und ist umgekehrt.

Welche Botschaft? In welcher Gegend? Man kann mit einer Hauptstadt vertraut sein, ohne sich jemals um dieses Detail gekümmert zu haben. Ach, wie schnell doch ein Mann ein kleiner verlorener Junge wird! Wie verschieden ist doch politische Courage von physischem Mut! Eine wie jämmerliche Figur er macht, er, der politische Stratege, gewohnt, jeden Schritt sorgfältig zu planen, die Wirkung jedes Worts genau zu kalkulieren, Entwicklungen zu kontrollieren und zu dirigieren – und jetzt unversehens mit der Notwendigkeit konfrontiert, das nackte Leben zu retten! Eine Botschaft, gut. Aber diese Gebäude, an denen Fahnen in allen denkbaren Farbkombinationen flattern, befinden sich meist in der Nähe des Zentrums – dieses Zentrums, auf das der Angreifer seine Streitkräfte konzentriert hat, wo es von Truppen wimmelt, die die letzten Bastionen der Verteidiger des Regimes zu stürmen versuchen. Und wie könnte man an der Neutralität gewisser ausländischer Vertretungen nicht erheblichen Zweifel haben? Und mußte man nicht befürchten, daß die übrigen von einem Polizeikordon abgeriegelt waren?

»Frankreich!« hat Maria gesagt. »Das ist die nächstgelegene Botschaft, und sie befindet sich in einem ruhigen Wohnviertel.«

Sie hat Manuels Arm genommen, weil sie denkt, daß so »verehelicht« der notorische Junggeselle weniger Aufmerksamkeit auf sich zieht. Es grenzte ja schon an ein Wunder, daß er nicht längst von den Besatzungen dieser Jeeps identifiziert worden war, die in regelmäßigen Abständen vorbeibrausten und ihnen herrisch zuriefen:

»Macht, daß ihr nach Hause kommt, ihr Wahnsinnigen!«

Aber Manuels gestreifte Hose, seine zeremonielle schwarze Schleife und Marias grünseidenes Kleid und ihre Handschuhe sprachen zu ihren Gunsten. Stellt euch wohlhabend, und ihr werdet unschuldig erscheinen! Diese gutgekleideten Leute, die fern von ihrer Wohnung von den Ereignissen überrascht worden waren, die sich nicht zu verstecken suchten, die offensichtlich den besseren Wohnvierteln zustrebten, das waren vielleicht unbesonnene Menschen, aber keine Roten. Das lange knirschende Bremsen eines mit einer leopardenfarbenen Plane getarnten Lastwagens sollte den Beweis erbringen. Auf wen zeigte der Finger des *Teniente,* der vorn neben dem Fahrer saß?

»Gehen Sie auf keinen Fall schneller«, hat Maria gesagt.

Sie hatte recht. Der Offizier hatte es auf zwei junge Männer abgesehen, hinter ihnen, die rasch von Bajonetten umzingelt, durchsucht, geschlagen, aufgeladen wurden: zwei Arbeiter, die aus einer Druckerei kamen, zögernd, ängstlich, die den Verdacht geradezu herausforderten, schon wegen ihrer Overalls, ihrer Bärte à la Castro und ihrer von fetter Druckerschwärze gezeichneten Hände, unverkennbares Merkmal einer so oft subversiven Tätigkeit.

Noch zweihundert Meter. Noch hundert... Manuel und Maria sind mit knapper Not einer Razzia entgangen, die von einer im Laufschritt eine Kette bildenden Kompanie Marineinfanterie (wieso die?) durchgeführt wurde. Sie haben über einen umgestürzten Lichtmast springen müssen, der mit seinen verbogenen Eisenträgern den Weg versperrte und aus dessen noch unter Spannung stehenden Leitungen violette Kurzschlüsse sprühten und knatterten.

»Wir sind da, Manuel!«

In der Umgebung des Parks, an den die Botschaft grenzte, gab es keine Kampfspuren. Die Wohnsitze der Begüterten, die vornehmen

Villen, die Luxusresidenzen mit ihren blumengeschmückten Balkonen genossen den Vorzug einer sehr rücksichtsvollen Behandlung, hier waren die Kontrollen bei weitem nicht so streng wie in den Arbeitervororten. Hier gab sich die Polizei diskret! Die meisten Fensterläden waren halb geöffnet. Es drangen aus ihnen martialische Klänge, die der Rundfunk in Permanenz zwischen den Aufrufen des Militärs sendete, Tonleitern und Triller, die fleißige junge Damen auf hohen Klavierschemeln produzierten, begeisterte Jubelrufe, die von ihren Eltern stammten. Von einer Fassade zur anderen hallte es auf Marmor und Travertin, durch einen Wald flatternder Fahnen hindurch:

»Er ist tot! Er ist tot!«

Einen Augenblick lang nahm man das Blitzen eines Diamantohrrings wahr oder in einem gepuderten Gesicht einen Korallenmund mit perlweißen Zähnen, der sich öffnete, um die gute Freundin in der vierten Etage an der allgemeinen Fröhlichkeit teilnehmen zu lassen.

»Haben Sie gehört, Julia? Gott sei Dank! Er ist tot!«

Applaus als Totengeläut. Posthumes Hohngelächter zur Ehre des Verschiedenen. Bravorufe für die Mörder. Weder Manuel noch Maria haben einen Augenblick lang an der Identität des Verstorbenen gezweifelt. Weder er noch sie haben seinen Namen genannt. Manuel hat mürrisch gesagt:

»Er jedenfalls hat zu sterben gewußt.«

In fünfzig Meter Entfernung jedoch, im Winkel der beiden Straßen, mit dem Garten die Westseite des Parks abschließend, die Fassade dem Boulevard der Einigkeit zugewandt, lag die Botschaft, über deren weit geöffnetem Tor die Trikolore wehte; und im Eingang stand ein breitschultriger Bursche mit buschigem, dunkelbraunem Haar, der aufgeregt mit der Hand winkte, als wollte er jemandem ein Zeichen geben, sich zu beeilen. Maria hat Manuel zurückgehalten, der bereit war, loszustürzen, und der ein letztes Mal mit wenig Überzeugungskraft gesagt hatte:

»Verlassen Sie mich jetzt, Maria, ich bitte Sie...«

»Warten Sie! Es ist da irgend etwas im Gange.«

Wieder einmal hatte sie recht. Die Ellbogen an den Körper gepreßt, kam ein Mann aus dem Boulevard der Einigkeit geschossen, flog über die Straße wie ein Pfeil und stürzte in die Botschaft. Aber ein anderer ist ihm gefolgt, ein älterer Mann, sichtlich erschöpft, schwankend.

»Attilio!« hat Manuel gerufen, so laut, daß der große braune Bursche von der Botschaft ihn bemerkte, sich zu ihm umdrehte und eindringlich mit dem ausgestreckten Arm eine kreisförmige Geste mehrmals wiederholte, die schwer zu deuten war.

Im selben Augenblick krachte ein Revolverschuß: Attilio Jachal, der Abgeordnete aus dem Süden, leidenschaftlicher Verfechter der Agrarreform, fiel zu Boden, und seine Verfolger, die jetzt auftauchten, fühlten sich offenbar verpflichtet, den Sterbenden mit Fußtritten zu malträtieren, während eine ganze Abteilung Soldaten im Gleichschritt auf der Kreuzung Aufstellung nahm. Die Situation wurde aussichtslos.

»Sie sehen, was mich erwartet«, hat Manuel gesagt.

Aber Maria hatte schon den Ausgestoßenen in umgekehrter Richtung fortgezogen, ohne Hast und ihn ermahnend:

»Ganz ruhig bleiben. Wir werden versuchen, in den Park zu kommen.«

»Sie werden ihn durchsuchen«, hat Manuel gesagt.

»Hinter der Kaskade gibt es eine Grotte. Als Kind habe ich mich einmal beim Versteckspiel hineingehockt, ganz durchnäßt, aber unauffindbar. Das Wichtigste ist jetzt, Zeit zu gewinnen. Einen Tag oder zwei vielleicht. Nach dem Umsturz sind die Sieger berauscht von Rachegelüsten; später werden sie nüchtern werden.«

»Glauben Sie? Ich fürchte, diese sind eiskalte Ungeheuer.«

Wie dem auch sei, der Westeingang des Parks, der jenseits der Kreuzung lag, war unerreichbar. Um zum Osteingang zu kommen, mußte man den halben Park umrunden. Und dann konnte man nur hoffen, daß das Torgitter geöffnet war. Andernfalls mußte man das Risiko auf sich nehmen, die hohe Mauer zu übersteigen, an die die Gewächshäuser angrenzten.

»Notfalls könnten Sie über meine Schulter hochklettern«, hat Maria gesagt.

Ein Kilometer mehr, das war keine Affäre, trotz wachsender Müdigkeit und Enttäuschung und trotz des Gefühls, daß, wer sich auf den Zufall verläßt, leicht sein Opfer wird. Die Kampfgeräusche schienen schwächer zu werden. Die Rauchsäulen wehten, ins Malvenfarbige übergehend, auseinander, vermischten sich, bildeten schließlich eine einzige riesige Dunstwolke, in der sich eine blasse Sonne rundete, die schwache Schatten unter die Lichtmasten warf. Gemeinsam feierten jetzt die Bewohner der vornehmen Etagenhäuser die guten Nachrichten, gaben ihrer Freude durch rhythmisches Trommeln auf Kochtöpfe Ausdruck, ohne allerdings die Hausfrauen aller ihrer Utensilien zu berauben, wie die guten Küchendüfte bezeugten.

»Unter den Gullydeckeln«, hat Maria gesagt, »gibt es eiserne Leitern. Im schlimmsten Fall könnten Sie...«

Sie hat ihren Satz nicht zu Ende gesprochen. Ein junges Mädchen in Polohemd und weißen Shorts, Tennisschläger in der Hand, kam aus einem der Häuser, rief zurück:

»Kein Grund zur Aufregung! Ich gehe, Jaime wartet auf mich.«

In der Ecke des Parks hatten die Mammutbäume mit ihren roten Stämmen, die Eukalyptusbäume mit den bläulichen, altrosa getupften Blättern, die Araukarien mit ihren sich windenden schuppigborstigen Ästen, die grauen Zedern, die die fahlen Sykomoren überragten, die vom weißen Harz klebrigen Fichten mit ihren zahlreichen Zapfen – sie alle hatten ihre Zweige schattenspendend über den Gehsteig ausgebreitet, auf dem, etwas weiter vorn, eine Paulownia mit großen Blättern ihre inzwischen von den Passanten zertretenen Schoten herumgestreut hatte. Sorgfältig darauf achtend, sich auf der Fahrbahnseite zu halten, um ihrem Freund etwas Deckung zu geben, schritt Maria kräftig aus. Sie schien keinen Anstoß an dem anmaßend glücklichen Gezwitscher der Vögel zu nehmen, die doch den gleichen schrecklichen Planeten bewohnten wie sie. Die Mauer zum Park war blind, bot Schutz.

»Hören Sie? Die Torglocke bimmelt, also ist der Park geöffnet«, hat Maria gesagt.

Um sich sogleich zu korrigieren:

»Die Glocke bimmelt zu lange. Ich fürchte, es ist das Zeichen, daß geschlossen wird.«

Man schloß tatsächlich, und zu den Villen der Anwohner ergoß sich ein kleiner Strom von Kindermädchen und von Großmüttern, die sich freuten, daß sie trotz allem ihren Enkeln den täglichen Sand hatten bieten können und auch das Vergnügen, ihre Puppenwagen über diese seltenen Pflanzen zu schieben, deren Namen auf kleinen Täfelchen vermerkt waren, genauso wie ihre eigenen Namen auf Visitenkarten. Zwei von ihnen streiften Manuel leicht, ohne sich darüber zu wundern, daß dieser Mann, obwohl kein Wind ging, seine Zigarette mit dem Gesicht zur Mauer anzündete und dabei das Feuerzeug mit der Jacke abdeckte.

»Manuel!« hat Maria aufgeregt gerufen.

Nein, der Zufall gibt nicht so rasch auf. Wer kommt als letzter durch das Tor? Der große braunhaarige Bursche von vorhin nähert sich mit ausgreifenden Schritten. Ruhig, aber aus den Augenwinkeln die Villen beobachtend, kommt er mit schlenkernden Armen auf sie zu. Er bleibt stehen, mimt Erstaunen:

»Meine lieben Freunde, welch eine Überraschung, Sie hier zu treffen!«

Er streckt die Hand aus; er fügt sehr leise hinzu:

»Schnell, folgen Sie mir, wir haben nicht eine Minute zu verlieren.«

Sie setzen ihren Weg an der Parkmauer entlang fort; auch er bemüht sich, Manuel Deckung zu geben. Er spricht unaufhörlich, sagt irgend etwas, was ihm in den Sinn kommt. Er vertraut dem Echo sein Bedauern an, daß er keinen vierten Spieler zum Bridge auftreiben kann, er schlägt einen kleinen Whisky vor, oder besser noch, einen *Coup-de-balai*, den Cocktail, der in der Gesellschaft zur Zeit Furore macht. Er dreht sich einmal um sich selbst, biegt dann im rechten Winkel ab und überschreitet, Manuel im Schlepptau, die Straße, als ob sie eine Furt wäre. Er strebt auf einen Bungalow in L-Form zu, der am Ende einer Rasenfläche steht, auf der eine einzelne Yucca den Besuchern mehr gutmütig als wild ihre stachelspitzigen Blätter entgegenstreckt. Der erste Schlüssel öffnet das Gartentor. Der Mann geht über einen mit Steinplatten belegten Weg auf das Haus zu, steigt drei Stufen hoch, öffnet mit einem zweiten Schlüssel die Tür. Er tritt zur Seite, läßt Manuel und Maria eintreten, die völlig erschöpft in die tiefen Sessel des Wohnzimmers sinken, das mit der unpersönlichen Eleganz möbliert ist, wie sie Karrierediplomaten die kurze Dauer ihrer jeweiligen Verwendung nahelegt. Er hat die Tür abgeschlossen, tritt jetzt zu ihnen und verbeugt sich leicht.

»Entschuldigen Sie, Herr Senator, aber es ging buchstäblich um Sekunden. Darf ich mich vorstellen: Olivier Legarneau, Kulturattaché. Ich hatte mich also nicht getäuscht: Sie waren es wirklich. Aber ich fragte mich, ob Sie meinen Wink verstanden hatten. Der Garten der Botschaft stößt an den Park, und die Polizisten wissen das natürlich. Einzige Lösung, ihnen zuvorzukommen und Sie noch rechtzeitig abzufangen. Sie können die Botschaft nicht mehr erreichen, die übrigens völlig überfüllt ist. Wir werden später einen Weg finden. Vorerst ist es ein Glücksfall für Sie, daß ich hier wohne. Machen Sie mir die Freude, meine Gäste zu sein.«

Ein Murmeln antwortet ihm. *Wie können wir Ihnen danken?* Das ist wenig, um sich für die Hochherzigkeit eines Mannes erkenntlich zu zeigen, dem man die Freiheit und vielleicht das Leben verdankt.

Aber am Ende dieser Irrfahrt mit einem so unerwarteten Ausgang hat Manuel keine Stimme, keine Spannkraft mehr. Maria übrigens auch nicht. Nachdem sie ihr Ziel erreicht hat, ist sie völlig zusammengeklappt, sie weint leise vor sich hin. Olivier ist zum Fenster gegangen, hat vorsichtig den Vorhang beiseitegeschoben: Das leichte Pfeifen durch die Zähne klingt nicht beruhigend.

»O verflucht!« sagt er. »Sie begnügen sich nicht damit, den Park zu schließen, sie stellen rundherum Wachen auf. Einer hat sich direkt gegenüber unserem Haus postiert. Wir müssen sehr vorsichtig sein. Wir sind hier nicht durch das Privileg der Exterritorialität geschützt: Eine Haussuchung ist nicht ausgeschlossen.«

Vom Übermaß der Angst abgestumpft, von Müdigkeit überwältigt, reagieren Manuel und Maria kaum noch. Sie sind an einem Punkt angekommen, an dem ihnen eine Zufluchtsstätte, und sei sie noch so unsicher, als das Ziel aller Wünsche erscheint, weil sie ihnen zumindest erlaubt, Atem zu schöpfen, Hoffnung wiederzugewinnen. Maria – die ja schließlich nicht betroffen ist – muß sich jetzt entscheiden. Ist sie sich klar darüber, daß sie nie mehr zu Manuel zurückkommen kann, wenn es ihr gelingen sollte, sich in Sicherheit zu bringen? Und wie steht es mit Manuel, der das ja ebenfalls weiß? Würde er eingestehen, daß sich in das Bedauern, sie in dieses gefährliche Abenteuer hineingezogen zu haben, auch ein Gefühl des Trostes mischt?

»Auf jeden Fall«, fährt Olivier fort, »dürfen die Nachbarn, die Besucher, das Hausmädchen und mein kleiner Junge von Ihrer Anwesenheit nichts ahnen. Dieses Haus ist durchgehend ebenerdig und hat nur einen nicht ausgebauten Dachstuhl, in dem sich aber ein früherer Mieter zum Giebel hin ein kleines Fotolabor eingerichtet hatte. Man erreicht es über eine elektrisch betätigte einziehbare Treppe. Sie werden kaum aufrecht stehen können, Sie werden es sehr unbequem finden, aber wir haben keine Wahl.«

Draußen hallen die Absätze eines Trupps Soldaten auf dem Pflaster. Der Schrei einer mißhandelten Frau, ein Hagel von Verwünschungen und Flüchen lassen keine Zweifel.

»Sie haben im Park Gefangene gemacht«, sagt Olivier.

Und ohne Übergang:

»Die einzige Person, die verständigt werden muß, ist meine Frau Selma, die mit mir in der Botschaft arbeitet... Aber warten wir nicht länger; steigen wir nach oben.«

Maria hat sich umgedreht, wimmernd und stöhnend. Sie wird von ihren Alpträumen nicht so bald loskommen. Doch hat sich ihr Zustand schon erheblich gebessert. Am Anfang hatte sie, da sie keine Wache bei ihren Toten halten konnte, unbedingt hier die Trauerwache halten wollen. Er hatte sie angefleht, sich hinzulegen, er hatte ihr die Schlaftabletten, das Glas gereicht, er mußte ihr zureden, damit sie trank, damit sie schluckte, er mußte ihr die Hand halten, um sie zu beruhigen, bis sie endlich einschlummerte, immer wieder heftig zusammenzuckend, die unregelmäßigen Atemzüge alle Augenblicke von diesen abgehackten Schluchzern unterbrochen, wie sie bei Kindern das Weinen verlängern. Bevor der Schlaf sie völlig überwältigte, hatte sie unvermittelt gesagt:

»Wissen Sie, Manuel, ich war keineswegs einverstanden mit Ihrer Politik. Ihre Freunde haben sehr viele Fehler begangen. Aber Ihre Feinde sind solche Ungeheuer, daß ich jetzt wenigstens weiß, zu welcher Seite ich gehöre.«

Das Röllchen mit den Schlaftabletten beult Manuels Jackettasche. Zweifellos sollte auch er eine nehmen. Aber weiß man, was alles passieren kann? Selbst wenn es stimmt, daß man die Klapptür vom Flur aus, wenn die Treppe eingezogen ist, kaum entdecken kann, was würde dieses Versteck bei einer gründlichen Durchsuchung wert sein? Wie der Posten, der in der nächtlichen Kühle auf der anderen Straßenseite auf und ab geht, fühlt Manuel sich auf Wache...

Auf einer Wache, die in Wahrheit unnütz ist: Was könnte er tun, wenn ein Trupp Soldaten oder Polizisten in das Haus eindringt? Ist er nicht vielmehr auf Wache gegen sich selbst, aus Scham über diese erniedrigende Hilflosigkeit des Flüchtigen, der in der Stadt herumgeirrt ist, der nicht die Kraft besessen hat, die Selbstaufopferung eines Mädchens zurückzuweisen, das nun verurteilt ist, sein Schicksal zu teilen? Wenn er am Leben ist, dann verdankt er das ihr: weil sie ihn bis hierher geschleppt hat. *Ich habe niemanden mehr als Sie, Manuel.* Auch das Umgekehrte ist wahr; auch er muß gestehen: Ich habe niemanden mehr als Sie, Maria. Allein hätte er sich wahrscheinlich aufgegeben. Allein hätte er es zweifellos vorgezogen, zu den Opfern zu gehören. Für den, der einer Sache dient, ist die Wahl, sie zu überleben, mag sie auch vernünftig sein, nicht rühmlich. Manuel empfindet das so, und diese Verlegenheit zieht andere nach sich... Wer uns liebt, lenkt uns oft von unserer Rolle ab: Er hat das schon lange befürchtet. Wer uns rettet, erwirbt Rechte über uns: Wie kann man ihm widerstehen? Und wie soll man dem Ansturm der Bilder widerstehen: Maria, wie sie den Ehering ihrer Schwester über ihren eigenen Finger streift; Maria, wie sie die Augen niederschlägt, als sie diesen Zufluchtsort betreten, ohne aber zu erkennen zu geben, daß Manuel nicht ihr Ehemann ist, daß er nicht ihr Liebhaber ist, ohne Einwendungen zu machen, daß sie und er nun für Stunden, für Tage werden nebeneinanderliegen müssen, daß ihr Atem und die Wärme ihrer Körper sich vermischen werden…

Mit drei hellen Tönen schlägt es vom benachbarten Kloster drei Uhr; es wiederholen sie drei tiefe Töne von einer nahe gelegenen Kirche. Manuels Augenlider sind schwerer geworden. Der streitbare Politiker in ihm argumentiert auch in diesem Dämmerzustand weiter, in dem das Bewußtsein simplifiziert und ihm eingängige Floskeln für die Rednertribüne souffliert: *Wir wollten nur das Glück des Volkes, wir haben nicht so viel Haß verdient.* Eine leise Stimme wirft ein: *Sie haben sehr viele Fehler begangen.* Der Politiker erwidert: *Haben die Fehler der einen jemals die Verbrechen der anderen legitimiert?* Aber die Frage bleibt ohne Antwort. Der Redner wird von Sprachlosigkeit überwältigt. Die Angst vor dem morgigen Tag, die bohrende Frage nach Schuld oder Schuldlosigkeit, der Schritt des Wachtpostens, der Vogelgeruch werden allmählich schwächer, verlöschen: Manuel schläft endlich, ohne zu wissen, daß seine rechte Hand die linke Hand Marias ergriffen hat.

4

Nicht herumgehen, nicht husten. Nur mit leiser Stimme sprechen, möglichst wenig. Nicht mit dem Ellbogen an die Wand des Verschlags, mit dem Kopf an das Dach stoßen.

Am frühen Morgen nicht auf den Knopf drücken, der das elektrische Ausfahren der Treppe betätigt, nicht hinuntersteigen – so dringend natürliche Bedürfnisse sein mögen. Abwarten, bis das Gymnastikprogramm der Familie beendet ist, das Vater, Mutter und Sohn vereint und das durch die rhythmischen *un-deux-trois-quatre* von Olivier oder die *en-tva-tre-fyra* von Selma signalisiert wird. Abwarten, bis der Bengel angezogen ist, bis er seine Schokolade geschlürft hat, bis er zur Schule losgezogen ist. Abwarten, bis das vereinbarte Signal kommt: ein leichtes Klopfen an die Flurdecke.

Erst dann sich hinunterwagen, die Notdurft verrichten, sich waschen, rasch etwas herunterschlingen und wieder hinaufsteigen, bevor Fidelia eintrifft, die kleine, immer pünktliche Mestizin, die als Hausmädchen für die Familie Legarneau arbeitet. Darauf achten, nach dem Hochsteigen den Motor abzuschalten, denn es ist vorgekommen, daß Vic – vor allem wenn er Spielkameraden mitgebracht hat – die Treppe zum Vergnügen aus- und eingefahren hat. Wenn das erledigt ist, den ganzen Vormittag kein Lebenszeichen mehr von sich geben.

Den Motor mittags erneut anstellen, wieder hinabsteigen, da das Haus theoretisch leer ist bis zur Heimkehr der Gastgeber. Trotzdem auf der Hut sein, denn Fidelia kommt manchmal zurück, um die Wäsche einzuweichen oder die Teppiche zu klopfen. Niemals auf das Läuten des Telefons antworten, niemals irgendwo anrufen, um nicht den Abhördienst zu alarmieren. Niemals an einem Fenster vorbeigehen, dessen Vorhänge nicht zugezogen sind. Möglichst nicht rauchen – und für Manuel ist das eine schwere Entbehrung –, weil man nicht lüften kann und weil weder Olivier noch Selma für den Tabakgeruch und die Zigarettenstummel verantwortlich sein können. Immer nur aus der Hand essen, denn schmutzige Teller könnten im Fall eines Eindringens der Polizei als Indiz dienen. Fernsehen und Radio nur ganz leise anstellen, mit der größten Vorsicht.

Wieder verschwinden vor der Rückkehr von Vic – alias Victor –, bis der Kleine mit geschlossenen Fäusten schläft, in seinem Zimmer, dessen Tür seine Mutter aus Vorsicht mit dem Schlüssel abschließt. Von neuem das vereinbarte Signal abwarten, dann wieder hinuntersteigen, um mit den Legarneaus das Abendessen einzunehmen. Eine Stunde später wieder mit aller Vorsicht in den Verschlag zurückkehren, ausgerüstet mit einer Taschenlampe, die in ein Tuch gewickelt ist, damit kein Lichtstrahl, aus dem Dachstuhl fallend, die Nachbarn alarmieren kann. Und in der Nacht, die lang ist, sich auch noch überwachen, damit man im Schlaf nicht zu laut stöhnt, nicht zu laut träumt... Das war das Programm, dessen Verschärfung an Donnerstagen und Sonntagen man nicht übersehen durfte: Tage ohne Schule, daher Tage völliger Blockierung.

»Wenn die Lage es erlaubt, können wir sonntags vielleicht mit dem Kleinen Ausflüge machen, aber an den Donnerstagen bleibt während unserer Abwesenheit Fidelia den ganzen Tag bei ihm...«

Tapfer, aber keineswegs zuversichtlich, hatte Selma den Stundenplan ausgearbeitet. Sie war knapp eine Minute vor der Ausgangssperre heimgekommen; sie hatte die Handlungsweise ihres Mannes gebilligt, wenn es ihr auch zunächst den Atem verschlagen hatte. Aber sie hatte seinen Vorschlag abgelehnt, als er fragte:

»Wie wäre es, wenn du in deinem Zustand um vierzehn Tage Urlaub bitten würdest?«

»Nein, wir wollen kein Aufsehen erregen. Es gibt zweihundert Leute in der Botschaft...«

Zweihundert Leute dort drüben, zwei hier. Manuel war die Schamröte ins Gesicht gestiegen, und sein Unbehagen war ständig gewachsen. Am Anfang hatte er sich, bedrängt von der eigenen Notlage, kaum Gedanken über die Situation seiner Gastgeber gemacht. Aber abgesehen von den Komplikationen, die sie in das Leben der Familie gebracht hatten: dem Zwang, ständig eine ihnen nicht vertraute Sprache sprechen zu müssen – Manuel sprach zwar Französisch, aber Maria nicht –, den Schwierigkeiten der Lebensmittelbeschaffung, den Kosten für die Verpflegung von zwei zusätzlichen Personen – abgesehen davon konnte Manuel sich nicht des Gefühls erwehren, daß er in dieses Haus etwas hineingebracht hatte, was ebenso gefährlich war wie die Cholera. Die Demütigung, sich in einem Zustand zu befinden, der sehr nahe an Bettelei grenzte, erstickte ihn; aber noch viel mehr bedrückte ihn die Scham, sich aufzudrängen, die Hochherzigkeit eines Paares auszunutzen, das unfähig war, eine Hilfe zu verweigern, die ihm eine Menge Scherereien – und Schlimmeres – zuziehen konnte. Der Gedanke war ihm unerträglich, daß er für die eigene Rettung die Sicherheit einer Familie gefährdete – nachdem er schon zuvor die von Maria gefährdet hatte –, die Vorstellung peinigte ihn, daß diese schwangere junge Frau hätte zu ihm sagen müssen: Hören Sie, Señor Alcovar, ich habe drei Leben zu schützen, die für mich wertvoller sind als das Ihre. Daran änderte auch die Tatsache nichts, daß die Initiative zu ihrer Aufnahme von Olivier ausgegangen war.

Noch am Abend ihrer Ankunft, als in einer Sondersendung des Fernsehens der General, umgeben von seinen Spießgesellen, aufgetreten war, um seine Aktion *vor dem Volke und vor der Geschichte zu rechtfertigen,* als er zunächst von dem *großen Bedauern für unsere Brüder* gesprochen hatte, die *Opfer einer importierten Ideologie sind,* aber dann mit erhobener Stimme jede Nachsicht zurückgewiesen, den Verantwortlichen, den Uneinsichtigen exemplarische Bestrafung angedroht hatte, ebenso wie *jeder Person, die einem Feind des Staates Unterschlupf gewährt und so gemeinsame Sache mit ihm macht und eine ebenso strenge Bestrafung verdient* – da hatte Manuel den schnellen Blick gesehen, den die Eheleute austauschten! Kein Bedauern, aber das Schaudern der Angst. Eine genauere Einschätzung der Konsequenzen ihrer Handlungsweise. Oliviers Ironie klang falsch, als er murmelte:

»Es ist doch merkwürdig, Diktatoren haben selten die passende Visage für ihr Handwerk. Hitler hatte sich den Kopf von Charlie Chaplin aufgesetzt. Mit seiner Mütze über dem Ohr sieht dieser wie ein Zöllner aus.«

Noch falscher klang die ermutigende Bemerkung an Selmas Adresse, die ganz bleich geworden war und ständig mit einer trockenen Zungenspitze über blasse Lippen fuhr:

»Weißt du, deine Landsleute haben es noch besser gemacht als wir: Es scheint, daß man in der schwedischen Botschaft im Stehen schlafen muß, so groß ist der Andrang.«

Aber es hatte ehrlich geklungen, als er hinzufügte:

»Ich bitte Sie, Senator, entwickeln Sie keine Komplexe. Die Pflicht, Menschen beizustehen, die in Gefahr sind, läßt sich nicht nach dem Belieben eines Säbelraßlers umkehren. Es ist ja nicht so, daß wir Ihnen als Person Asyl geben, sondern wir geben es dem Geächteten, der wir selbst sein könnten, wenn wir uns eines Tages in Ihrer Situation befänden. Verzeihen Sie das Pathos, und lassen Sie mich im übrigen präzisieren: Wenn ich es normal finde, Ihre Risiken zu teilen, so teile ich doch in keiner Weise Ihre Ideen.«

»Ich für meine Person muß gestehen, daß mir ein Schauer den Rücken heruntergelaufen ist«, hatte Selma hinzugefügt. »Aber *wie dem auch sei...*«

Manuel hatten diese Worte gefallen. Wie dem auch sei, Selma hatte keine Wahl. Olivier hatte sie nicht um ihre Meinung gefragt. Die Hochherzigkeit, der Mut sind niemals so echt wie in dem Augenblick, wo sie ihre Grenzen zeigen. Manuel hatte es auch gefallen, wie Selma plötzlich aufgesprungen war, um Maria zu umarmen, eine Frau, die wie sie darum besorgt war, ihren Mann zu schützen, mit dem Unterschied allerdings, daß dessen bloße Gegenwart ihren eigenen Mann gefährdete.

Das Zusammenleben mit Fremden in einem Haus, wenn zwei Personen frei sind, wenn zwei Personen eingeschlossen sind, aber doch irgendwie die elementaren Tätigkeiten der Existenz verrichten müssen, während zwei weitere, sichtbar für die erste Gruppe, unsichtbar für die zweite, ihr gewohntes Leben weiterführen sollen, ohne auch nur einen Augenblick die Anwesenheit dieser Phantom-Mitbewohner zu ahnen, das ist notwendigerweise eine heikle Sache. Die meisten Menschen haben ein sehr gutes Wahrnehmungsvermögen für Zeichen und Spuren. Nichts ist hartnäckiger als ein Rest Parfüm, das gegen das der Herrin des Hauses absticht. Nichts ist harmloser, aber auch auffälliger, als leichte Verschiebungen gewohnter Gegenstände: der Bürste zum Beispiel, die Selma immer auf den Rücken legt und in der ein verirrtes rotes Haar zu einer Kuriosität wird. Und was soll man von der Scheibe Schinken halten, die Vic haben möchte und von der Mama anfänglich versichert:

»Sie ist im Kühlschrank, im dritten Fach.«

Und dann, sehr schnell, nach kurzer Überlegung:

»Ach nein, tut mir leid, Liebling, ich habe sie gestern gegessen«, während Vic sich genau erinnert, wie seine Mutter appetitlos in ihrem Omelett herumstocherte.

Im Ablauf des täglichen Lebens kann niemand ständig wachsam bleiben. Man mag noch so sehr auf dem Quivive sein, ein Ballett mit derart verwirrendem Wechsel von Auftritten und Abgängen, bei dem keine Szene verpatzt werden darf, das klappt nicht gleich reibungslos. Die Kenntnis der Örtlichkeiten, die Beherrschung der Stundenpläne, die Ersetzung des Auges durch das Ohr, das auf die Abschätzung der Geräusche und der Stimmen dressiert sein muß, erlernt man nicht von einem auf den anderen Tag. Ein vergessenes Detail erhält den Aspekt einer Unvorsichtigkeit und provoziert Anmerkungen, leichte Reibungen und vor allem nervöse Spannung, eine Beunruhigung anderer, die zu einer Überforderung werden kann.

Das gefährlichste Wagnis jedoch, das unmittelbarste, hieß für Manuel Maria, und für Maria hieß es Manuel. Eine Sache ist es, sich von Zeit zu Zeit zu treffen, voller Erwartungsfreude, für einen privilegierten Augenblick unter all den Stunden, den Tagen, dem neben dem Reiz des Sichwiederfindens der Zauber des Feiertäglichen anhaftet; doch eine ganz andere Sache ist es, sich innerhalb einer Stunde aus allem herausgerissen zu finden und in ein gemeinschaftliches Leben oder vielmehr Überleben unter beengtesten Umständen geworfen zu sein, das im übrigen auf eine einzige Gemeinsamkeit reduziert ist, die der Gefühle, während alles das fehlt, was normalerweise die Einsetzung, den Unterhalt, den Zauber und den Fortbestand der Lebensgemeinschaft zweier Menschen sichert, einschließlich der mächtigsten aller Bindungen, der des Besitzes. Die Tragik ist gewiß eine außerordentliche Arznei für die Liebe, und selbst auf die Trauer hat sie eine dämpfende Wirkung. Aber diese läßt bald nach, und so kurz eine Verbannung auch andauern mag, die edlen Qualen der Angst werden von den kleinen Sorgen, den Bedürfnissen, den Befürchtungen, den gegenseitigen Vorwürfen aufgezehrt. Jener Meuterer wußte es, der bei der Landung auf seiner Insel seinen Kameraden zurief:

»Ihr seid gerettet, aber Vorsicht! Ihr seid es nicht vor euch selbst.«

Vermählt, ohne es zu sein, zum ständigen Zusammensein gezwungen, mußten Manuel und Maria zunächst diese banale, ein wenig alberne Geniertheit der gemischten Campings überwinden, bei denen Mädchen und Jungen die unmöglichsten Verrenkungen vollführen, um sich auszuziehen. Fürwahr eine unbedeutende Prüfung. Junge Ehepaare wissen sehr gut, daß die wirkliche Prüfung der Intimität die plötzliche Entdeckung der Fehler, der Unzulänglichkeiten, der Ticks, der Schwächen des Partners ist (aber sie haben den Vorteil, das alles im jugendlichen Rausch der Sinne immer wieder überspielen zu können).

Was kann man anderes tun, wenn man den ganzen Tag lang zu zweit in diesem Verschlag eingeschlossen ist, als einander anzusehen, einander zuzuhören, einander zu beobachten? Bei diesem Spiel riskierte Maria weniger als Manuel, obwohl sie das Gegenteil glaubte. Sich zu sagen: Für diesen bedeutenden Mann, der alles verloren hat, bin ich ein magerer Trost; sich zu sagen: Mit meinem bißchen Abitur, meinem Posten als Sekretärin bei *Gallego Import-Export,* wie kann ich ihn da interessieren? – das ließ die Tatsache außer acht, daß man Frauen zwar mit Worten betören kann, daß Männer aber nur durch die Augen gewonnen werden und daß sie es am liebsten mögen, wenn der Mund der Frau geschlossen ist (sei es aus demütiger Bewunderung, sei es durch den Kuß). Aber Marias Demut ließ ihre Überzeugungen um keinen Deut wanken, ihr Schweigen sammelte sich lange zu manchmal sehr treffsicheren Bemerkungen, und in allen praktischen Dingen entschied sie mit einer ehefraulichen Sicherheit, die für einen an seine Autonomie gewöhnten Junggesellen recht aufreizend war:

»Manuel, Vorsicht, Sie gehen vor dem Fenster vorbei... Manuel, pfeifen Sie nicht, das kann man hören.«

Weibliche Aufopferung, immer sich aufdrängend, in der Praxis immer ein wenig durch ihre pedantischen Aspekte verdorben. Manuel vergaß indessen nicht, daß diese Aufopferung auch heroisch gewesen war. Und Manuel konnte das von sich selbst nicht behaupten. Demütig, nein, das war nicht seine Art, aber selbstkritisch; er nahm es sich übel. Doch er litt noch sehr viel mehr unter einer erschreckenden *Diminutio capitis*: Er war nichts mehr. Nichts als ein Flüchtling ohne Ressourcen, ohne Wohnsitz, ohne Beruf. Nichts als ein Mann von siebenunddreißig Jahren, dessen Stellung nicht mehr den Altersunterschied zu einem zweiundzwanzigjährigen Mädchen aufwog, dem er als Zukunft nichts anderes bieten konnte als das Exil, ein ärmliches Leben, sozialen Abstieg. Diese Art seelischer Schmerzen macht aggressiv und schafft sich gemäß männlicher Tradition schonungslos ein Ventil, transformiert allerdings in bittere Betrachtungen über die Schlechtigkeit der Welt.

Daß Manuel seelisch sehr verletzt war – wie sie selbst –, daß er sie nicht pflegen konnte wie sie ihn, das wußte Maria. Daß er eine Menge kleiner Fehler hatte, daß er trotz des Verbots das Rauchen nicht einstellte, daß er schnarchte, daß er gefräßig war, daß er beim Nachdenken pfiff, das bedeutete nicht viel: Die kleinen Fehler und Schwächen machen einfach und lebendig.

Was bei ihm am schwersten zu ertragen war, das war sein Mangel an Humor, das war vor allem die schulmeisterliche Seite des ehemaligen Studienrats und die doktrinäre Seite des seines Publikums beraubten Volkstribuns. Glauben gegen Glauben: Maria achtete auch den seinen, der hitzig und beredsam war, der ihn aber auch jeden Augenblick zum Märtyrer zu machen drohte. Er konnte lange Zeit interessant sein, dann wieder unerträglich langweilig, vor allem, wenn er seine Paradestücke losließ, wenn er sie an ihr erprobte, wohl mehr, um sich selbst zu hören, als um gehört zu werden. Er ließ nicht nach, sich über sein Mißgeschick auszulassen, es zu analysieren, die Vergangenheit zu untersuchen.

»Sehen Sie, Maria, wir waren eine Minderheit, und wir hätten ahnen müssen, daß Ihre Freunde... also ich will sagen, wir hätten ahnen müssen, daß die Christdemokraten ins andere Lager überwechseln würden. Wenn man noch einmal neu anfangen könnte, dann würde ich nicht mehr dafür plädieren, die Macht unter Respektierung einer Legalität zu übernehmen, um die sich die Militärs einen Dreck gekümmert haben.«

Sehr häufig wurde die Fortsetzung plötzlich stimmlos, spulte sich schweigend in seinem Kopf ab. Dann kam sie ein wenig später wieder nach außen, in Form einer weiteren Tirade ohne erkennbaren Zusammenhang mit der vorherigen: pure stimmhafte Reflexion, nach außen transportierte stumme Gedankensplitter.

»Kurz gesagt, Maria, wir bieten das Schauspiel eines Landes, das von seiner eigenen Armee überfallen wird. Was für eine Lektion! Wenn die Soldaten nicht mehr die Aufgabe haben, die Grenzen zu verteidigen, sondern die Privilegien einer kleinen Minderheit, dann wird der Putsch überall zu einer heiligen Pflicht werden...«

Es kam übrigens auch vor, daß er plötzlich einhielt, daß er murmelte: »Ich langweile Sie!« Aber unweigerlich begann er bald von neuem. Um ihn von seinen Tiraden zurückzuholen, brauchte Maria ihn nur in einer bestimmten Weise anzuschauen. Er reagierte ziemlich schnell auf diese List der Zärtlichkeit, und sein Gesicht verjüngte sich plötzlich in einem unsicheren Lächeln, verbannte die wichtigtuerische Miene, diese lächerliche Selbstzufriedenheit, die die meisten Menschen zur Schau tragen, wenn sie ein öffentliches Amt bekleiden.

Und wieder kam der Abend, unterbrach das Tête-à-tête, das trotz allem ein wenig erstickend war. Auf das befreiende Klopfen wartete

Maria ebenso wie Manuel: Es gibt keine Liebe, die nicht von Zeit zu Zeit eine Abwechslung, eine Entspannung braucht. Olivier benutzte diese kurze Stunde zwischen Suppe und Dessert, um die propagandistischen Nachrichten des Rundfunks zu revidieren – soweit die Botschaft über echte Informationen verfügte. Sie waren verheerend. Jeder Widerstand schien aufgehört zu haben. Das Land zitterte unter den Stiefeln der Soldaten, es verwandelte sich in eine einzige große Kaserne und ein einziges großes Gefängnis. Alle Parteien waren aufgelöst. Das Lieblingsspiel der Behörden bestand darin, die Toten zu zählen, sich gegenseitig Zahlen zuzuwerfen, die bis um das Zehnfache variierten.

Olivier vermied es, Kommentare abzugeben, das überließ er dem Senator, der sich natürlich entrüstete, während er sich Zucker zum Kaffee nahm. Auch die Tragödie hat ihre starken und ihre schwachen Momente. Manuel, der dem drohenden Tod entgangen war, der lebte, aber aus dem Spiel ausgeschieden war, der sich schämte, vom Akteur zum Zuschauer geworden zu sein, senkte schließlich stumm den Kopf über den Teller. Man sprach von anderen Dingen. Dann, während Olivier, zum Wesentlichen zurückkehrend, von den Befürchtungen Fidelias sprach – deren Mann kompromittiert war – oder sich über die Bemühungen der Botschaft zur Rettung der Flüchtlinge äußerte, standen die Frauen auf, um sich in die Küche zu begeben und sich beim Abspülen über privatere, vertraulichere Dinge zu unterhalten.

5

Klein von Gestalt, mit flinken Augen nach allen Seiten scharf beobachtend, offensichtlich unruhig, aber von Zeit zu Zeit ein herausforderndes Lächeln zeigend, trippelt Fidelia durch die Stadt.

Die Señora hat ihr aufgetragen, mit Vic spazierenzugehen. Sie hat ihn in den Zoo geführt. Sie sind lange vor dem Käfig des Pumas stehengeblieben, der, den Schwanz aggressiv zur Seite gestreckt, seine Fänge gierig in eine Rinderkeule geschlagen hat. Fidelia macht Vic darauf aufmerksam, was für ein Glück diese Bestie hat, alle Tage Fleisch zu bekommen.

Ein Kind muß die Wirklichkeit des Lebens kennenlernen, deshalb beschließt Fidelia, vom Zoo aus durch die Unterstadt zurückzugehen. Der Übergang von einer Welt in die andere erfordert keine Kommentare. Es gibt die Leute, die unten sind: Ameisen, die schwer bepackt von einem Loch zum anderen hasten; und es gibt die Leute, die oben sind, die auf ihrer Terrasse sitzen und zusehen, wie dieses Pack von den tapferen kleinen Soldaten wieder zur Räson gebracht wird, die an allen Straßenecken postiert sind und deren Maschinenpistolen so selbstverständlich zu ihrer Hüfte zu gehören scheinen, wie der runde Rücken und die unterwürfige Miene der Passanten zur guten Ordnung. Diese abgemagerten Gestalten, die die Stimme senken, wenn sie die harmlosesten Dinge sagen, die nicht mehr wagen, sich zusammenzurotten, sondern in kleinen Grüppchen, gut überwacht, mit verstohlenen Blicken an den Auslagen der Lebensmittelläden vorbeigehen, das ist ein beruhigenderer Anblick als die mit Fahnen gespickten Massendemonstrationen, wie sie noch vor einem Monat die Avenue der Unabhängigkeit zum Platz der Freiheit hinunterzogen. Alles ist gut. Jedenfalls ist alles besser. Dutzende von Silhouetten dort oben bezeugen, daß man beim Tee sitzt, Operngläser zur Hand, um beiläufig die kurze Säuberungsaktion einer Patrouille zu begutachten, die mit Gewehrkolben die Haustür eines Verdächtigen einschlägt...

Ein lehrreicher und ungefährlicher Spaziergang. Fidelia ist unverkennbar eine arme Mestizin, mit ihrer bronzefarbenen Haut und den kohlschwarzen Haaren, in ihrem ärmlichen kurzen gelben Kleid mit den braunen Streifen. Aber sie hält Vic an der Hand. Sie führt ihren kleinen Herrn sorgfältig so, daß er immer etwas vor ihr ist. Wer könnte sich da täuschen? Vic, der seinem Vater nachschlägt, sieht mit seinen acht Jahren wie ein Elfjähriger aus; seine helle, rosige Haut hat durch die Glut der Sonne die Farbe gebrannter Ziegel bekommen; er trägt zwar Jeans, die auf halber Schenkelhöhe abgeschnitten sind, und ein Polohemd mit dem Porträt von Juan Llapel, dem berühmten Mittelstürmer, doch seine guten Schuhe und seine Armbanduhr bezeugen seinen Stand. Und außerdem, darin schlägt er seiner Mutter nach, ist er blond – eher stroh- als flachsblond –, und er hat blaue Augen, vergißmeinnichtblaue Augen.

»*Hur mycket är blockan?*« fragt er.

Das ist ein Spiel. Der Sprößling eines Vaters aus dem Anjou und einer Mutter aus Dalekarlien kann sich in vier Sprachen ausdrücken: dem väterlichen Französisch, dem mütterlichen Schwedisch, einem etwas dürftigen Englisch – wie er es in Ottawa und Neu-Delhi geplappert hat, den letzten Dienststellen der Legarneaus – und einem rudimentären Spanisch, durchsetzt mit seltsamen Vokabeln, die er aus den anderen Idiomen entliehen und vage hispanisiert hat. Fidelia, der diese Sprachgabe eine Art Respekt einflößt, muß in ihrem Heimatdialekt antworten, den Vic zu entschlüsseln versucht.

Diesmal wird sie nicht die Zeit dazu haben. Das vorsichtige Gemurmel der Menge verstummt, man beschleunigt den Schritt, um möglichst schnell hier wegzukommen. Wer schreit da? Eine lange Schlange steht vor einem Laden an, aus dem vier Polizisten gerade zwei kleine Frauen mit dunkler Gesichtsfarbe und Stirnpony abführen, die es gewagt haben, den Preis für den Fisch zu beanstanden. Die Schlange weicht an die Hauswand zurück, ängstlich, starr, um diesen blonden Jungen vorbeizulassen, der von einer treuen Dienerin geleitet wird.

»*Qué han hecho, estas niñas?*« fragt Vic, ins Spanische übergehend.

Fidelia läßt sich mit der Antwort Zeit. Es ist besser, sich siebenmal auf die Zunge zu beißen und sich weit von hier zu entfernen, bevor man der kleinen Neugier einen vagen Erklärungsversuch liefert.

»Sie sind arm«, sagt sie schließlich. »Sie finden, daß das zu teuer ist.«

»Na und?« sagt Vic. »Mama beklagt sich auch darüber.«

»Man kann das bei sich zu Hause sagen«, erwidert Fidelia. »Nicht draußen; da ist das Politik.«

Die Straße steigt an. Fidelia schreitet schneller aus, sucht nach Worten:

»Die Armen haben sich in der letzten Zeit von den Reichen befreien wollen. Jetzt, verstehst du, ist es das Gegenteil.«

»He!« wirft Vic mit bestechender Logik ein. »Man kann aber doch nicht alle Armen verhaften. Wer sollte sonst für die Reichen arbeiten?»

Fidelia öffnet den Mund, zögert und schweigt schließlich. Man kann nie wissen: Ein Kind hat schnell eine vertrauliche Äußerung ausgeplappert, und im Augenblick kann die harmloseste Bemerkung teuer zu stehen kommen. Vor allem in ihrer Situation. Die Steigung wird steiler. Fidelia schnauft ein bißchen, sie krümmt den Rücken so sehr, daß Vics Schulter ihr fast bis ans Kinn reicht. Ja, es ist besser, nichts zu sagen. Es ist besser, nichts zu sehen, nichts zu wissen.

Sie hätte indessen große Lust, Fragen zu stellen. Sie hat es eben noch bemerkt, bevor sie fortgingen: Das Haus roch nach Tabak, und doch haben weder Señor noch Señora Legarneau jemals in ihrer Gegenwart geraucht. Das Hemd, das auf der Wäscheleine im Hof zum Trocknen aufgehängt war, war viel zu eng für den Señor, und der Schlüpfer, der von zwei Plastikklammern gehalten wurde, gehörte nicht zu denen der Señora. Seit einigen Tagen ist der Kühlschrank ungewöhnlich gut bestückt. Dabei ist es völlig ausgeschlossen, am Abend Gäste zu empfangen, das Ausgehverbot zu mißachten. Und wenn die Señora Sicherheitsvorräte hat anlegen wollen, wie konnte sie trotz ihrer Arbeit, trotz ihres Zustandes die langen Wartezeiten in den Schlangen auf sich nehmen, die dazu erforderlich waren?

»Wir sind da«, sagt Fidelia.

Sie haben die Höhe erreicht und befinden sich nun in der oberen Stadt. Der Szenenwechsel ist kraß. Die Bäume des Parks bilden eine hochragende Kulisse. Die Gärten sind weiträumig; sie werden von wohlgenährten Hunden bewacht, deren tiefes Gebell Einbrecher abschrecken soll. Katzen mit gepflegtem, glänzendem Fell streifen in ihnen herum. Breitrandige Dächer bedecken die Bungalows, aus deren geöffneten Fenstern die Grammophone ihre Melodien verstreuen, die sich draußen zu einem bunten Potpourri vermischen. Fidelia zuckt plötzlich zusammen, und Vic bleibt verdutzt stehen. Aus einer Seitenstraße taucht eine Kolonne von Jungen auf, kostspielig ausstaffiert, die einen als Indianer, die anderen als Gendarmen; alle haben Plastikgewehre umgehängt. Zwölf von ihnen marschieren neben sechs Gefangenen verschiedenen Alters her, die die Hände über dem Kopf verschränkt haben. Sie halten direkt vor der Parkmauer an, verbinden den Verurteilten die Augen mit ihren Taschentüchern, stellen sie mit dem Rücken gegen die Mauer und formieren sich vor ihnen zu einem Exekutionskommando. Der Anführer tritt beiseite; er ist nicht der größte von ihnen, aber seine prächtige Aufmachung verleiht ihm den Rang eines Generals.

»Könnt ihr nicht was anderes spielen, he?« protestiert der in der Nähe stehende Wachtposten.

»Feuer!« schreit der Anführer und begleitet das Kommando mit einer stilgerechten Armbewegung.

Zwölf Münder spucken eine Salve aus. Die Opfer fallen, vorsichtig zuerst, dann, als sie am Boden sind, geben sie sich Mühe, sehr tot auszuschauen, die Arme kreuzweise gespreizt, die Beine eingewinkelt, den Atem anhaltend, während der Anführer ihnen der Reihe nach seinen Spielzeugrevolver an die Schläfe hält und sechsmal nacheinander *»Päng!«* schreit. Aber bald erwachen die Opfer wieder zum Leben. Sie springen auf und rufen:

»Jetzt wird gewechselt! Immer sollen wir die Erschossenen sein.«

Fidelia hat entrüstet Vic fortgezogen, sie hat das Tor erreicht, ihren Schlüssel aus der Tasche genommen. Als sie die Augen erhoben hat, ist sie wieder zusammengezuckt, sie hat ihren Schlüsselbund fallen lassen, ihn wieder aufgehoben, hat einen Hustenanfall vorgetäuscht, bevor sie öffnete. So war dem Schatten, den sie flüchtig gesehen hatte, Zeit geblieben, den Zipfel des Vorhangs zurückzuschlagen und zu verschwinden.

6

Sie hören dem Regen zu, der auf das Dach trommelt. In ihren Verschlag unter dem gut abgedichteten Dach dringt kein Tropfen, aber es hat etwas Belebendes, wie dieses Wasser über die Ziegel gleitet, manchmal leicht hüpft, bevor es etwas tiefer in die Dachrinne fließt. Maria allerdings hat das Gefühl, daß sie sich innerlich auflöst. Ein Glück noch, daß sie etwas hat, um sich zu beschäftigen. Sie strickt für Vic einen Pulli aus weißer Wolle, den Selma bereits begonnen hatte; es hilft ihr, die Fassung zu bewahren. Mit ihren Ellbogen und den großen Plastiknadeln igelt sie sich ein: gegen Manuel, dem das enge Zusammenleben zu schaffen macht, der sich nervös von einer Seite auf die andere wirft, der mit dem Wollknäuel spielt, der seine Hand auf ihre Schulter legt und brummt:

»Ich halte es in diesem Käfig nicht mehr aus. In der Garage stehen zwei Fahrräder, wollen wir beide nicht einmal eine Radtour machen?«

»Sollten Sie lebensmüde sein?« sagt Maria.

Aber es klingt eher wie eine Ermutigung. Auch sie würde sich gern auf die Straße wagen. In ein Refugium verkriecht man sich mit Erleichterung, wenn unmittelbare Gefahr droht; aber sehr bald fühlt man sich um sein Leben betrogen. Manuel ist zwar für seine Feinde verschwunden, aber er ist auch in den eigenen Augen nicht mehr existent. Dieser Verschlag ist ein Gefängnis geworden: ein Gefängnis, das paradoxerweise dazu bestimmt ist, ihm das Wirkliche zu ersparen, ihm die Freiheit zu erhalten unter der Bedingung, daß er sich ihrer nicht bedient.

Maria trauert noch immer, macht sich Vorwürfe, daß sie noch trauert, macht sich Vorwürfe, daß sie daran denkt, sie könnte aufhören zu trauern. Sie ist unruhig, verhaspelt sich mit ihren Maschen, sie ist von Ängsten und Hoffnungen verwirrt. Ihre Toten haben sie die ganze Nacht verfolgt, sie ist von Schuldgefühlen wie betäubt. Wie hat sie sie verlassen können, wie hat sie darauf verzichten können, ihnen die letzte Ehre zu erweisen, um Manuel zu folgen! Wie kann sie sich eingestehen, daß der abscheuliche Zufall, indem er ihn schonte, ihn allein, ihr eine Gnade erwiesen hat!

»Maria«, murmelt Manuel, dessen Hand langsam über Marias Arm geglitten ist und jetzt am Gürtel ihres Kleides herumspielt.

Maria rückt ein wenig von ihm ab, aber sie ist ihm nicht böse. Ist es seine Schuld, wenn das enge Zusammenleben der Begierde Vorschub leistet? Ist es nicht verständlich, daß Manuel, verstört durch eine Niederlage, die zwanzig Jahre harter Anstrengungen zunichte gemacht hat, nachdem doch schon der Erfolg erreicht schien, Trost und liebevolle Zuwendung sucht? Sie hat ihren Kopf an seinen gelehnt. Er soll nicht meinen, daß sie ihm widersteht, weil er jetzt ein weniger bedeutender Mann ist, während er doch ganz im Gegenteil jetzt einem Mädchen erreichbarer zu sein scheint, das sich seit drei Monaten Sorgen macht, weil es einem Mann in so exponierter Stellung so wenig zu geben hat. Sie will auch nicht den Eindruck erwekken, daß sie stolz auf das ist – wovon er übrigens gar keine Ahnung hat –, was Selma so erstaunt hat, als sie ihr verlegen gestehen mußte, daß die mit der gleichen Verlegenheit angebotenen Pillen nicht notwendig waren. Gewiß, ohne sich darauf zuviel einzubilden, schätzt sie es doch auch nicht gering ein; sie würde es vorziehen, beim ersten Mal nicht einer Überrumpelung nachzugeben. Aber versteht Manuel denn nicht, daß sie ihren Kummer bewahren will, daß sie sich vor einer Reinkarnation von Carmen fürchtet, daß sie sich selbst bestraft?

»Entschuldigen Sie«, sagt Maria und legt die Hand zurück, die sich verirrt hat.

Manuel hat sich abgewendet, geduldig, aber innerlich aufgewühlt. Er hat sich vor eine Art Ausguck gekniet, den er zur Straße hin in das Dach eingebaut hat, indem er ein Feld aus der Verschalung löste, einen Dachziegel anhob und dessen Kehlleiste mit einem Stück Holz verkeilte. Das ist sein Beobachtungsstand, von dem aus er feststellen kann, wer das Haus betritt, wer es verläßt, von dem aus er die Runden der Wachtposten und ihre Ablösung verfolgen, die Tageseinteilung der Nachbarn kontrollieren kann. Oft sucht er nur einen Vorwand, um sich seiner Augen zu bedienen, um sich der Weite und der Freiheit des Blicks zu vergewissern. In Wirklichkeit aber spürt er immer nur sich selbst nach, wobei er mit gedämpfter Stimme seine Gedanken und Empfindungen mitteilt. Diesmal murmelt er:

»Ich mißtraue den Romantikern, Maria, und ich glaube, daß jeder die Pflicht hat, sich für seine Sache zu erhalten. Aber wenn man alles verloren hat außer sich selbst, bedeutet einem Sicherheit nicht viel. Ich schäme mich, nichts zu tun, und schäme mich, nichts zu erleiden.«

Eine Minute später fährt er fort:

»Übrigens denkst auch du, daß wir kein Recht auf das Glück haben.«

Er wartet, holt tief Atem, sagt dann:

»Um uns ist die Hölle. Man richtet sich kein Paradies in der Hölle ein.«

»Pst!« sagt Maria beschwichtigend.

Sie hat bemerkt, daß Manuel sie gerade geduzt hat. Seine Kommentare – und Gott weiß, daß er damit nicht spart – bringen ihm Erleichterung, aber sie muß sofort eingreifen, wenn er die Stimme hebt. Der Regen scheint nachgelassen zu haben; das gleichmäßige Plätschern hat einem spielerischen Hüpfen Platz gemacht. Manuel, der die Umgebung beobachtet, stellt fest:

»Merkwürdig, der Wagen der Legarneaus ist noch vor dem Haus geparkt. Fidelia ist mindestens eine Stunde zu spät dran.«

Er hat sich wieder unter der kleinen Dachluke aus getöntem Glas ausgestreckt, durch die nur – von der Gartenseite her – ein purpurfarbenes Licht dringt, wie es für ein Fotolabor zweckmäßig ist. Der Gipsbelag auf den Wänden, der Bademantel, den Maria geborgt hat, Vics Pullover, alles sieht wie rosa gefärbt aus. Marias aufgelöstes Haar, aus dem Manuel jeden Morgen einige Spinnweben entfernen muß, leuchtet hexenhaft. Manuel versucht, auf der ausgebeulten Luftmatratze eine etwas bequemere Lage zu finden. Er überlegt, er pfeift vor sich hin, er kneift die Augen zusammen, er vermerkt im Halbdunkel ein paar Gedanken in seinem Notizbuch. Schließlich hört man von unten aufgeregte Stimmen. Eine Tür fällt ins Schloß. Ein Wagen fährt ab. Ein Staubsauger setzt sich in Marsch.

Nicht für lange; ein Flügelrascheln zeigt das Auffliegen der Spatzen aus der Dachrinne an, es kommt also ein Besucher. Manuel, der fortfährt zu schreiben, spitzt lediglich die Ohren. Der Staubsauger ist offensichtlich gegen einen Besen ausgetauscht worden. Ein Männerschritt, bald hart (er geht über das Parkett), bald gedämpft (er geht über den Teppich), läßt sich aus dem Wohnzimmer vernehmen, dann aus dem Flur, wo Stöße gegen die Fußleisten, vermischt mit Sprachfetzen, verraten, daß Fidelia mit dem Besucher diskutiert, ohne die Hausarbeit zu unterbrechen. Allmählich wird die Unterhaltung, mit Seufzern untermalt, deutlicher; es taucht darin immer wieder der Name Pablo auf. Und schließlich bleiben Fidelia und ihr Gesprächspartner direkt unter der Klapptür stehen. Man versteht deutlich, wie der Mann sagt: »Ich gehe jetzt ins Dorf zurück, und ich gebe dir den Rat, das auch zu tun.«

»Und wovon zu leben?« gibt Fidelia zurück. »Ich habe zwei Gören zu ernähren, und ich will in Pablos Nähe sein, solange er in diesem Loch eingesperrt ist.«

»Nicht bewegen, Manuel!« flüstert Maria hastig.

Zu spät. Manuel kriecht bereits zur Klapptür, die von der Flurdecke durch den kaum erkennbaren Spalt getrennt ist, an dem Manuel ebenfalls ein bißchen herumgebastelt hat. In die Kerbe würde kaum ein Streichholz passen, aber er kann trotzdem den schwarzen Fleck eines Kopftuchs unterscheiden, das sich von dem gelben Fleck eines Kleides abhebt, und gleich daneben einen hellgrauen Fleck, wahrscheinlich eine Schirmmütze, die dem Besitzer der beiden herumgestikulierenden Arme gehört. Aber mehr wird Manuel nicht entdecken; er hat vergessen, den Atem anzuhalten, und da er mit der Nase fast den Fußboden berührt, atmet er plötzlich so viel Staub ein, daß er ein Niesen nicht unterdrücken kann.

»Was war das?« fragt der Besucher.

Das Schweigen, das darauf folgt, läßt die einen wie die anderen vor Schreck erstarren. Alle haben die gleiche panische Angst.

»Das muß die Katze sein«, sagt Fidelia nach einer Minute.

Es klingt nicht überzeugend, und das kann es auch nicht, denn es gibt keine Katze im Haus. Schuhe knarren. Man entfernt sich.

»Ich glaube fast«, hört man Fidelia noch sagen, »ich werde der Señora ein paar Worte schreiben und dann gehen. Ich muß versuchen, Pablo zu sehen...«

Mittag. Fidelia ist nicht zurückgekommen. Die Treppe hat sich dank des in der Garage gefundenen Autoöls, mit dem Manuel die Scharniere geschmiert hat, ohne das geringste Knarren entfaltet. Das erste, was in der Küche ins Auge fällt, ist ein aus dem Haushaltsbuch gerissenes Blatt kariertes Papier, das mit einer Nadel an den Vorhang mit dem Blumenmuster geheftet ist. Wenn die mit Blaustift geschriebenen Zeilen, in einer holprigen Handschrift, ohne Punkte und Kommas, ohne Großbuchstaben, ohne Unterschrift, auch nicht für die Eingeschlossenen bestimmt sind, so interessieren sie sie doch mindestens ebenso sehr wie die wirklichen Adressaten. Gemeinsam entziffern sie:

Señora mein bruder kommt pablo von dem ich ihnen sagte er ist nicht zurückgekommen ist mit anderen kameraden verhaftet worden man glaubt daß er im zentralgefängnis ist verzeihen sie ich lasse alles liegen ich sterbe vor unruhe ich gehe ihn besuchen

»Für uns ist das eher beruhigend«, stellt Maria fest. »Wenn Fidelia etwas von unserer Anwesenheit ahnt, hat sie gute Gründe, das nicht zu verraten.«

»Ja«, gibt Manuel zu. »Aber wenn die Untersuchungsbeamten nach dem Mann auch die Frau verhören wollen, werden sie mit ihren rüden Methoden schon herausbekommen, was sie weiß.«

Vorsichtig nähert er sich dem Wohnzimmer und bleibt sogleich auf der Türschwelle stehen: Fidelia hat vor dem Weggehen die Fenster geschlossen, aber sie hat nicht die Vorhänge zugezogen. Zum Glück fängt es wieder an zu regnen. Niemand hält sich in den Nachbargärten auf. Bleibt nur der Wachtposten vor der Parkmauer, der etwas weiter links unter der Paulownia Schutz gesucht hat. Einzige Lösung: über das Parkett robben, um die Kordeln der Vorhänge zu erreichen. Die Operation hat etwas so Komisches, daß Maria lachen muß.

Zweck der Übung war der Zugang zum Fernsehgerät. Manuel hat auf den Einschaltknopf gedrückt, und schon die ersten Bilder sind deprimierend: Razzia in einer Spinnerei, Razzia in den Docks, Razzia in einer landwirtschaftlichen Genossenschaft. Alle von äußerster Brutalität und zynisch gefilmt, damit jeder weiß, woran er ist.

»In der Stadt wie auf dem Lande«, kommentiert munter der Sprecher, »setzt die Armee die Suche nach verdächtigen Personen fort.«

Mit Gewehrkolben in die Lenden gestoßen, krümmen sich die Verdächtigen bäuchlings auf dem Boden der Lastwagen, manche im Overall, andere im Poncho oder im Straßenanzug, während junge Rekruten über sie hinwegtrampeln, deren Puppengesichter zur Hälfte unter den Helmen und Kinnriemen verschwinden, und sich, den Finger am Abzug, gegen die Seitenwände lehnen. Den verwöhnten Zuschauern bietet man als besonderen Leckerbissen den Anblick einer Wagenladung von Frauen, die nicht weniger grausam von ihren Wächtern behandelt werden; aber diese Wächter sind rechte Spaßvögel, die ihre Zoten reißen, während sie ihre Maschinengewehre auf die Schlüpfer richten, die unter den von ihnen mutwillig hochgeschlagenen Röcken zu sehen sind. Aber schon leitet der Ansager zum nächsten Spektakel über:

»Und jetzt wollen wir uns das Großwild anschauen.«

Auf dem Schirm flackert es. Ein erstes Porträt erscheint, auf den Kopf gestellt. Man dreht es um, es fällt in zwei Teile auseinander.

»Die Säuberung muß unter den Technikern ziemlich aufgeräumt haben«, sagt Manuel.

Schließlich defilieren Gesichter vorbei; unrasiert, Augen tief in den Höhlen liegend; man präsentiert sie zuerst von vorn, dann im Profil, gemäß den besten Traditionen des kriminaltechnischen Erkennungsdienstes. Jeder hat natürlich das Recht auf einen Spottvers:

»Schauen Sie sich diesen an! Erkennen Sie ihn wieder? Ich höre bis hierher das Schimpfen der Hausfrauen, für die er der öffentliche Feind Nummer eins war. Der abscheuliche Valverde, der Hauptverantwortliche für Not und Elend; was glauben Sie, wo man ihn gefunden hat? Ich wette um eine Million, daß Sie es nicht erraten. Er hatte sich unter dem Bett einer Prostituierten versteckt.«

»Das sind Leute, die ihre Klassiker kennen«, sagt Manuel. »Schon Machiavelli hat empfohlen, den Gegner zu entehren.«

Aber das ist noch gar nichts. Das Beste kommt erst. Ein anderer Sprecher mit platter Boxernase übernimmt die Reportage, er verkündet, daß zu viele dieser abscheulichen Verbrecher sich der gerechten Strafe haben entziehen können, daß es nationale Pflicht ist, sie in ihren Schlupflöchern aufzustöbern, daß es dafür übrigens eine sehr gute Belohnung gibt.

»Eine halbe Million Prämie pro Kopf! Sie werden sagen, daß diese Leute uns wieder einmal sehr teuer zu stehen kommen, aber jedenfalls wird es das letzte Mal sein. Schauen Sie gut hin. Der Steckbrief des Tages...«

Panne. Der Bildschirm wird schwarz. Ein Gewimmel von Punkten, Strichen, Wellenlinien, begleitet von gelegentlichem Knattern. Und plötzlich ruft Maria aus: »Nein!« Der steckbrieflich Gesuchte erscheint; der Steckbrief des Tages gilt dem, der neben ihr sitzt, der echte Manuel schaut sein Double an.

»He, Manuel Alcovar«, tönt es aus dem Apparat, »wo sind Sie denn? Was sagen Sie da? Sollte es Ihnen die Sprache verschlagen haben? Das ist komisch, ich höre Sie nicht mehr.«

In der Tat ist der Ton abgeschaltet. Der Mann mit dem zerzausten Haar, der unter offenem Himmel spricht, ohne daß man die Zuhörer sieht, öffnet den Mund, schließt ihn, wirft einen Arm in die Luft, scheint sich selbst nachzuäffen. Ein Demosthenes wirkt lächerlich im Land des Schweigens. Der Kommentator jubiliert:

»Also, was ist, Senator? Sie erinnern mich an ihren kleinen Genossen, den man die Nachtigall der Revolution genannt hat. Auch er plusterte sich auf für das Glück der Kanaille. Aber die Guillotine hat die Nachtigall zum Schweigen gebracht! Ihre Appelle zum Aufstand klingen uns noch in den Ohren, Alcovar. Und bald, seien Sie versichert, werden wir uns um Ihre Stimmbänder kümmern.«

Ende der Sendung, die in schwarzen Großbuchstaben vor dem Hintergrund der Nationalflagge ihren Titel wiederholt: *Helfen Sie uns.* Der Titel verlischt, es folgt eine Werbesendung, die den Nachrichten vorausgeht. Manuel schaut bis zum Ende zu, ohne ein Wort zu sagen. Ausgestoßen aus der Welt, mit ihr verbunden nur durch das, was die augenblicklichen Herren davon zu zeigen belieben, ist er ein Gefangener dieses Kastens, der ihn denunziert, wie er ein Gefangener ist in diesem Schlupfwinkel, der ihn vor der Denunziation schützt. Er ist ein wenig blaß, aber unter einem zufriedenen Lächeln. Ja, zufrieden. Man droht ihm, also existiert er noch. Die Nachrichten plätschern über ihn wie der Regen auf den Rasen: Beifallsrufe, heuchlerische Dankadressen, Kinder mit Blumensträußen, Veteranen, die ihre patriotische Freude bekunden, ein Botschafter, der erklärt, daß sein Land als sechzehntes die Junta anerkennt, Hochamt in der Kathedrale, wo der Kardinal am Haupteingang den General-Präsidenten empfängt, um den sich zwölf andere ordensgeschmückte Generale scharen, Minister für dieses oder jenes Ressort. Manuel reagiert schließlich:

»Zwölf Generale, zwölf Apostel, die Rechnung stimmt! Welch schönes Peloton, um Jesus, diesen Revolutionär, zu füsilieren!« murmelt er mit einem Seitenblick auf Maria, deren Gesicht einen gequälten Ausdruck zeigt.

Aber sofort ändert er den Ton:

»Haben Sie den manipulierten Filmausschnitt erkannt? Es war ein Auszug aus der Rede, die ich an dem Tag gehalten habe, an dem wir uns begegnet sind.«

7

Es regnete immer noch. Manuel beschäftigte sich an diesem Nachmittag, an dem die Wohnung ihnen zugänglich war, im Büro Oliviers mit Schreiben. Maria, die die Maschen für den Übergang zum Ärmelausschnitt zählte, saß in seiner Nähe und kramte in Erinnerungen.

Ja, das war der Tag, wenn wir schon Daten brauchen, um sie auf dem Kalender anzukreuzen. Der Tag, oder genauer, die Nacht: *Um zweiundzwanzig Uhr sieben am Samstag, dem 20. Juni, auf dem Fußgängerübergang, der das äußerste Ende der Avenue der Unabhängigkeit überquert,* wie es in der Erklärung hieß, die dem Akt der Versicherungsgesellschaft beigeheftet war.

Ja, das war der Tag. Aber sie hatte es Manuel nie eingestanden: Die berühmte Rede, die ihn datierte – diese am Tag nach einem ersten Staatsstreichversuch bei einer Massenkundgebung zur Unterstützung der Volksregierung gehaltene Rede –, hatte sie nicht gehört. Erst am Sonntag hatte sie, mit plötzlichem Interesse, am Fernsehgerät im Zimmer 7 der Unfallstation einen Ausschnitt daraus in den Nachrichten gehört. Die Stimme besaß Überzeugungskraft, die Gesten waren sicher, ohne jede Übertreibung, das Gesicht strahlte leidenschaftliches Engagement aus. An das, was Manuel gesagt hatte, erinnerte sie sich nicht mehr. Nur ein Satz hatte sich ihr eingeprägt. Er hatte ungefähr so gelautet: »Das Gesetz, und nichts als das Gesetz! Aber wir werden bis ans Ende dessen gehen, was es uns erlaubt, um denen Widerstand zu leisten, die, wie wir wissen, bis ans Ende dessen zu gehen bereit sind, was es ihnen verbietet!«

An diesem Samstag, dem 20. Juni, war sie, vom Abendessen bei ihren Eltern zurückkehrend, in sehr schlechter Laune. Sie stand an der Einmündung der Avenue in den Platz der Freiheit und wartete auf ein Taxi. Sie wartete auf nichts anderes, und sicher nicht auf einen Mann. Der ewige Vorwurf: *Warum heiratest du nicht?*, gefolgt von dem anderen: *Wenn nicht, warum mußt du allein wohnen?* (natürlich das Gegenteil unterstellend), die Aufdringlichkeit eines Vaters, der die Vorzüge der Beamtenstellung des duckmäuserischen Cousins Raul rühmte, das zänkische Gehabe einer Stiefmutter, die wütend war, weil ihre Stieftochter sich aus der Leibeigenschaft befreit hatte, und nun, um dem allem die Krone aufzusetzen, die dreisten Annäherungsversuche eines Nachsteigers – all das hatte sie in Rage gebracht. Und jetzt wagte dieser Mann, weder jung noch alt, weder schön noch häßlich, ein Allerweltsgesicht, von dem der Abscheu nicht ein einziges Merkmal im Gedächtnis speicherte, den Arm um sie zu legen. Und piff, paff, die linke und die rechte Hand, fast gleichzeitig zuschlagend, setzten ihm den Kopf zurecht, ließen ihn verdutzt zurückweichen, wütend, aber gleichwohl rufend:

»Vorsicht! Idiotin!«

Denn in der Hast, ihm zu entkommen, lief Maria ohne zu schauen über die Straße. Direkt gegen einen Wagen, der, obwohl er Grünlicht hatte, mit laut kreischenden Bremsen und ebenso lautem Brüllen des Fahrers nach zwei Metern zum Stehen kam. Maria war mit dem rechten Fuß gegen ein Rad geprallt, wobei sie sich den Knöchel verrenkt hatte. Auf dem linken Fuß hüpfend, sah Maria, wie dieser untersetzte Bursche mit dem offenen Gesicht, dem ein Tuschestrich von Schnurrbart eine etwas arrogante Note gab, die Wagentür öffnete und auf sie zustürzte, um ihr zu helfen. Sie stammelte mehrere Male: »Das war wegen dieses Kerls.«

Was man in solchen Augenblicken wahrnimmt, entzieht sich einer vernünftigen Erklärung. Während dieser Bursche sich hinkniete und behutsam, aber sehr bestimmt, den Fuß abtastete, den leichten Schuh mit dem abgebrochenen Absatz abstreifte und in seine Tasche steckte, beobachtete Maria aus ihrer unstabilen einbeinigen Position beim milchigen Schimmer einer Straßenlaterne den sehr exakt gezogenen Scheitel, ausgehend von einer kaum münzgroßen Tonsur und in derselben Linie auf die Stirn zulaufend wie der scharfe Rücken der Nase. Aber Scheitel, Nase, Schnurrbart und das eckige Kinn kamen wieder nach oben, und nun war es die modulationsreiche, warme Stimme, die sie überraschte, die allerdings nichts besonders Überraschendes sagte:

»Untersuchung beendet! Nach meiner Ansicht ist nichts gebrochen. Sie haben eine schöne Verstauchung. Nehmen Sie meinen Arm. Natürlich hat sich der Kerl, der Sie belästigt hat, aus dem Staub gemacht.«

Tatsächlich sah man in mehr als fünfzig Meter Entfernung den

Rücken des sich eilig entfernenden Übeltäters in der Nacht verschwinden. Auf den Arm des Unbekannten gestützt, humpelte Maria zu einer Bank, hinter der die Statue der Freiheit aufragte, die ein symbolisches Zwillingspaar nährte. Nachdem sie sich dort eine kurze Zeit erholt hatte, ließ sie sich nach einigem Zögern auf den Rücksitz des Volvo verfrachten, der sie zum Hospital brachte. Abgesehen von dem Schmerz in dem verrenkten Fuß empfand sie vor allem Verwirrung: ein unbestimmtes Gefühl, ihrer eigenen, unter dem Vorwand pflegerischer Bemühungen inszenierten Entführung zugestimmt zu haben.

Sie zerbrach sich den Kopf, wo sie dieses Gesicht, das ihr bekannt vorkam, gesehen hatte. Aber sie kam nicht darauf. Auch der Schreiber in der Anmeldung und die Nachtschwester erkannten ihn nicht. Das blieb dem diensthabenden Arzt vorbehalten, einem mageren, etwas blasiert wirkenden Mann mit makellos weißem Kittel, wohlfrisiert, der neben einem Ehering aus Platin einen goldenen Siegelring trug. Als er das Abzeichen in Manuels Knopfloch bemerkte, fixierte er ihn scharf, verzog hämisch das Gesicht und sagte aggressiv:

»Sieh an, Herr Manuel Alcovar überfährt neuerdings junge Mädchen.«

Marias Protest schien ihn zu enttäuschen: »Ehrlich gesagt, Herr Doktor, es war meine Schuld.«

Trotzdem fühlte sich der Arzt durch den unruhigen Blick und den ärgerlichen Gesichtsausdruck der Verletzten – der in Wirklichkeit ihrer eigenen Torheit galt – in seinem Vorurteil bestätigt.

»Schade!« sagte er ironisch. »Die Presse würde gern etwas für die Publicity des Senators getan haben.«

»Sie jedenfalls verbergen Ihre Sympathie nicht«, erwiderte Manuel amüsiert und zog sich zurück.

Eine Stunde später, nach einer Röntgenuntersuchung, vergipste der Arzt den Knöchel. Er hatte nicht aufgehört, das *Opfer* gegen diesen *Verkehrsrowdy* aufzuhetzen, der offensichtlich am Steuer eines Wagens nicht mehr taugte als auf der Rednertribüne. Nachdem er Maria für zwei Monate arbeitsunfähig geschrieben hatte, tätschelte er ihr zum Schluß väterlich die Wange.

»Haben Sie keine Angst, wir werden Sie beschützen. Jedenfalls hatte dieser Herr seinen Wagen nicht in der Gewalt, nicht wahr? Mit der Bescheinigung, die ich Ihnen jetzt ausschreiben werde, können Sie ihn auf Schadenersatz verklagen.«

Auf diese Überraschung hätte sie verzichten können. Alcovar, wahrhaftig? Der »Tenorino« der Revolution? Maria interessierte sich im allgemeinen wenig für Politik. Der Senator hatte einen guten Ruf als Redner. Seine äußere Erscheinung trug sicherlich viel zu seinem Erfolg bei, wie man das ja auch bei Schauspielern und Sängern beobachten kann. Eine publicitywirksame Legende wollte wissen, daß er in einem Waisenhaus aufgezogen worden war, als Arbeiter in Steinbrüchen und Bergwerken gearbeitet hatte und schließlich in ein Lehrerseminar eingetreten war. Man war über ihn sehr geteilter Meinung in Marias Familie.

»Er ist ein Studienrat wie ich, der in der Politik Karriere gemacht hat«, sagte ihr Vater.

»Er ist einer dieser Schwätzer, die den Leuten versprechen, das Wunder der Brotvermehrung zu einer alltäglichen Angelegenheit zu machen, die uns aber nur Not und Elend gebracht haben«, wiederholte die Stiefmutter eine Formulierung, die der Pfarrer ihrer Gemeinde gern gebrauchte.

Maria interessierten solche Ansichten wenig. Sie arbeitete in ihrer Freizeit in einer Gruppe mit, die, ohne sich damit zu brüsten, praktische Nächstenhilfe übte, bei der es um Helfen und nicht um Ideologie ging. Das machte ihr Freude. Es bot ihr daneben eine willkommene Ablenkung von ihrem persönlichen Kleinkrieg als Tochter aus erster Ehe, die mit einundzwanzig Jahren aus ihrer Aschenputtelrolle geflüchtet und dafür nun, da sie ihren Lebensunterhalt verdienen mußte, unter die Knute eines Bürochefs geraten war, der sie abwechselnd mit Schikane und Galanterie traktierte. Alcovar, wirklich? Er war das? Na und? Sie war zu stolz, um aus diesem Zufall persönliches Kapital zu schlagen. Alcovar gehörte übrigens einer Partei an, die die Gehälter ihrer Spitzenleute so kalkulierte, daß sie etwas unter dem Durchschnitt des Einkommens der Bevölkerung lagen. Aber selbst wenn er reich und an dem Unfall schuld gewesen wäre, würde Maria aus Gründen der Selbstachtung auf jede Schadenersatzforderung verzichtet haben. Maria hätte keinen Grund dafür nennen können, aber der Gedanke an dieses offene, ernsthafte Gesicht mit dem kleinen Schnurrbart über der vollen, sinnlichen Oberlippe irritierte sie. Sie wünschte ihn auf keinen Fall wiederzusehen.

Nun, am nächsten Tag, gleich zu Beginn der Besuchszeit, hatte der Senator sich am Krankenbett Marias eingefunden, die man zu ihrer großen Verwunderung aus dem Gemeinschaftssaal in ein Einzelzimmer verlegt hatte – »auf Kosten und Ersuchen der Familie«, wie die Oberschwester ihr mitgeteilt hatte. Er hielt in einer Hand einen Strauß dieser jungen Treibhausrosen, bei denen sich aus einem kompakten Kern zwei oder drei purpurfarbene Blütenblätter mit orangefarbener Rückseite entfalten; und in der anderen Hand hielt er ein Versicherungsformular für eine einverständliche Schadensregelung in einem blauen Umschlag, der einen Stempelaufdruck mit der Devise des perfekt Unfallversicherten trug: *Ruhe, Höflichkeit und Aufrichtigkeit.*

»Wir haben fünf Tage Zeit«, sagte er, »aber unangenehme Dinge erledigt man am besten ohne Aufschub.«

Um sich abzusichern? Nicht einmal. Er hatte hinzugefügt:

»Am besten geben wir an, daß meine Bremsen versagt haben. Ich bin gegen alle Risiken versichert.«

Alle Risiken, wirklich? Es gab auch solche, die man durch eine Versicherung nicht abdecken konnte. Es machte Maria verlegen, wie dieser bedeutende Mann, dem Wichtigtuerei offensichtlich fernlag, voll Aufmerksamkeit für ein ganz unbedeutendes Mädchen die Nadeln eine nach der anderen aus dem kristallisch glänzenden Einschlagpapier des Blumenstraußes entfernte, eine Vase suchte, die Rosen hineinstellte, sich an einem Dorn stach, einen Tropfen Blut vom Finger leckte und schließlich seinen Füllhalter herauszog, um das Formular für die Versicherung auszufüllen... Name? Vorname? Alter? Beruf? Anschrift? So schlug man zwei Fliegen mit einer Klappe, er brauchte nur zu notieren. Im Austausch konnte er aus gleichem Grund seinen Stammbaum liefern, beiläufig seine Titel erwähnen, diskret auf seine siebenunddreißig Jahre hinweisen, auch auf seinen Junggesellenstatus – durch die Andeutung eines Lächelns für die offene Gegeninformation belohnt.

»Und jetzt die Unterschrift. Für jeden ein Exemplar: Ich werde meines an die Versicherung schicken.«

»Und ich werde das andere zu meiner Autogrammsammlung nehmen«, sagte Maria mit einem herausfordernden Blick.

Ein nutzloser Versuch. Der Mann war entweder bescheiden oder zu sehr an das Berühmtsein gewöhnt, um zu reagieren. Nach einer kurzen Pause überzeugte er sich, daß niemand sonst im Zimmer war, und sagte dann leise:

»Entschuldigen Sie, Maria, aber ich muß Ihnen das sagen: Gestern abend haben Sie mir Angst eingejagt. Mein Vater, ein einfacher

Dorfschullehrer aus der Provinz, und meine Mutter sind vor dreißig Jahren bei einem Autounfall ums Leben gekommen. Mich hat man lebend aus den Trümmern des Wagens herausgeholt, in dem sie gestorben waren. Sie verstehen also...«

Er saß, leicht vornübergebeugt, auf dem Stuhl neben dem weißlackierten Bett. Maria hatte sich aufgesetzt und ihren Gips, aus dessen wattiertem Ende fünf rosige Zehen herausschauten, auf dem Bett malerisch ausgestreckt. Und in der Intimität dieses Zimmers – der die unpersönliche Nüchternheit, wie sie einem solchen Rahmen für Verletzungen jeder Art angemessen ist, keinen Abbruch tat – atmete er tief Spuren verwehenden Äthergeruchs ein. Ein einsames Kind, ein einsamer Mann, der einen Augenblick lang seine politischen Ambitionen vergessen hatte, ohne daß dies jedoch sein Bemühen um effektvolle Formulierung beeinträchtigt hätte. Er fuhr fort:

»Täuschen Sie sich darüber nicht, das erklärt auch den Rest. Vierzehn Jahre Waisenhaus in diesem Lande, in dem es noch ein Glücksfall ist, wenn man überhaupt dort aufgenommen wird, das hinterläßt Spuren. Ich habe die Barmherzigkeit zu gut kennengelernt, um ihr nicht die Gerechtigkeit vorzuziehen.«

Zum Glück fand er rasch in die Realität zurück. Er richtete den Zeigefinger mit dem eckigen, riffeligen Nagel des ehemaligen Schwerarbeiters auf Maria:

»Tut der Fuß noch weh?«

»Nein«, sagte Maria.

Der Zeigefinger zögerte, fuhr nach oben, krümmte sich, um eine leicht angegraute Schläfe zu kratzen:

»Brauchen Sie irgend etwas?«

»Nein«, sagte Maria.

Manuel war aus der Fassung gebracht, aber es klang gar nicht senatorenhaft, als er anfing, laut zu lachen. Er wagte dann eine letzte Frage, die er so formulierte, daß die Verneinung zur Zustimmung werden mußte:

»Verbieten Sie mir, wiederzukommen?«

»Nein«, sagte Maria.

Und so hatte es sich ergeben, daß er während der Woche, die Maria im Krankenhaus hatte verbringen müssen, alle Tage wiedergekommen war.

8

Eric, der Militärattaché, ruft die Namen auf, hakt die Liste ab, kontrolliert die Papiere. Neben ihm steht ein zynisch lächelnder Zivilist in arroganter Attitüde, der alles minuziös nachprüft, bevor er mit einer verächtlichen Handbewegung sein *Exeat* erteilt. Der Chef greift nicht ein. Er hält sich vielmehr ostentativ abseits. Man hat ihm nie so deutlich angesehen, was er außerhalb seiner amtlichen Funktion ist: ein beleibter Gourmet, der es verabscheut, »Exzellenz« genannt zu werden, ein Forellenangler, der seine Nylonschnur am Ufer eines kleinen Sees auswirft, wo er für seine Wochenenden ein Chalet aus Knüppelholz gemietet hat. Dem Abgesandten der Junta, der ihm unbekannt war, hat er sich wie gewöhnlich selbst vorgestellt, indem er einfach seinen Namen nannte: »Mercier.«

Dann hat er ihn dort stehenlassen. Mit schlechtsitzender Krawatte, den prallen Bauch von einer Hose umspannt, die an den Knien Falten wirft, mimt er die Rolle des Zuschauers. Er beobachtet die Polizisten, die auf der Straße um dreißig Meter zurückgetreten sind, dann die ängstliche Reihe der Flüchtlinge, die die Genehmigung erhalten haben, in den Bus einzusteigen, der sie mit geschlossenen Vorhängen zum Flugplatz bringen soll. Das nervöse Zucken, das manchmal über seine Wange läuft, alarmiert Olivier, der in seiner Nähe steht:

»Sind Sie sicher, daß sie nicht, wenn sie außer Sichtweite sind...«

»Ich bin über gar nichts sicher«, knurrt der Botschafter. »Aber ich glaube nicht, daß sie einen schweren diplomatischen Zwischenfall riskieren und ihre Geleitbriefe widerrufen, nachdem sie selbst die Kameraleute zum Filmen des Abflugs bestellt haben. Sie brauchen das als Propaganda für ihre ›Toleranz‹. Einige weniger wichtige Chargen zusammen mit zwei oder drei hohen Funktionären, deren Verschwinden den Kriegsgerichten gar nicht so unangenehm ist, freizulassen und an anderer Stelle einen diskreten Massenmord zu verüben, das geht sehr gut zusammen.«

Ob das eine unentgeltliche Freilassung oder ein Tauschgeschäft mit Geheimklauseln ist, darüber spricht er nicht. Seine Wange zuckt von neuem: Ein Unbesonnener hat die Faust gereckt, bevor er im Bus verschwindet. Im großen Salon und in der Halle gibt es tränenreiche Abschiedsszenen, letzte Ermahnungen.

»Vergiß vor allem deine Tropfen nicht«, wiederholt eine schlanke Dame, als sie einen alten Herrn mit kleinem Kinnbart umarmt.

»Man behauptet hinter vorgehaltener Hand«, fährt der Botschafter fort, »daß sie die Gelegenheit benutzen, um die indianische Bevölkerung zu dezimieren, was sich hier ja, mit unterschiedlichen Vorwänden, auf Tradition berufen kann.«

Eine Kranke wird auf einer Tragbahre zum Bus gebracht. Ihr folgt ein kleines Mädchen, das einen Zwergpudel an der Leine hält. Der Delegierte der Junta weist den Pudel »aus gesundheitlichen Gründen« zurück. Von draußen dringt Lärm herein; geduldet von schwerbewaffneten Wachmannschaften in grünen Uniformen, ergießen sich über die in den Bus einsteigenden Flüchtlinge die Schmährufe einer mutigen schicken Nachbarschaft. Die Balkone gegenüber sind mit eleganten Damen garniert, die den von Dienstmädchen bereitgehaltenen Körben Eier und Tomaten entnehmen, mit denen sie in freudiger Pflichterfüllung die Verbannten »steinigen«.

Ein Offizier stößt einen Kameramann zurück, der in wirklicher oder gespielter Naivität die Szene zu filmen versucht. Prelato, der Kommissar dieses Bezirks, kreist mit wütend verzerrtem Gesicht um den Bus, eine zähnefletschende Bestie, der man ihren Brocken Fleisch gestohlen hat. Inzwischen ist der Zustrom versiegt. Ein letzter Nachkömmling – Carmen Blaias, die Vorkämpferin für die Planwirtschaft – wird mit wütenden Pfiffen empfangen, sie schnappt eine Tomate, die auf sie zufliegt, hält sie an ihr Herz und ruft »Danke«, dann beißt sie hinein und betritt lachend den Bus.

»Wollen Sie wirklich nicht, daß ich die Begleitung übernehme?« fragt Olivier.

»Nein«, antwortet Monsieur Mercier, der sich eine Zigarette dreht.

Mit einer von den etikettebewußten Angehörigen seines Stabes oft kritisierten Ungeniertheit streckt er die Zunge heraus und beleckt das gummierte Papier, das er sich mit seiner bevorzugten Tabakmarke im Diplomatengepäck direkt aus Frankreich kommen läßt.

»Nein«, fährt er fort, »seit zehn Tagen hat man zu oft gesehen, wie Sie am Tor der Botschaft übereifrige Polizisten behandelt haben. Ich habe Ihretwegen eine sehr scharfe Beschwerdenote erhalten. Auf jeden Fall ist es, um diese Leute zu beeindrucken, besser, daß ich selbst das Geleit übernehme.«

Er tritt einen Schritt näher, sieht sich vorsichtig um, fügt leise hinzu: »Was Ihren Schützling betrifft, darüber werden wir uns noch unterhalten müssen. Für ihn bei den Militärs Gnade zu erwirken, dürfte, fürchte ich, sehr schwer sein. Wir wissen, daß sie einen beliebten Sänger haben umbringen lassen, weil er mit seinen Liedern die Massen aufgewiegelt hatte. Zur Zeit gibt es hier kein größeres Verbrechen als die Beredsamkeit... Bis später!«

Der Delegierte der Junta ist bereits in seinen Wagen gestiegen. Der Botschafter geht rasch auf einen schwarzen DS mit Stander zu, der hinter dem jetzt abgeschlossenen Bus geparkt ist. Letzte Schmährufe begleiten die Abfahrt, während die Wachsoldaten geflissentlich übersehen, dem eskortierenden Botschafter die protokollarisch zustehende Ehrenbezeigung zu erweisen. Man wird aber bald erfahren, daß in den Arbeitervierteln trotz der Geheimhaltung der Operation und trotz der eskortierenden Motorradstaffel auf eine mysteriöse Anweisung hin die Passanten entlang der Route ein schweigendes Spalier gebildet haben. Olivier geht auf Eric zu, der seine Liste in die Tasche steckt.

»Wie viele von ihnen sind zurückgeblieben?«

»Mehr als ein Drittel«, antwortet der Militärattaché mürrisch. »Und das wird uns verdammte Probleme bringen. Wir haben keine Kredite mehr...«

Ein Mann, der atemlos herbeigelaufen kommt, unterbricht das Gespräch. Er hält eine Heckenschere in der Hand und hat um den Bauch eine blaue Schürze mit großer Tasche gebunden. Es ist ein Torwärter der Botschaft, der sich in seinen Mußestunden im Garten betätigt.

»Die Wachtposten sind wieder auf der Mauer«, beschwert er sich. »Mit ihren Flinten. Sie werden gleich in der Gegend herumballern.«

Neben der täglichen Kontrolle der Papiere und der gründlichen und betont langsamen Durchsuchung aller Fahrzeuge, die das Gebäude der Botschaft verlassen, ist das ihr Lieblingssport: Passanten Angst einjagen. Einmal ist einer von ihnen, der das Gleichgewicht verlor, in den Garten der Botschaft gefallen.

»Ich werde mich darum kümmern«, sagt Olivier. »Wenn sie sich amüsieren wollen, werden wir ein Spielchen mit ihnen machen.«

»Mach dich nicht noch unbeliebter«, ruft Eric ihm nach.

Olivier ist durch das Tor in den Garten gegangen, aus dem gerade einige verängstigte Spaziergänger flüchten. Wie am Vorabend sitzen in der Tat drei Soldaten auf dem Mauerfirst zwischen einem blühenden Jasmin und einer Bignonie. Sie lassen ihre Beine vorsichtigerweise zur Parkseite herunterhängen und nicht auf »französischem Territorium«, womit sie immerhin die Grenze ihres Wagemutes erkennen lassen. Wahrscheinlich sind sie ein wenig betrunken. Alle drei haben das Gewehr im Anschlag und visieren lachend ein Tier an, das sich im Dickicht der Zweige einer Pinie bewegt – eine Taube vielleicht oder ein Eichhörnchen. Als sie den Ankömmling erblicken, senken sie die Gewehre und richten die Läufe, weniger harmlos, auf ihn, folgen ihm damit bei seinem kleinen Spaziergang, der ihn zu dem Schuppen des Gärtners führt. Er tritt einen Augenblick ein und kommt wieder mit einem neuen, vielbewunderten Modell des *Traveling rain king sprinkler* heraus, den Schlauch aus rotem Kunststoff hinter sich herziehend. Ohne mit der Wimper zu zucken, ohne einen Blick an die tapferen Helden zu verschwenden, die noch immer auf ihn zielen, installiert Olivier sein Gerät, legt die Kette aus, verankert sie, stellt den Zeiger auf höchste Geschwindigkeit und dreht gleichmütig den Wasserhahn auf.

»Y si disparo, cerdo?« ruft einer der Soldaten.

Beunruhigt haben die anderen ihre Gewehre in Anschlag gebracht. Das kleine Wunderding dreht sich ein wenig, spuckt eine Mischung aus Luft und Wasser aus, umhüllt sich plötzlich mit einer großen, lebhaft kreisenden Dolde, die als Regen auf den spärlichen, von so vielen Absätzen zertrampelten Rasen fällt. Was könnte natürlicher sein? Was harmloser? Olivier ist mit einem spöttischen Grinsen zurückgegangen.

»Prächtig«, sagt Eric, »darauf muß man erst kommen.«

Der wandernde Rasensprenger nähert sich, von der Leitkette geführt, unerbittlich der Mauer. Schon benetzt der Strahl, in allen Regenbogenfarben schillernd, den Grund der Mauer. Er erreicht die Mitte. Er erreicht ihren First, von dem die Soldaten schließlich mit lautem Gelächter türmen.

»Der Mensch ist ein komisches Geschöpf«, sagt Olivier, nicht unzufrieden mit seinem Erfolg. »Manchmal gibt es nichts Besseres als die Farce, um eine Tragödie zu vermeiden.«

»Und wenn sie geschossen hätten?« fragt eine leise Stimme.

Das ist Selma, die von oben aus die ganze Szene verfolgt hat und sie weniger komisch findet. Sie kommt mit kleinen Schritten näher, die Hände über den Leib gefaltet, und während alle anderen sich entfernen, um wieder an die Arbeit zu gehen, bleibt sie bei Olivier stehen.

»Hat der Chef dir gesagt, daß er für Manuel keine Lösung sieht?«

»Es gibt immer eine Lösung«, erwidert Olivier, »wenn man nur Geduld zum Warten hat. Die Botschaft wird nicht immer blockiert bleiben, und als ersten Schritt werden wir Manuel und Maria hierherbringen können. Sie würden dann wenigstens in Sicherheit sein.«

»Und uns die unsere wiedergeben«, sagt Selma.

Der Ton kann ihn nicht täuschen. Sie hat nie aufgehört, gegen ihre Angst anzukämpfen, und sie hat damit nur wenig Erfolg gehabt. Doch wenn Selma durch Umquartierung ihrer Gäste von ihren Ängsten befreit wäre, würde sie sich vorwerfen, sich ihrer Verantwortung entzogen zu haben. Sie hätte sie ablehnen können. Sie hat es nicht getan. Manuel und Maria haben das große Glück, daß ihr Schicksal das Herz einer liebenden Frau gerührt hat.

»Gib es zu«, sagt Olivier, »dieses ungeladene Paar ist dir lästig, aber gleichzeitig fasziniert es dich auch.«

»Das stimmt«, antwortet Selma. »Wenn Manuel nur ein gescheiterter Politiker wäre, dem heute die Rechnung für seine Wichtigtuerei präsentiert würde, könnte ich kein Mitleid haben. Aber diese gefühlsmäßige Wandlung rührt mich an. Eine Leidenschaft, die in eine Tragödie eingebunden ist, das gibt es nicht so häufig.«

9

Zwei Wochen Eingesperrtsein, Grübeln, Ungewißheit – da ist einige Nervosität entschuldbar. Vic ist zur Schule gegangen, seine Eltern sind zur Botschaft gefahren. Fidelia ist noch nicht eingetroffen. Der Tag läßt sich schlecht an. Maria, die seit drei Tagen Grund zu einer labilen Stimmungslage hat, läßt ohne besonderes Vergnügen die Vorlesung eines Abschnitts des »Memorandums« über sich ergehen, das zu schreiben Manuel sich in den Kopf gesetzt hat. Manuel neigt dazu, ihr die bloße Rolle einer Zuhörerin zuzuweisen, und wenn er einen vorsichtig-liebevollen Widerspruch zuläßt, dann nicht immer mit einem Lächeln. Sie hat ihm indessen von Anfang an ihre Vorstellung von Partnerschaft klargemacht. In dem einzigen Brief, den sie ihm geschrieben hat – am Tage nachdem sie sich zum erstenmal von ihm hat küssen lassen –, hat sie das Recht auf ihre eigene Meinung reklamiert. *Wenn Sie, so wie Sie sind, mich lieben, so wie ich bin, muß Zuneigung nicht Ergebenheit nach sich ziehen…*

An diesem Freitagmorgen hat sie Grund, sich und ihn daran zu erinnern. Manuel, der fünfzig Zeilen über die Ursachen des Scheiterns der Volksregierung zu Papier gebracht hat, runzelt seit der ersten Bemerkung Marias die Stirn.

»Sagen Sie die ganze Wahrheit, Manuel. Ihre Freunde haben es ihren Verleumdern sehr leicht gemacht…«

Als er das unwillig zurückweist, insistiert sie:

»Sehen Sie, Manuel, Sie und ich, wir drehen uns im Kreis, wie eine Schallplatte, aber haben Sie jemals eine Platte gesehen, bei der die Seite A dieselbe Melodie spielt wie die Seite B?«

Wenn jemand sie belauschte, würde er über den Inhalt dieses Dialogs zweier Verliebter sicherlich überrascht sein, auch wenn nicht zu übersehen ist, daß hier keine persönlichen Streitigkeiten ausgetragen werden. Manuel, der seinen Text revidiert hat, setzt zu einer neuen Attacke an, jetzt zieht er gegen den Begriff *Legitime Illegalität* vom Leder, auf den die Militärs sich berufen, um ihren Putsch zu rechtfertigen. Maria stimmt zu, bemerkt aber:

»Das ist, wenn ich mich nicht täusche, die Umkehrung des revolutionären Prinzips, daß gegenüber der Tyrannei der Aufstand zur heiligsten aller Pflichten wird.«

Manuel weicht aus, beklagt die Unzulänglichkeit der Verfassung, die »Ausdruck des Selbstschutzes einer Gesellschaft« sein muß.

»Da gebe ich Ihnen recht«, sagt Maria, »aber warum haben Sie akzeptiert, ein Spiel zu spielen, das nicht mehr Ihr Spiel war?«

Manuel gibt die Schuld den »langen Armen«, den Banken, den Multis, den Geheimdiensten, den Privilegierten, die »die Desorganisation organisiert« haben, die gehortet, sabotiert, terrorisiert haben. Er ist bereit anzuerkennen, daß die Bewußtseinsbildung des Volkes zurückgeblieben ist, daß die Einheit durch Parteienstreitigkeiten zerstört wurde. Er gesteht sogar eine gewisse »lyrische Illusion« mit Hang zum Irrealismus ein...

Maria schüttelt, ein wenig betäubt, leicht den Kopf. Was die lyrische Illusion betrifft, so ist die Rhetorik des Senators daran wohl nicht ganz unschuldig: das Eingeständnis zeugt immerhin von Mut. Sie hebt den Kopf.

»Fügen Sie noch Wirrköpfigkeit, Bummelei (die man als eine Art Revanche betrachtet), Disziplinlosigkeit, Inkompetenz, Improvisation hinzu. Vielleicht auch einen gewissen Enthusiasmus...«

»Enthusiasmus!« protestiert Manuel empört. »Er ist die Triebkraft der Aktion.«

»Unter der Bedingung, daß er nicht zum Fieber wird. *Brennendes Herz, kühler Kopf:* Eine Devise, die von Lenin stammen könnte.«

»Von Lenin? Tatsächlich?«

»Nein, tatsächlich stammt sie vom heiligen Vinzenz von Paul.«

Manuel hat sich vor den Ausguck gekniet. Er fühlt sich unbehaglich. Diese kleinen Auseinandersetzungen haben die Wirkung von Angelhaken, die das, was einmal anbeißt, nicht mehr loslassen. Man hat hinterher immer das Gefühl, gegängelt worden zu sein. Bevor Manuel Maria kennengelernt hat, war das alles einfacher für ihn gewesen: Er hatte so gut wie kein Privatleben. Es vermischte sich mit seinem beruflichen Leben, auf das er ganz und gar fixiert war, in dem er kalkulierbar und verfügbar, frei von Skrupeln und von Bedenken war. Er hatte kein Keuschheitsgelübde abgelegt. Aber von seinen kurzen Abenteuern befreite er sich durch die Aktion, durch die Hingabe an das Wesentliche. Die Liebe... Er hat sie zunächst als Verlust seiner Einsamkeit empfunden, einer Einsamkeit, in der er nie allein war, immer von den Kampfgefährten umgeben – und von Zeit zu Zeit hat er auch jetzt noch diese Empfindung. Er kommt sich vor wie ein abtrünniger Priester, er macht sich Vorwürfe, daß er sich in ein Melodrama verstrickt hat, das er noch vor kurzem für völlig undiskutabel gehalten hätte.

Aber solche Gedanken vergehen. Und dann schüttelt er den Kopf über seine Borniertheit. Sein Abenteuer mit Maria ist schließlich etwas Besonderes. Was man für einen einzigen Menschen empfindet, das nimmt den anderen nichts weg. Vor dem Ausguck kniend, denkt er verwirrt über sein Verhältnis zu Maria nach. Er sucht zu erklären, die einfachste Sache von der Welt zu komplizieren. Plötzlich sagt er: »Das ist doch idiotisch, Maria. Die Menschen, deren Bestimmung es ist, für das Glück der anderen zu kämpfen, vernachlässigen oft ihr eigenes Glück, verachten es manchmal sogar.«

»Ich weiß«, sagt Maria.

»Und doch verteidigt man besser das, was man teilt... Ich gehe nicht so weit zu sagen, daß man gegen andere fehlt, wenn man gegen sich selbst fehlt, aber –«

»Aber es ist ein Gedanke, den man nicht so einfach abschütteln kann. Ich empfinde das genauso«, gesteht Maria.

Wer hat gesagt: *Von Hügel zu Hügel bleibt die Entfernung immer dieselbe. Es genügt ein Echo, um sie zu verbinden?*... Die eigentliche Frage ist indessen noch nicht gestellt worden. Sie kommt jetzt:

»Aber warum gerade Sie, Maria? Es fehlte nicht an Mädchen in der Partei.«

»Die alte Geschichte«, sagte Maria. »Montagues wählen manchmal Capulets.«

Manuel ist verblüfft. Mit diesem einen Satz hat Maria die Situation geklärt, ihre Beziehung ins rechte Licht gerückt. Er müßte sich zu ihr umwenden, ihr mindestens mit einem Blick danken. Statt dessen preßt er das Gesicht gegen den Ausguck, als man draußen Autotüren schlagen hört.

»Maria«, flüstert er, »Maria! Mir gefällt das ganz und gar nicht.«

»Was?« fragt Maria, die sich aufgerichtet hat.

»Ein Wagen hat auf der anderen Straßenseite angehalten. Ein ganz normaler ziviler Personenwagen, aber er ist mit einer Funkantenne ausgerüstet, und ich kenne einen seiner drei Insassen nur allzu gut...«

Man hört Stimmen. Wie gewöhnlich sind die Spatzen mit einem raschen Flügelschlag geflüchtet.

»Das ist tatsächlich Prelato«, fährt Manuel fort. »Prelato, genannt der Graue Zwerg, der Kommissar, der für diesen Bezirk zuständig ist und den wir nicht aus dem Amt entfernt hatten, was ein großer Fehler war. Er beobachtet das Haus. Sehen Sie selbst.«

Er rutscht zur Seite, und Maria kniet sich vor den Ausguck. Die drei Männer stehen auf dem Bürgersteig. Beunruhigend ist auch die Reaktion der Wachtposten, die sich von beiden Seiten zögernd nähern und die Szene beobachten. Vom Kommissar sieht man nur einen Schopf grauer Haare in Höhe der Schultern seiner Begleiter, stämmiger Burschen, die selbst zum Teil durch den Wagen verdeckt sind. Eine Minute verstreicht. Eine kleine Rauchwolke steigt über dem Kopf des Kommissars auf, der sich nicht von der Stelle bewegt.

»Die Sache ist klar«, sagt Maria. »Sie wollen sich keine Scherereien zuziehen, indem sie mit Gewalt in das Haus eines Diplomaten eindringen. Sie warten auf Fidelia, um sich ihrer Schlüssel zu bedienen.«

Die Luft wird stickig, das Schweigen quälend. Nur das verzweifelte Zappeln einer Fliege, die sich in einem Spinnennetz verfangen hat, stört die unheimliche Stille. Maria rührt sich nicht. Ihr Haar fällt wie eine Kaskade über den Bademantel, den diese Bestien ihr wohl vom Leibe reißen werden, wenn sie ihnen in die Hände fällt. Zum erstenmal in seinem Leben spürt Manuel seine Zähne so, wie man seine Finger spürt, und er wundert sich, daß er in seinem Mund ein solches Verlangen spürt, zu beißen, während gleichzeitig seine Stimme so sanft ist. Aber spricht er denn wirklich? Ist das seine Stimme, die diese seltsamen Worte sagt? *Ich bitte Sie um Verzeihung, Maria, für das, was ich vorhin dachte, für das Entsetzliche, in das ich Sie hineinziehe. Ich danke Ihnen, Maria, für Ihre Hilfe, Ihre Ruhe, für das Leben, das wir gemeinsam hätten leben sollen. Ich danke Ihnen, daß Sie für einen Augenblick in meinem Leben existiert haben.*

Ein Stoßgebet, das die Rührung erstickt. Der Zufall ist absurd, der zuerst alles so gut arrangiert hat und der sie jetzt hartnäckig zu vernichten sucht. Maria lehnt sich zurück, streicht die kupferroten Haare aus der Stirn, enthüllt das Gesicht mit den grünen Augen, das heute abend vielleicht schon ausgelöscht sein wird. Mut oder Resignation? Unbewußtheit oder Bemühen um Haltung? Ihre Lider senken sich, die Lippen bewegen sich einen Augenblick stimmlos. Dann lächelt sie, während sie mit ruhiger Stimme sagt: »Da kommt Fidelia.«

10

Fidelia kommt heran, den Blick zu Boden gesenkt, zu sehr beunruhigt durch die Verhaftung ihres Mannes und die Masern ihrer Töchter, um auf ihre Umgebung zu achten. Sie trägt wie immer ihr schäbiges gelbes Kleid mit den braunen Streifen, hat ihr Tuch um den Nakken geschlungen, die Füße stecken in billigen alten Bastsandalen, die ihre Schnüre verlieren. Aus einem Leinenbeutel, der an ihrem Handgelenk hängt, hat sie schon den Schlüsselbund genommen, den sie noch nie einer anderen Person anvertraut hat. Es sind drei Schlüssel, die an einem Kupferring befestigt sind: ein großer Schlüssel mit vier Zacken für das Doppelschloß des Gartentors, ein Sicherheitsschlüssel für die Haustür und ein Passepartout, das alle Schränke öffnet. Sie bleibt stehen, schiebt den Torschlüssel bis zum Ende in das Schloß, das nach zwei Umdrehungen entriegelt ist. Das Törchen öffnet sich... Aber was ist das? Man läuft hinter ihr her, man packt sie an einem Arm, dann auch am anderen; man entreißt ihr die Schlüssel, während in ihrem Rücken eine leise Fistelstimme sagt:

»Polizei! Sie sind Señora Cahuil, nicht wahr? Wir gehen gemeinsam hinein.«

»Aber Señores...«, protestiert Fidelia schwach. Schwach, denn in ihrer Situation als Frau eines Verhafteten wundert sie sich lediglich über den Ort, den man für ihr Verhör gewählt hat. Man zieht sie, man hebt sie leicht. Bis zur Treppe berühren ihre Füße nicht den Boden. Und weil im Inneren des Hauses, wo man vor Zeugen sicher ist, schickliches Benehmen überflüssig wird, stöhnt sie vergeblich, als einer der Kerle ihr das Handgelenk verdreht.

Wohl um zu zeigen, daß er trotz seiner zwergenhaften Gestalt der Chef ist, stellt sich der Mann mit der Fistelstimme vor ihr in Positur und versetzt ihr vier kräftige Ohrfeigen, links, rechts, links, rechts.

»So, und jetzt plaudern wir. Aber vorher zieh dich aus.«

Die Bestürzung der jungen Frau läßt ihn in lautes Gelächter ausbrechen, und seine braven Helfershelfer, die jeder einen schweren

Stiefelabsatz auf Fidelias Zehen gestellt haben und sich wie aus Versehen darauf abstützen, lachen höhnisch mit.

»Aber ja«, erläutert der Kommissar, »Frauen verhöre ich immer nackt. Wenn sie nichts mehr von ihrer Anatomie zu verbergen haben, sind sie in der richtigen Verfassung, auch den Rest preiszugeben. Zieh dein Kleid aus!«

Fidelia ist nicht in der Lage, die geringste Bewegung zu machen, und die beiden Schergen, die offenbar Erfahrung damit haben, beugen sich vor, greifen den Saum und ziehen von unten nach oben, ohne sich darum zu kümmern, daß das Kleid zerreißt. Nachdem sie ihr auf dieselbe Weise Unterrock und Hemd ausgezogen haben, steht Fidelia schlotternd in Slip und Büstenhalter da.

»Du heißt Fidelia Cahuil, du bist in San Pedro geboren, du bist dreiundzwanzig Jahre alt, du bist verheiratet, du hast zwei Mädchen«, rezitiert der Kommissar. »Dein Mann, notorischer Kommunist, hat auf unsere Truppen geschossen. Er war geflüchtet, aber wir haben ihn geschnappt und eingesperrt. Du siehst, ich weiß alles... Luis, nimm ihr den Büstenhalter ab! Ramón, zieh ihr den Schlüpfer aus!«

Der BH fällt, der Schlüpfer rollt sich um ihre Schenkel. Er fällt über ihre Knöchel, die sich automatisch gegeneinander reiben, um ihn zusammen mit den Sandalen abzustreifen. Fidelia richtet sich auf: eine Statue aus heller Bronze, über die der Strom der langen Haare fällt, ebenso schwarz wie das geheiligte Dreieck der Scham, von dem die lüstern verengten Augen des Kommissars sich kaum losreißen können. Der Funken von Stolz, von züchtig-selbstbewußter Herausforderung, der in Fidelias Augen glänzt, ist ihm nicht entgangen. Er flüstert: »Nun, du siehst, es ist gar nicht so schwer, dein bißchen Kapital zur Schau zu stellen. Ich mache nicht gern Komplimente, aber du bist viel angenehmer anzuschauen ohne dieses Trödelzeug... Ein Skandal ist das übrigens! Wenn ich mir vorstelle, was für ein Schweinehund sich an diesen Sachen gütlich tut, dann sage ich mir, es gibt keine Gerechtigkeit. Komm jetzt! Wir wollen anfangen, diese Kaschemme zu besichtigen. Geh voraus...«

Reine Formalität. Genau nach Drehbuch. Fidelia an der Spitze – eine Hand über dem Busen, die andere über der Scham wie eine antike Venus –, der Kommissar, ganz Bonhomie, ganz Güte, ihr auf den Fersen, Luis an dritter Stelle, und Ramón als Nachhut; diese seltsame Prozession bewegt sich durch das Wohnzimmer, die Küche, das Kinderzimmer, das Gästezimmer, das Büro, alles genau in

Augenschein nehmend, ohne aber irgend etwas anzurühren. Zum Schluß kommt man in das Schlafzimmer der Legarneaus. Zum Glück hat der Kommissar Fidelias ängstlichen Blick zur Decke nicht bemerkt, als sie unter der Klapptür durchgehen. Aber genüßlich weidet er sich nun an ihrer Verlegenheit, als er das mit einer aus Lamafellen gearbeiteten Decke überzogene Ehebett mit eindeutigen Blicken beharrlich mustert. Seine Männer blicken betont weg, ein hämisches Grinsen auf den Lippen. Der graue Zwerg vertieft sich in mitleidige Betrachtungen:

»Das ist doch idiotisch«, murmelt er, »du bist jung, du bist nicht übel anzuschauen, du hast das Leben noch vor dir, du hast zwei Kinder großzuziehen. Dein Mann sitzt im Loch, er wird eines so schweren Kapitalverbrechens beschuldigt, daß er ohne Intervention meinerseits keine Chance hat, mit dem Leben davonzukommen. Bewaffnete Rebellion, das ist prinzipiell tacktacktack...«

Zwei vorschnellende Finger mimen die Füsilierung. Fidelia ist wie erstarrt. Mit väterlicher Miene setzt der Kommissar sich auf den Bettrand. In den Mundwinkeln wird Speichel sichtbar. Er räuspert sich.

»Du bist auch kein Unschuldslamm, meine Liebe, und du könntest großen Ärger bekommen, wenn du nicht sehr, sehr vernünftig bist. Ich kenne deinen Herrn ein bißchen, ich habe sogar eine Rechnung mit ihm zu begleichen. Er mag uns nicht, das ist sein Recht; aber es ist auch mein Recht, und sogar meine Pflicht, mißtrauisch zu sein, ob er etwas gegen uns im Schilde führt. Hast du hier nichts Seltsames bemerkt?«

Nach einer gewissen Zeit gewöhnt man sich an das Nacktsein, nimmt die lüsternen Blicke dieser Untermenschen kaum noch wahr. Fidelia hat sich in einen Mantel von Gleichgültigkeit gehüllt. Sie sagt schließlich schulterzuckend:

»Wissen Sie, ich putze hier nur. Man vertraut mir keine Geheimnisse an.«

»Aber dein Mann, der muß dir welche anvertraut haben, und seine Freunde, die kennst du bestimmt«, fährt Ramón dazwischen, wobei er Fidelia den Arm verdreht.

»Ramón!« sagt der Kommissar mit strenger Miene. »Was kann sie uns wohl Neues über ihre Komplizen berichten? Wir haben sie, und sie haben alles gestanden. Siehst du nicht, daß sie nichts lieber möchte, als mit uns kooperieren, um ihrem Pablo aus der Klemme zu helfen? Mir ist das sehr recht. Das ärgerliche ist nur, daß sie, wie es scheint, nicht viel zum Tausch anzubieten hat. Es sei denn, daß...« Ein klebriger Blick sagt den Rest. Fidelia, deren Lider sich senken, bebt vom Kopf bis zu den Füßen.

»Ihr macht ihr Angst«, knurrt der Kommissar. »Geht ins Büro und durchsucht den Papierkram, aber gebt acht, daß ihr alles an den richtigen Platz zurücklegt. Denkt daran, ihr seid reine Geister, ihr hinterlaßt keine Spuren. Wir, Fidelia, wollen in der Zwischenzeit sehen, was sich machen läßt. Wenn du sehr nett bist...«

Die beiden Schergen sind bereits verschwunden. Der Graue Zwerg lehnt sich bequem auf der Pelzdecke zurück, stützt sich auf beide Hände, kratzt mit den Fingernägeln über das Fell. Fidelia hütet sich, die Augen wieder zu öffnen; deren Ausdruck würde ihrer Sache nicht förderlich sein. Sie läßt die Hände fallen, preßt die Schenkel zusammen, die Brust hebt sich unter einem schweren Seufzer, und mit verzerrtem Mund stammelt sie:

»Sie würden Pablo freilassen, wenn...«

»Und er würde natürlich nie etwas davon erfahren«, murmelt der Kommissar, als er nach ihrem Handgelenk greift, um sie auf das Bett zu ziehen.

Das wird sicher eine Stunde dauern. Welche Beute kann man hier schon machen, wo sich die Büroeinrichtung auf einen einfachen Tisch, zwei mit braunem Velours bezogene Sessel und eine Minibibliothek beschränkt? Was kann man von der Durchsuchung eines bescheidenen Aktenregals erhoffen, das zu drei Vierteln leer ist? Wenn einem die unantastbaren Tresore einer Botschaft zur Verfügung stehen, bewahrt man keine kompromittierenden Dokumente in der Wohnung auf. Ramón, der gleichgültig ein Bündel mit *Maman* unterschriebener Briefe durchblättert, legt einen davon beiseite. Dann durchsucht er peinlich genau den Papierkorb, wobei er murrt:

»Alles ist immer nur für den Chef reserviert. Ich hätte sie mir auch ganz gern vorgenommen, diese kleine Katze.«

Luis, der sich auf einer Eckcouch herumfläzt, die den Legarneaus wohl als zusätzliches Gästebett dient, wendet ihm mißbilligend seinen Blick zu, der gerade mit väterlichem Stolz auf den Fotos geruht hat, die er am Vorabend erhalten hatte. Bilder von zwei Erstkommunikantinnen, seinen beiden Lieblingen, die bei den Nonnen erzogen werden.

»Du kannst die Schnauze wohl nicht voll kriegen«, knurrt er. »An

Gelegenheit hat es dir doch weiß Gott nicht gefehlt, in dieser Zeit. Ich hätte am liebsten mit der ganzen Geschichte nichts zu tun. Ich tröste mich nur damit, daß die Komplizen dieses Mädchens, wenn sie die Sieger wären, sich eines Tages vielleicht an meinen Kindern vergriffen hätten.«

Er schweigt und steckt eilig die Fotos in die Brieftasche und die Brieftasche in die linke Brusttasche seiner Jacke zurück, die Tasche über dem Herzen, wobei er automatisch auch die rechte Tasche kontrolliert, in der sein Revolver steckt. Mit dem verächtlich-herausfordernden Lächeln des aus dem Bordell kommenden Kunden ist der Kommissar eingetreten. Er stößt die zerzauste, vor Scham vergehende Fidelia vor sich her. Er schnauzt: »Zieh dich an!«

Und während sie in ihre schäbige, abgetragene Wäsche schlüpft, weist er mit herrischem Blick die stumme Lüsternheit Ramóns in die Schranken. Der Knochen, der dem Anführer des Rudels gehört, ist tabu, und auch wenn er ihn aus den Zähnen läßt, wäre es eine Beleidigung, wenn ein anderer ihn benagte. Ramón senkt den Kopf. Luis wirft dem Kommissar einen bewundernden Blick zu. Er versucht zu verstehen, wieso dieser Zwerg nur zu erscheinen braucht, damit solche Gorillas wie sie beide, die ihn am ausgestreckten Arm verhungern lassen könnten, den Schwanz einziehen und kuschen. Sehr mit sich zufrieden, sich aufplusternd wie ein Gockel, der von der Henne steigt, scheint er aus seinem Bubenstück noch einen Zuwachs an Autorität zu gewinnen. Er kaut an den Schnurrbartspitzen, zieht sich einen Stuhl heran, setzt sich hinter den Tisch und übersetzt langsam den Brief, den Mme. Legarneau an ihren Sohn geschickt hat. Er zuckt die Achseln.

»Die Aufgeregtheit der Alten kann uns eine Vorstellung von den Horrormärchen geben, die er ihr über uns geliefert hat. Aber nicht damit denke ich ihn ausweisen zu lassen. Die Verhaftung Fidelias in seinem Hause wird ihn stärker kompromittieren.«

»Ver...haf...tung!« stammelt Fidelia, die auf einem Bein balanciert, um Strumpf und Sandale anzuziehen, und vor Schreck umfällt.

Luis bewundert von neuem. »Mein Ariel« – wie Señora Prelato ihren Mann zärtlich nennt – ist entschieden der Teufel in Miniaturausgabe. Ein solches Monster, das zu den übelsten Schandtaten bereit ist, das niemals einer Regung von Mitleid nachgibt, das verdient wahrhaftig eine große Karriere! Tödlich verletzt, entehrt durch ein Opfer, das, wie sie jetzt begreift, vergeblich war, steht Fidelia auf. Sie hat nichts mehr zu verlieren. Sie schreit:

»Du hast mich belogen, du gemeiner Schuft!«

Der Kommissar krümmt sich vor Lachen. Dann wird er wütend und brüllt:

»Und du, du Schlampe, hast du mich etwa nicht belogen? Glaubst du, ich weiß nicht, daß du auch eine Mitgliedskarte für die Partei hast, daß du ihre Zeitungen am Sonntag verkauft und ihre Flugblätter verteilt hast? Ich bin dir keine Rechenschaft schuldig, und im übrigen habe ich dich nicht getäuscht, als ich sagte, daß Pablo nichts erfahren wird. Das ist wahr. Du kannst beruhigt sein: Er ist heute morgen erschossen worden... Los, ihr beiden, führt sie ab!«

Luis, der davon nichts wußte, ist sprachlos. Es gibt Augenblicke, wo Ruchlosigkeit sich so zynisch gebärdet, daß sie sogar den Henker anwidert. Da, nein, wahrhaftig, da gibt es nichts mehr zu bewundern; er fragt sich, ob er sich nicht, um freier atmen zu können, in einen schlechter bezahlten Dienst versetzen lassen soll, wo man es nur mit Halunken zu tun hat, die man ohne Komplexe prügeln kann. Selbst für ihn ist die Szene unerträglich.

In ihrer wahnsinnigen Wut hat die kleine Mestizin plötzlich einen Brieföffner aus poliertem Stahl vom Tisch geschnappt. Sie springt auf den Kommissar zu, der den Stoß geschickt mit dem Stuhl pariert. Gleichzeitig hat Ramón Fidelia von hinten mit einem gewaltigen Handkantenschlag in den Nacken niedergestreckt, der von bewundernswerter Routine zeugt. Der Kommissar setzt den Stuhl auf den Boden zurück. Er triumphiert.

»Großartig! Mordversuch, begangen an der Person eines Polizeioffiziers in Ausübung seines Dienstes... Das ist mehr, als ich erhofft hatte.«

11

In ihrem Verschlag unter dem Dach lagen die beiden Gefangenen, deren Gnadenfrist abgelaufen schien, Seite an Seite auf ihren Luftmatratzen, die Arme über der Brust gekreuzt, starr wie Statuen von Verstorbenen. In der regungslosen Stille schienen noch ihre Herzen zu laut zu schlagen, um sie nicht zu verraten. Was ging da vor sich? Obwohl sie darin geübt waren, die im Haus Anwesenden nach dem Grad der Gedämpftheit der Stimmen, nach der Anzahl der Schritte von einer Tür zur anderen, nach dem Knarren des Parketts und dem Quietschen von Türangeln zu lokalisieren, waren sie völlig verwirrt. Sie rechneten mit einer gründlichen Durchsuchung, begleitet von geräuschvoller Gewaltanwendung, und sie hatten bisher nichts gehört als Gesprächsfetzen, die gedämpft aus verschiedenen Richtungen zu ihnen drangen.

»Sie haben es nicht auf uns abgesehen«, hatte Maria schließlich gemurmelt.

Und gerade in diesem Augenblick ertönte das charakteristische Geräusch, das sie jeden Abend hörten, wenn ihre Gastgeber zu Bett gingen: der schrille Cis-Ton, von einer schadhaften Feder der Matratze erzeugt. Sie hatten sich angesehen, die Augen vor Schreck weit aufgerissen.

Als sie endlich hörten, wie das Gartentor zugeschlagen wurde, wagten sie noch lange Zeit nicht, sich zu bewegen. Einer der Häscher konnte im Hause zurückgeblieben sein, sie hatten ja nicht beobachtet, wie der Wagen des Kommissars mit seiner Gefangenen davonfuhr. Der Aufruhr zum Schluß, das Geräusch eines auf das Parkett fallenden Körpers, schwere, schleifende Schritte, die auf den Transport eines Körpers hinweisen konnten, legten die Vermutung nahe, daß Fidelia nicht auf den eigenen Füßen das Haus verlassen, sondern daß man sie wie ein Paket fortgeschafft hatte. Sie brachten einfach nicht den Mut auf, hinabzusteigen. Sie konnten sich erst nach zwei

Stunden dazu entschließen, nachdem sie vorher die Klapptür ganz leicht angehoben und – eine naive Vorsichtsmaßregel – den Inhalt von Manuels Taschen auf die Fliesen des Flurs geworfen hatten, um sich des Ausbleibens einer Reaktion zu versichern. Nachdem sie die Treppe ausgefahren hatten, waren sie auf Zehenspitzen durch das Haus geschlichen, hatten in alle Ecken und Winkel und unter die Tische geschaut. Und ganz zuletzt hatten sie, als sie alle Zimmer leer gefunden hatten, die Tür des Zimmers geöffnet, das sie eigentlich als erstes hätten inspizieren müssen.

»Das Ohr ist weniger zuverlässig als das Auge«, murmelte Maria, als sie eintrat. »Es kann nichts mit Sicherheit beurteilen.«

Aus Diskretion, vielleicht auch aus Schamgefühl, hatten sie dieses Schlafzimmer nie betreten, das durchaus nichts Besonderes an sich hatte, das sie durch die Intimität seiner Bestimmung aber daran erinnern mußte, daß es für ihre Liebe noch keine Erfüllung gab. Der Raum wirkte sehr unpersönlich, die Wände waren mit einer zweifarbigen Tapete bekleidet, das Licht fiel durch ein großes Fenster ein, über das enggefältelte Vorhänge hingen; keine überflüssigen Möbel, nur Schrank und Bett. Und vor diesem Bett standen sie jetzt, in dessen Lamadecke sich, nicht in der Längs-, sondern in der Querrichtung, der Eindruck eines Körpers abzeichnete, während zwei Haarbüschel, offenbar von verkrampften Händen aus dem Fell gerissen – an zwei Stellen plaziert, an denen das Fell wie rasiert aussah –, die Maße der ausgestreckten Arme einer kleingewachsenen Frau markierten.

»Der Beweis ist da«, sagte Maria. »Sie haben es nicht für nötig gehalten, ihn zu beseitigen.«

Überall sonst schien alles in Ordnung zu sein. Alles befand sich an seinem Platz, außer Fidelias Schlüsselbund, der im Schloß der Wohnungstür steckte, von innen übrigens, nicht von außen, offenbar um einen zufällig vorüberkommenden Gelegenheitsdieb nicht anzulokken und um zu verhindern, daß ein Diebstahl den vorherigen Besuchern angelastet werden könnte.

»Erinnern Sie sich...«, sagte Maria, ohne den Satz zu vollenden.

Sie standen vor diesem Bett wie vor einem obszönen Plakat in der Eingangshalle eines Kinos, in dem ein Pornofilm läuft. Und obwohl sie sich an der Hand hielten, waren sie instinktiv darauf bedacht, Distanz zu wahren.

»Erinnern Sie sich«, begann Maria tapfer von neuem, »als Ihr Freund Attilio zusammenbrach, haben Sie ausgerufen: Sie sehen, was mich erwartet. Ich kann jetzt wiederholen: Wenn sie uns gefunden hätten, sehen Sie, was mich erwartete.«

Was kann er darauf antworten? Der unschuldigste der Männer fühlt sich in einem solchen Fall zumindest schuldig, diesem Geschlecht anzugehören, und er denkt nicht ohne Zorn an das, was man ihm hätte nehmen können, und nicht ohne Besorgnis an die seelische Reaktion seiner Gefährtin. Sie fügte hinzu, mit derselben Courage und mit einer fast provozierend festen Stimme: »Sie wissen das nicht, Manuel, aber ich bin noch unberührt. Für eine Zweiundzwanzigjährige gilt das heutzutage schon fast als Kuriosum. Ich bilde mir nichts darauf ein, ich betrachte meine Jungfräulichkeit nicht als Sakrament. Ich bin so geblieben, das ist alles, ein bißchen aus Zufall. Aber seitdem wir uns begegnet sind, freue ich mich, daß ich auf Sie gewartet habe. Und was mich entsetzt...«

Der Rest, dem Drang nach Nähe und Geborgenheit folgend, wurde gegen das Revers einer Jacke geflüstert:

»Was mich entsetzt, das ist nicht allein der Gedanke an das, was Sie empfinden müßten bei der Schändung Ihres Eigentums, das ist vor allem die Erkenntnis, daß einer Frau, mit oder ohne Liebe, in der Hingabe wie in der Notzucht, das gleiche widerfährt, daß also die Freuden der Liebe vom Vorbehalt des Willens abhängig sind.«

»Aber darauf allein kommt es an«, sagte Manuel.

Er wiegte sie in seinen Armen, bedeckte ihr Gesicht mit Küssen, seine Lippen liebkosten die geschlossenen Augen, die vorspringenden Wangenknochen, die Furche zwischen den Brauen. Schließlich flüsterte er: »Ich erinnere mich an einen Aphorismus, der von Dante sein soll: ›Der Mensch kann zum Tier werden; aber das Tier kann niemals Mensch werden, der Mensch dagegen kann sich jederzeit zum Engel erheben.‹ Ich kann den Wortlaut nicht garantieren, und ich garantiere auch nicht den Engel...«

»Der Mensch wird mir genügen«, sagte Maria. »Gehen wir hinaus.«

Sie begaben sich in die Küche, weil es Mittag war, obwohl sie unfähig waren, irgend etwas zu essen. Eine Fabriksirene, das plötzliche Bremsen eines Autos, das Schreien eines Kindes in einem der Nachbargärten ließen sie jedesmal zusammenzucken. Eine Stunde lang beratschlagten sie, tauschten tausenderlei Vermutungen aus. Warum, wieso hatten sie wieder einmal davonkommen können? Hatte Fidelia geredet, und, falls ja, was hatte sie gesagt? Wenn sie geschwiegen hatte, würde sie noch lange schweigen können? Die Art ihrer Behandlung zeigte deutlich genug, daß man eine Beschwerde von ihrer Seite nicht fürchtete. Man würde sie nicht mit Nachsicht behandeln, sie hatte wenig Chancen, die Freiheit wiederzuerlangen. Aber war es nicht völlig unverständlich, daß sie das Opfer einer so summarischen Aktion geworden war, während doch eine gründliche Durchsuchung es erlaubt hätte, die Legarneaus unwiderlegbar eines schweren Vergehens, der Gewährung von Unterschlupf an Feinde des Staates, zu überführen?

»Fidelia hat für uns bezahlt«, wiederholte Maria.

»Man muß Olivier warnen«, sagte Manuel.

Nichts war selbstverständlicher, nichts war aber auch unmöglicher. Aus dem Zurücklassen der Schlüssel konnte man vielleicht schließen, daß die Polizei nicht die Absicht hatte, wiederzukommen. Sofern das nicht eine Posse war: Sehen Sie, wir haben nichts aufgebrochen, wir haben sehr legal eine »Terroristin« festgenommen, bei offener Tür in einem Privathaus, ohne uns auch nur auf den Belagerungszustand zu berufen. – Keine Zeugen, außer Ohrenzeugen, die völlig wertlos waren, weil sie ja keinesfalls aussagen konnten. Man mußte Olivier warnen, aber wie?

»Telefonieren, das hieße, unsere Anwesenheit verraten«, sagte Manuel. »Nicht telefonieren, das hieße, unsere Freunde in Gefahr bringen. Prelato haßt die Legarneaus, er ist zu allem fähig, vielleicht sogar, sie heute abend bei ihrer Heimkehr zu verhaften. Nur ein unmittelbarer geharnischter Protest des Botschafters könnte ihn davon abbringen. Immerhin hat er seinen Überraschungscoup unter Verletzung des Hausrechts geführt. Wenn das unter den Bedingungen des Belagerungszustandes nicht illegal ist, so ist es doch zumindest unüblich, und ich vermute, daß er Schwierigkeiten bekommen würde, wenn Olivier darauf bestände, in Anwesenheit von Fidelia gehört zu werden...«

Die Zeit verstrich, die Zeit drängte; und ihre Gesichter starrten ausdruckslos auf das Zifferblatt der alten Schweizer Pendeluhr an der Wand. Sie tickte im Rhythmus ihres Pulsschlags, der wie sie das Maß des Lebens zählt. Aber gegen ein Uhr schlug Maria die Hand an die Stirn, als sei ihr plötzlich ein Einfall gekommen, drehte drei Runden um den Tisch und blieb dann vor Manuel stehen.

»Sie werden jetzt wieder nach oben steigen«, sagte sie. »Ich bleibe hier unten. Nehmen wir einmal an, daß eine dritte Person hier erwartet wird. Nehmen wir an, daß man ihr, da kein weiterer Satz

Schlüssel mehr vorhanden ist, den Schlüssel für die Hintertür gegeben hat. Nehmen wir an, daß diese dritte Person, indem sie zur Irreführung des Abhördienstes sorgsam auf diese Details anspielt, die Botschaft anruft...«

»Sie?« warf Manuel ein und verzog mißmutig das Gesicht.

»Ja«, sagte Maria. »Und das kann mir erlauben, mich anschließend viel freier zu bewegen.«

Ohne weitere Erklärungen zu geben, wählte sie schon die Nummer der Botschaft.

12

Monsieur Mercier, der das rechte Auge geschlossen und das linke unwillig zusammengekniffen hatte, fegte leise vor sich hin fluchend den Tabak von seiner Schreibunterlage, den er beim Aufplatzen einer schlecht gedrehten Zigarette dort verstreut hatte. Selma saß ihm gegenüber. Vor dem Fenster stehend, den Ausblick auf die Landschaft mit seinem breiten Rücken versperrend, zitierte Olivier von einem Blatt Luftpostpapier, das er in der Hand hielt, mit beißender Stimme eine geschraubte Passage aus der Dienstanweisung:

»*Welcher Art die Empfindungen bezüglich gewisser Ausschreitungen auch sein mögen... wir müssen daran erinnern, daß Neutralität zwingend geboten bleibt und daß, unbeschadet humanitärer Erwägungen, die Situation nicht die Äußerung privater Meinungen für oder gegen das neue Regime rechtfertigt...* Für! Kennst du ein *Für*, Selma?«

»Rein stilistische Klausel«, warf der Chef ein, das rechte Auge wieder öffnend.

»Gewisse Ausschreitungen!« fuhr Olivier fort. »Wir sind Zeugen eines Massakers, eines abscheulichen Racheaktes der Reichen an den Armen, der Weißen an den Mestizen, und man spricht uns von *gewissen Ausschreitungen!* Das ist übrigens auch der Ton der Presse in dieser Woche. Der westlichen, versteht sich. Man könnte meinen, es handle sich um den bedauernswerten Fall eines armen Patienten, dessen rasende Zahnschmerzen man durch Ziehen eines Zahns ohne Betäubung beseitigt hat. Ein wenig brutal, die Operation, aber die Ordnung ist wiederhergestellt, die Vernunft wird jetzt mit der Träumerei Schluß machen. Man wird noch ein wenig jammern, man wird vergessen, man wird Handel treiben...«

»Hören Sie, Olivier!« unterbrach Monsieur Mercier. »Sie stellen sich doch wohl nicht im Ernst vor, daß man bei uns zu Hause das Verschwinden einer Regierung beklagt, deren Beispiel der unseren den Schlaf rauben würde. So viele Tote, das ist schockierend, das macht dem guten Gewissen der Liberalen zu schaffen... Aber schließlich, wenn man das Programm der Opfer in Betracht zieht, wird der Westen sich nicht sonderlich grämen.«

Selma rieb sich unauffällig ein Auge, um ihrem Mann zu signalisieren, daß er schweigen solle. Aber ungerührt fuhr Olivier fort:

»Ich habe auf der Titelseite einer Pariser Zeitung diesen Aufmacher gelesen: *Was würde im gleichen Fall bei uns die Armee tun?* Es handelte sich nur um eine Analyse, aber unter diesem Aufhänger können Überlegungen weit führen.«

»Können wir jetzt fortfahren, Olivier, bitte!«

Olivier schwieg sofort. Die Manie Monsieur Merciers, seine Zigaretten selbst zu drehen, das Papier nachdenklich mit der Zunge zu belecken, das war eine Selbstdarstellung, die man vorsichtig interpretieren mußte.

»Also, Punkt eins, die Dienstanweisung: für alle verbindlich, das ist klar? Und jetzt zum nächsten Punkt.«

»Ich habe Sie beide kommen lassen«, fuhr der Chef nach kurzer Pause fort, »um den Fall Alcovar und Freundin mit Ihnen zu diskutieren. Es gibt kein Problem für das Mädchen, nach dem niemand fahndet. Unter der Voraussetzung, daß sie nicht zwischenzeitlich des Verbrechens der Unterstützung eines Staatsfeindes überführt wird, könnte sie das Land ohne unsere Hilfe verlassen. Aber bei Alcovar selbst besteht erhebliche Gefahr, daß wir ihn nicht außer Landes bringen können, was auch für ein Dutzend anderer hochrangiger Asylsuchender gilt, für die ich trotz mehrerer Vorstöße keine Ausreisegenehmigung erhalten kann. Jedenfalls nicht ohne Gegenleistung. Die Junta hat bemerkt, daß sie durch die Freilassung ihrer geschworenen Feinde die Bildung einer legalen Exilregierung begünstigt. Von jetzt ab wird sie hart um jeden Kopf feilschen.«

»Verflixt!« sagte Selma. »Ich würde gern mal wieder frei atmen können.«

»Vollkommen verständlich«, pflichtete Monsieur Mercier ihr bei. »In deinem Zustand ist von Heroismus abzuraten.«

Er ließ das Feuerzeug schnappen. Ein blauer Faden stieg von der Zigarette auf, und er sprach aus dem Mundwinkel weiter:

»Was den Senator betrifft, so hat der neue Innenminister, sein persönlicher Feind, ihm die Staatsbürgerschaft entzogen. Er hat außerdem in einem Schnellverfahren ein Urteil gegen ihn erwirkt, das schon unser Konvent seinerzeit gern verhängt hat: die Ächtung. Das heißt, daß es jetzt genügt, ihn totzuschlagen, um die Prämie zu kassieren. Für seine Rettung sehe ich nur eine Lösung – uns an die Amerikaner zu wenden.«

»Was?!« rief Olivier verblüfft aus.

»Nun, überlegen Sie doch mal, Legarneau! Ihre Einmischung ist so auffällig gewesen, daß sie sich rehabilitieren müssen. Die Junta kann ihnen nichts verweigern, und ich bin fast sicher, daß die Amerikaner unserer Bitte bereitwilligst nachkommen werden.«

»Aber Sie befürchten«, sagte Olivier mit süß-saurem Lächeln, »daß der Interessierte die Hilfe derjenigen ablehnt, die ihn vorher betrogen haben, und Sie werden uns bitten, ihn zu überreden.«

»Man kann Ihnen nichts vormachen...«

Das Telefon läutete: Monsieur Mercier hob ab.

»Ja«, sagte er, »er ist bei mir, ich übergebe ihm... Olivier, die Zentrale sucht Sie, es scheint sich um etwas Dringendes zu handeln.«

Den Rauch durch die Nase ausstoßend, betrachtete er mit neugierigem Blick seinen Attaché, der, den Hörer ans Ohr gepreßt, plötzlich zur Salzsäule erstarrt schien.

Es gab auch Grund dazu. Am anderen Ende der Leitung sprach eine ihm bekannte Stimme, eine wirklich unglaubliche Unvorsichtigkeit:

»Hallo, Señor Legarneau? Ich bin Maria, das Au-pair-Mädchen, das Sie engagiert haben. Entschuldigen Sie bitte, aber ich glaube, es ist notwendig, daß ich Ihnen mitteile, was Ihrer Hausangestellten Fidelia passiert ist.«

»Eine Sekunde! Man ruft mich auf einer anderen Leitung«, warf Olivier ein, der zu verstehen begann.

Er hielt die Hand über die Sprechmuschel und sagte schnell:

»Nehmen Sie den anderen Hörer. Rasch! Das ist Maria. Sie benutzt einen Trick, um den Abhördienst irrezuführen!«

Dann zog er die Hand zurück.

»Was sagten Sie, Señorita?«

Den Kopf geneigt, die Unterlippe vorgewölbt, nickte Monsieur Mercier zustimmend zu Selma hinüber, die mit einer raschen Handbewegung das Aufnahmegerät eingeschaltet hatte. Die Stimme begann von neuem:

»Ja, Señor, ich bin Maria, das Au-pair-Mädchen, das Sie engagiert haben. Ich bin gegen Mittag, wie vereinbart, angekommen, gerade rechtzeitig, um drei Herren aus Ihrem Haus gehen zu sehen, von denen einer, ein grauhaariger, ziemlich klein, höchstwahrscheinlich ein Arzt war; die beiden anderen waren groß und kräftig, vermutlich Sanitäter. Sie transportierten eine ohnmächtige junge Frau und legten sie auf die Rückbank eines Wagens. Ich nehme an, daß es sich um Ihre Hausangestellte Fidelia handelte.«

»Sie wissen nicht, in welches Hospital man sie gebracht hat?« ging Olivier auf Marias Spiel ein.

»Nein, Señor, ich habe den Wagen vor seiner Abfahrt nicht erreichen können. Es handelte sich übrigens nicht um eine Ambulanz, sondern um einen Funkstreifenwagen. Ich habe nur noch hören können, wie der Arzt in das Funktelefon rief: ›Hier Prelato, die Angelegenheit ist erledigt, wir sind auf dem Weg.‹«

»Prelato? Sind Sie sicher? Sie hätten mich sofort verständigen müssen«, sagte Olivier.

»Tut mir leid, Señor, ich wußte nicht recht, wie ich mich verhalten sollte. Ich bin durch den Hintereingang ins Haus gekommen, mit dem Schlüssel, den Sie mir gegeben hatten. Ich habe die Hausarbeiten erledigt und dann mit der bereitgelegten Wäsche angefangen. Señora Legarneau hatte mir gesagt, daß sie versuchen würde, gegen ein Uhr kurz vorbeizukommen. Ich wartete...«

»Entschuldigen Sie, meine Frau ist aufgehalten worden«, sagte Olivier. »Und machen Sie sich keine Sorgen, ich werde alles Nötige veranlassen.«

Monsieur Mercier hatte seinen Hörer schon aufgelegt, das Aufnahmegerät ausgeschaltet, seinen Zigarettenstummel in den Patentaschenbecher geworfen und den Drücker betätigt. Er runzelte nachdenklich die Stirn.

»Was haben sie gegen dieses Mädchen?« fragte er.

»Ihr Mann, das weiß ich seit kurzer Zeit, war Sekretär einer kommunistischen Zelle«, antwortete Selma.

»Da haben wir's!« sagte der Botschafter mit grimmigem Lächeln. »Man will Ihr Dossier vervollständigen. Diese Leute sind verteufelt rachsüchtig. Ein mexikanischer Attaché ist gestern zur Persona non grata erklärt worden. Jetzt bin natürlich ich am Zuge. Ich werde ein wenig donnern und mich sehr wundern... Die Affäre ist nicht sauber, und ich werde sicher erreichen, daß Prelato zurückgepfiffen wird. Zur Vorsicht jedoch beordere ich Sie, da wir heute Freitag haben, in mein Haus am See, und zwar mit Vic und Selma. Sie werden Maria anrufen, um sie von Ihrer Abwesenheit zu verständigen, ohne ihr weitere Angaben zu machen... Hut ab! Das Mädchen imponiert mir, sie hat Courage und Köpfchen.«

»Man hat den Senator nicht gefunden«, sagte Selma, »aber was wird er ohne uns machen?«

»Wenn dein Kühlschrank leer ist, wird er fasten! Nach jedem Bankett träume ich davon!« schloß Monsieur Mercier und klopfte sich auf den Bauch.

13

Maria stellt am nächsten Morgen mit Galgenhumor fest:

»Alles in bester Ordnung. Noch nie sind wir in größerer Gefahr gewesen.«

Und das ist wirklich nicht übertrieben. Selbst wenn sich die Haussuchung nicht unbedingt wiederholen muß, es bleibt doch das Risiko, daß die Aufmerksamkeit, der böswillige Verdacht auf dieses Haus gelenkt worden sind. Und auch für Maria wird die Situation von Tag zu Tag prekärer: Wenn die Polizei Erkundigungen über sie eingezogen hat, wird sie keine plausible Erklärung geben können, wohin und warum sie eine Zeitlang verschwunden war. Und dazu auch noch das Telefon, dessen hartnäckiges Läuten auf eine Überwachung schließen läßt. Schon sechs Anrufe heute morgen haben Marias Nerven arg strapaziert. Immer wieder muß sie mit einer unbeteiligten Dienstmädchenstimme die Auskunft geben, daß am Apparat nicht Señora Legarneau ist, nein, sie ist für ein paar Tage aufs Land gefahren, daß es auch nicht Fidelia ist, nein, sie ist krank, sondern Maria, ihre Vertreterin, zu neu, um mehr zu wissen.

Sie lügt nicht. Wo sind die Legarneaus wirklich? Wie lange werden sie fortbleiben? Eine mysteriöse Geschichte. Werden sie überhaupt zurückkommen können? Und wenn sie nicht wieder auftauchen, was ist das Refugium wert? Nun, das jedenfalls ist kein Geheimnis: Das wird das Ende der Affäre sein. Aber offenbar gewöhnt man sich auch an das Schlimmste. Die Chance gegen das Unerträgliche liegt gerade in seiner Exzessivität. Wird es überzogen und sind wir trotzdem noch am Leben, dann ist es allein dieses Wunder, das zählt. Doch was ist nur mit Manuel los? Mit entspannter Miene trällert er vor sich hin – falsch natürlich –, während er in seinen Aufzeichnungen blättert. Und was ist mit Maria los? Sie hat es gewagt, laut aufzulachen, als im Fernsehen – das wieder einmal Millionen von schweigenden Freunden, aber auch Tausenden potentieller Denunzianten die Gesichter der steckbrieflich Gesuchten vorführte –, der Ansager die Liste von zwanzig als staatenlos und von elf als vogelfrei erklärten Bürgern verlesen hat. Als er hinzufügte, daß die Prämien für ihre Ergreifung verdreifacht worden seien, hat ihr Spott fast etwas Geschmackloses:

»Das ist zuwenig. Aber wenn sie bis zu einer Milliarde gehen...«

Kurz danach hat sie Manuels Gürtel ein Loch enger geschnallt und dazu erklärt, daß Selma heute nicht wie sonst samstags zum Einkaufen auf den Markt gehen kann, daß die vernickelten Gitterfächer des Kühlschranks also leer bleiben werden. Dann ist sie vor dem Buffet herumgetänzelt, mit roten Wangen, und hat gesagt, daß es so schlimm doch nicht ist, da noch Milchpulver, Zucker und Mehl vorhanden sind; daß man Fladen mit Oliven und Anchovis essen wird, da es auf dem Brettchen unter der Bar noch einige dieser für den Aperitif bestimmten Appetitanreger gibt.

Ein seltsamer Tag. Offenbar hat sich in Manuels und vor allem in Marias Geist ein plötzlicher Wandel vollzogen. Seit der Stunde, als drei Unmenschen ihnen am Beispiel ihres Opfers demonstriert haben, daß das Glück manchmal einfach eine dringende Notwendigkeit ist. Gewiß, von Zeit zu Zeit hat Maria Gewissensbisse:

»Wir albern herum, und diese arme Fidelia, in diesem Augenblick...«

Es kommt vor, daß sie plötzlich zusammenzuckt, daß ihr Gesicht vor Schmerz verzerrt ist. Aber im wesentlichen ist es eine andere Maria, die echte, die Manuel jetzt aus dem Dunkel heraustreten sieht – so wie ehemals am Ende der Karwoche die bis dahin verhüllten Statuen den Gläubigen in ihrer ganzen Pracht erschienen, wenn der Priester die Trauertücher abgenommen hatte. Zu neuem Leben erweckt, jung und blühend, mit strahlenden Augen, hat sie angefangen zu plappern, Ratespiele und Scharaden vorzuschlagen, Schabernack mit ihm zu treiben.

»Eine Wahrsagerin hatte Cicero vorhergesagt, daß er bis zum Jahre 43 vor Christi Geburt leben würde. Hat das gestimmt, Manuel?«

Er ist darauf hereingefallen:

»Nun ja, das scheint mir schon das richtige Datum zu sein...«

»In der Tat«, hat Maria gelacht. »Glauben Sie, daß eine Wahrsagerin ein Ereignis 43 Jahre vor Christi Geburt nach christlicher Zeitrechnung datiert?«

Und so weiter und so fort... Maria hat ein Dutzend solcher Rätsel aus dem Ärmel geschüttelt, während sie den Teig für die Fladen zubereitete, das Blech in den Backofen schob, die Fladen heiß, und tatsächlich eßbar, servierte. Sie drehte sich, ließ die Röcke fliegen. Sie war vor Manuel, sie war hinter ihm, sie hielt ihm die Augen mit beiden Händen zu und fragte: »Wer ist das?«

Und als Manuel sich umdrehte, erblickte er den gegen die Stuhllehne gesetzten großen Hampelmann von Vic, der ihn mit seinen schwarzen Knopfaugen anstarrte. Natürlich hat sie sich gleich auf seinen Knien wiedergefunden, erdrückt von zwei Armen, die sich um sie wanden wie eine Boa um eine Gazelle. Sie hat sich losgerissen, völlig außer Atem von einem Kuß, der nach Anchovis schmeckte. Nachdenklich hat sie schließlich Manuel angesehen, dessen Gesicht sich wieder verdüstert hat, und gesagt:

»Kopf hoch, Manuel! Wenn das Gesetz zum Gesetz des Dschungels wird, ist es eine Ehre, für rechtlos erklärt zu werden.«

Sie ist wieder ernst geworden, sie hat über die Wahl eines Gastlandes spekuliert, sie möchte, daß es ein spanischsprechendes Land ist, damit sie beide in ihrem Beruf tätig sein können, sie als Sekretärin, er, wie in früherer Zeit, als Studienrat.

»Mexiko«, hat Manuel träumerisch gesagt. »Ich habe einen Freund in Acaponeta, am Fuße der Sierra de Nayarit. Ich habe ihn einmal dort besucht während eines Lehrerkongresses in Mexiko.«

Maria hat den Namen wiederholt: *Acaponeta,* als wenn sie gesagt hätte: *Sesam.* Sie schien nicht mehr an ihrer Zukunft zu zweifeln, sondern sich darüber Gedanken zu machen, wie ihr Alltagsleben aussehen würde. Sie hat wissen wollen, ob Manuel sich berechtigt fühle, als Privatperson zu leben, eine Sache aufzugeben, für die er so lange gekämpft hatte.

»Sie werden das tun, was Sie wollen, Manuel, das ist selbstverständlich...«

Die Nacht war hereingebrochen, sie sprach immer noch. Erst gegen zehn Uhr ist sie ein wenig schläfrig geworden, genauer gesagt, sie hat in der Stille, halb träumend, ihre Gedanken weitergesponnen. Sie begann sich die Augen zu reiben, als der Satz fiel:

»Zwei Kinder, wäre Ihnen das recht?«

Kinder? Manuel hatte sich darüber nur selten Gedanken gemacht. Er leugnete nicht die Schuld gegenüber dem Leben, die jedes Lebewesen mit dem Empfang des eigenen Lebens übernimmt. Aber es weiterzugeben, das ist für diejenigen, die ihr Leben dem Kampf für eine bessere Zukunft aller Menschen geweiht haben, eine Aufgabe von nachrangiger Bedeutung. Sie haben keine Eile, sich fortzupflanzen, Kinder für die Verewigung einer Welt zu zeugen, die sie verdammen. Manuel, der nie Sohn gewesen war, sondern stets nur Bruder, der nur die Wärme der großen Ideengemeinschaft kennengelernt hatte, wußte, daß ihm etwas fehlte, er litt unter seiner Einsamkeit, war sich jedoch unschlüssig darüber, ob es schwächer oder stärker macht, ohne Familie zu leben. Die Familie, eine Gemeinschaft, in der das Blut jedes einzelnen in allen anderen fließt! Daß Maria ihm eine Familie schenkte... vielleicht! Man würde sehen. Zwei Kinder, warum nicht? Eins für jede der beiden jungen Brüste, die unter Marias Bluse knospen. Sie präzisierte:

»Mädchen oder Junge, das spielt keine Rolle. Aber vielleicht sollte man statt eines Appartements besser ein Haus suchen, in dem sie freier aufwachsen können...«

»Darf ich eine Einwendung machen, Maria?« hat der *Vater* plötzlich gesagt.

»Was denn, Manuel?«

»Überspringen wir nicht die erste Etappe?«

Ein doppeltes Lächeln: Kinder müssen schließlich erst in den Schoß der Mutter gepflanzt werden. Marias Augen haben dem glühenden Blick Manuels standgehalten. Bis sie flüsterte:

»Es ist spät, Manuel. Ich gehe schlafen.«

Sie schläft unten, im Gästezimmer, das zur Dienstmädchenkammer umfunktioniert worden ist. Das ist ihr Platz, es muß alles plausibel aussehen, und es ist zudem weniger primitiv als der Verschlag.

Sie schläft, allein, während oben Manuel wach liegt und sich hin und her wirft, wie zu der Zeit, als sie ganz nahe bei ihm war, verführerisch und unnahbar, auf der Luftmatratze, die neben seiner lag. Er hätte zweifellos nicht, während sie bei ihm stand, auf den elektrischen Knopf für die Leiter drücken sollen. Er hätte ihr folgen sollen...

Er hätte sollen. Er hat es nicht gewagt. Seine Unbeholfenheit, dessen ist er sich durchaus bewußt, ist die einer Waise, eines Menschen, der immer kaserniert war – im Waisenhaus, beim Regiment, im Lehrerseminar, dann inmitten seiner eigenen Schüler, seiner Kameraden, seiner Kollegen; sie ist die eines Mannes von siebenunddreißig Jahren, dessen Kenntnis des anderen Geschlechts nur aus flüchtigen Begegnungen in Hotelzimmern stammt. Die Spezies junges Mädchen ist ihm völlig unbekannt. Auch ein bedeutender Mann kann auf diesem Gebiet eine Niete sein.

Manuel steht auf, kniet sich vor den Ausguck. Die Nacht ist von dem schmutzigen Schwarz gebrauchten Kohlepapiers und, wie dieses, von Punkten durchlöchert. Nur die größten Sterne leuchten wirklich, vor allem im Süden der Kanopus. Unterhalb von ihm unterscheidet er schwach diesen rötlichen Punkt, der zweifellos keinen Namen auf den Himmelskarten hat und den Maria als kleines Mädchen adoptierte, indem sie ihm den Namen ihrer verstorbenen Mutter gab: *Ennis.*

»Sie sieht Sie an«, hat Maria eines Abends gesagt.

Kindisches Getue. Das ist leicht gesagt. Am Anfang haben ihn diese Dinge ziemlich gestört. Er hat seine Meinung geändert. Jetzt möchte er ihre kleinen erfrischenden Einfälle nicht mehr missen. Heute könnte er mit einem überzeugenderen Ja auf Marias Frage antworten, die sie ihm beim Verlassen des Hospitals gestellt hatte: »Sind Sie fähig, den Senator zu vergessen? Für mich ist das wichtig.«

An jenem Tag trug sie ein graues Kleid, das durch die Granatfarbe von Gürtel, Kragen und Manschetten belebt wurde. Auf zwei Krükken gestützt, schob sie ihren dicken Gipsfuß vor sich her, der mit blauen, grünen und roten Graffiti dekoriert war, den Namenszügen ihrer Freundinnen. Sie hatte plötzlich gesagt, weil Manuel ihre Haare betrachtete:

»Nun ja, ich bin rothaarig, meine Mutter war Irin. Das erklärt auch alles übrige.«

Weder ihr Vater noch ihre Stiefmutter hatten sie abgeholt, und das erklärte noch einiges mehr. Aber er, Manuel, war da, hatte ihretwegen sogar eine Senatssitzung geschwänzt, etwas Unerhörtes für ihn, und er wußte bereits, daß er sich nicht auf ein einfaches Abenteuer eingelassen hatte; und auch sie wußte es so gut, daß sie fünf Minuten später mit dieser etwas spitzen Stimme sagte, die für ihre Aphorismen reserviert war:

»Sie müssen sich darüber im klaren sein, Manuel, was auf uns zukommt: Wir haben nichts Gemeinsames außer dem Wunsch, es gemeinsam zu leben.«

Nichts Gemeinsames? Das blieb abzuwarten. Eine verkorkste Jugend, die auf Entschädigung drängte, das Verlangen nach dem anderen, die Einsicht in die eigenen Möglichkeiten und Grenzen, verbunden mit einer gewissen Geringschätzung der materiellen Interessen, das sind doch wohl nicht zu verachtende Gemeinsamkeiten. Gleicher Charakter, gleiches Format: das verbindet die Menschen, das ist die Grundlage der Leidenschaft wie jedes Engagements überhaupt.

Und gerade die Gegensätzlichkeit ihres Engagements war anfangs die größte Hürde. Marias Ehrlichkeit hatte manchmal etwas Herausforderndes. Obwohl sie mehr zeitlichen Spielraum hatte als er, machte sie sich rar. Sie verfolgte nicht, sie ließ sich fangen, glücklich, lachend, aber dann kam mitleidlos die kalte Dusche:

»Schließlich, Manuel, sind Sie Sozialist und Atheist. Ich bin gläubige Christin, und nicht nur nach dem Taufschein, müssen Sie wissen: ein echter Fisch im Weihwasser.«

Manuel kehrt zu seiner Matratze zurück, legt sich wieder hin. Daß er ein Mädchen lieben könnte, von dem er weiß, daß es sein ganzes Leben auf eine stupide Religion gründet, das hatte er nicht für möglich gehalten. Vor allem in diesem Augenblick! In dem damals noch legalen Kampf, der gegen seine Partei geführt wurde, hatte die Kirche, Marias Kirche, nach langer kühler Zurückhaltung Partei ergriffen: gegen sie. Wenn er mit Maria zusammen war, kam er sich manchmal wie ein Überläufer vor, dann wieder hoffte er, daß sie die Überläuferin sein würde; eines Tages würde sie mit ihren Kleidern auch ihre Überzeugungen ablegen. *Dein Glaube sei auch mein Glaube.* Jede Wahrheit erhebt Anspruch auf Ausschließlichkeit, und die jüngste, die sozialistische, würde den Sieg davontragen.

Manuel dreht sich auf die linke Seite zurück, weil er, wenn er auf der rechten Seite liegt, nach wenigen Minuten das Stechen spürt, das ihn seit Wochen immer wieder plagt – offenbar eine leichte Entzündung des Dickdarms. Warum hat er nicht Schluß gemacht? Es ist nicht leicht zu erklären, und die verblüffendste Erklärung ist wohl die, daß Maria im Elendsviertel von San Juan, wo sie ihm auf seinem ureigenen Gebiet in die Quere kam, die Partie gewonnen hat. Sie hatte auch an diesem Tag ihr graues Kleid mit dem granatfarbenen Besatz an. Nach einer Versammlung unter freiem Himmel ging Manuel fort, eskortiert von Kindern in zerlumpten Kleidern, durch Dreck und Abfall watend. Und plötzlich ist sie aus einer armseligen Hütte herausgekommen, die aus Wellblech, Sperrholz und Pappe zum zwanzigstenmal zusammengenagelt worden war, das Ganze gekrönt mit einem auf ein Plastikviereck reduzierten Fenster und einer Tür, deren Füllung aus einer Werbetafel bestand, die die Verdienste von *Matsushita Electric Industrial* rühmte – auf den Kopf gestellt.

»Maria!« haben die Kinder geschrien, die sie alsbald in einem doppelten Kreis, trotz Lumpen mit lächelnden Gesichtern, umringten.

»Maria! Was machen Sie hier?« hat Manuel mit tonloser Stimme gefragt, in der Hochachtung und Zorn sich etwa die Waage hielten.

Was sie hier machte, in dieser Hütte, aus der sie gerade kam, eine Schürze über den Arm gehängt, das Abzeichen des Marthawerkes mit einer Nadel am Kleid befestigt, was sie in diesem Elendsviertel machte, in dem alle Kinder sie zu kennen schienen, das war nicht schwer zu erraten. Und das erklärte auch, warum Maria ihm seit zwei Monaten ohne Begründung, ohne auch nur familiäre Verpflichtungen vorzuschieben, gewisse Abende der Woche und ganze Sonntage verweigerte, die er doch wirklich nur mit großen Schwierigkeiten für sie hatte freihalten können. Daß sie über die Begegnung verstimmt zu sein schien, machte die Sache nicht besser. Ihre Hilfe für die Armen leistete sie in der Stille, als Mitglied eines karitativen Werkes, das seine Aufgabe nicht darin sah, die Armen über ihre Rechte aufzuklären. Doch es war nicht Marias Art, um Worte verlegen zu sein.

»Entschuldigen Sie«, hat sie gesagt, »wenn ich nicht hierhergekommen bin, um Sie zu hören. Wir werben um dieselbe Kundschaft, aber ich beschränke mich auf Hausbesuche. Ich betreue hier sechs Kinder, deren Mutter gerade mit dem siebten niederkommt... Sie gehen heim, vermute ich?«

Sie hat sich bei ihm eingehängt, und als sie schließlich allein waren, hat er seine Gegenattacke gestartet.

»Wenn ich recht verstehe, tun Sie hier bereitwillig das, was Sie zu Hause Ihren Eltern verweigert haben.«

»Bereitwillig setzt immer die eigene Wahl voraus.«

Und während sie durch Druck auf seinen Ellbogen seinen Geschwindschritt zu mäßigen versuchte, ein wenig zu heftig:

»Ich bitte Sie, halten Sie mir keine Predigt. Sie wollen mir sagen, daß man der Gerechtigkeit nicht dient, indem man hin und wieder Mildtätigkeit praktiziert. Ich betätige mich in der Sozialhilfe: Na und? Ist das etwas Schlechtes?«

»Nein«, hat Manuel gesagt, »eine kleine Zahl von Christen hat bemerkt, daß es sehr egoistisch ist, sich nur um das eigene Seelenheil zu kümmern, und daß man vielleicht auf dieser Erde nicht nur seinem Nächsten helfen, sondern auch die Hölle des anderen erträglicher machen muß. Leider wißt ihr nicht, daß die Teufel Menschen einer gewissen Spezies sind –«

»Kurz«, hat Maria ihn unterbrochen, »es ist die Motivation, die Sie wütend macht, weil sie nicht die Ihre ist... In diesem Augenblick fühlen Sie sich von mir getrennt, und Sie ertragen das schlecht.«

»Das stimmt«, hat Manuel eingeräumt. »Wenn Sie meine Frau wären, würde ich es besser ertragen.«

Er glaubte, sich wieder hingelegt zu haben, aber er steht in der Nähe der Klapptür, zögert, auf den Knopf zu drücken. Das Summen des Motors ist nicht viel lauter als das des Kühlschranks, aber er will Maria nicht vorzeitig aufwecken. Das Eingesperrtsein, die Erniedrigung, die Unsicherheit, die Gefahr, die ihn jetzt viel gründlicher von ihr trennen kann als die Verschiedenheit ihres Glaubens, auch das würde er besser ertragen, wenn...

Hat sie nicht im voraus akzeptiert? *Für uns wird das sein, wann Sie es wollen, Manuel...* Es ist wahr, daß der Satz quer über die Einladungskarte zur Hochzeit ihrer Schwester geschrieben war. Aber wenn dazu ein Priester notwendig ist, kann man die Einladung gleich an die Junta schicken! Wo der Tod lauert, kann die Liebe da warten? Soll Maria entscheiden! Er braucht bloß auf den Knopf zu drücken. Die Treppe hat nur zwölf Stufen, und im Flur, nach links, sind es nur acht Schritte. Er wird die Tür öffnen. Er wird sagen...

Klick. Der Motor summt. Doch Manuel kann schwören: Er hat nicht die Hand ausgestreckt. Sie steckt noch immer in der Tasche seines Pyjamas – eines Pyjamas von Olivier, zu groß für ihn, am Handgelenk und an den Knöcheln umgeschlagen.

Der Motor summt, die Klappe senkt sich, und durch die sich vergrößernde Öffnung dringt ein diskretes, blaugetöntes Licht, das nicht das der Deckenbeleuchtung ist, sondern das der Wandlampe am Ende des Flurs, da, wo die Abzweigung zum Bad ist. Es dauert zwanzig Sekunden, bis die Treppe ausgefahren ist. Zuerst erscheint ein kubistisches Bild: zwei Wände, auf eine dritte zufliehend und dabei Schattendreiecke formend. Dann wird das Bild surrealistisch: ein Kopf dringt in den Rahmen, gefolgt von zwei Schultern und einem endlosen Nachthemd, bestickt mit einem S in Höhe des Busens und ganz gerade herabfallend bis zu dieser Reihe von zehn Zehen mit Nägeln aus mattem Onyx, auf deren Höhe die letzte Stufe ihre Stellung bezieht. Gewöhnlich beginnt, wenn die Treppe aufsetzt, in der bis dahin geräuschlosen Mechanik ein Stück Metall zu klicken. Pünktlich klickt das Stück Metall.

»Sie wollten nach unten?« sagt Maria.

»Sie wollten nach oben?« sagt Manuel.

Die ganze Nacht bleibt die Treppe ausgefahren, und das ist nicht eine Vorsichtsmaßregel für den Fall eines Alarms, sondern bloßes Vergessen.

Manuel ist zu Maria hinabgestiegen, er hat sie in die Arme genommen, er trägt sie in das Gästezimmer. Wenn er ein wenig taumelt, dann ist das nicht darauf zurückzuführen, daß Maria zu schwer ist. Das ist vielmehr eine Sache des Lampenfiebers. Er muß an die »Martha« mit den erbaulichen Arbeiten denken. Die Naivität ist nicht immer da, wo man sie erwartet. In puncto Unbefangenheit ist Maria ihm weit überlegen. Sie ist nie ein Freund halber Sachen gewesen, für Knutschereien war sie nicht zu haben, auch nicht für Entkleidungsspielereien, die so vielen Unschuldslämmern zum Verhängnis werden. Aber die Verweigerung von Gelegenheitsliebeleien erhöht den Reiz der Entscheidung. Am Fuß des Bettes richtet sie sich auf, läßt mit runden Schultern die von winzigen Zügeln gehaltene Glocke aus feinstem Leinen schwingen. Sie murmelt:

»Bruder Lorenzo ist nicht zum Rendezvous erschienen... Nicht zu ändern, wir werden auf ihn verzichten müssen. Was ich Ihnen darbiete, das kann ich auch mir nicht länger verweigern.«

Wenn der Ton nicht besonders feierlich ist, der veronesische Vergleich – den sie schon zum zweitenmal verwendet – und der Ehering ihrer Schwester, den sie immer am Finger trägt, lassen keinen Zweifel, daß es sich trotz allem für sie um einen sakramentalen Bund handelt. Aber alsbald streift sie mit einer raschen Bewegung das lange Nachthemd über den Kopf, das auf den Boden fällt, Manuels Pyjama, dessen Bund sie selbst gelöst hat, knapp zuvorkommend. Ein nacktes Mädchen, stolz aufgereckt, betrachtet einen nackten Jungen, der stolz vor ihr steht. Sie staunen, lächelnd: er, sie so schwellend und zugleich statuenhaft zu finden, sie, dieses haarige Tier voller Muskeln und Sehnen zu entdecken. Sie fühlen sich so unschuldig, empfinden kaum Scham: er, weil er schon so mächtig gewappnet ist, sie, weil sie bereit ist, die Festung kampflos aufzugeben, dem Angreifer zuzurufen: *Offene Stadt!* Ihnen fehlen trotzdem die Worte, die Gesten, und wieder ergreift Maria die Initiative, legt sich als erste hin. Jetzt liegen sie Seite an Seite. Jetzt kehren sie sich einander zu. Adam und Eva, wieder einmal, werden ein Fleisch. Ein ganz neues *Du* kommt über die Lippen Marias:

»Du tust mir weh.«

Sie sagt das nur einmal. Man täuscht sich über das Feuer, das die Vestalinnen hüten; es kann ihr eigenes sein. Fast sofort wird Maria vom Taumel der Lust erfaßt. Sie besitzt das – ziemlich seltene – Privileg der Mädchen, die eine natürliche Begabung für die Lust besitzen. Und mit Pausen und Wiederholungen singt sie ihren Part in dem Choral für zwei Stimmen, bis sie schließlich atemlos verstummt.

»Ah!« seufzt sie und reckt sich.

Die *Maja desnuda* ist selten vollkommen: Als Manuel wieder zu Atem kommt, läßt er seine Augen über diesen Körper wandern, die Büschel roter Haare, die etwas zu kräftigen Fesseln, die mit Sommersprossen getüpfelte Haut, die sich über eine Jugend ohne Falten, ohne Wülste, ohne Erinnerungen spannt. Sein Blick steigt auf zu einem Gesicht, in dem grüne Pupillen leuchten und feucht glänzende halbgeöffnete Lippen sehr kleine, sehr weiße und sehr engstehende Zähne enthüllen. Ein rotglühender Ball von Haaren leuchtet auf dem Kopfkissen, löst sich auf, scheint das Zimmer zu erhellen. Eine andere Wärme durchströmt die beiden Liebenden jetzt: die der Zärtlichkeit.

14

Wie an jedem Morgen war Olivier früh aufgestanden, um beim ersten Schimmer der Morgendämmerung die Angel auszuwerfen. Er kam ohne Beute, aber hungrig, zurück. Nichts rührte sich noch im Chalet. Nachdem er die Angelrute und das Fangnetz fortgebracht hatte, das nicht einmal mit dem Wasser in Berührung gekommen war, hatte er sich mit den Ellbogen auf die Balustrade der Galerie gelehnt, die aus abgerindeten Baumstämmen zusammengefügt war.

»Selma!« rief er mit halblauter Stimme.

Ein Flügel der Fenstertür zur Terrasse war geöffnet, aber außer einem Vorhangsaum und Fransen bewegte sich nichts. – Wie schade! Die Natur hat manchmal kuriose Einfälle. Olivier bedauerte, daß er keine Kamera mitgenommen hatte. Seinerzeit hatte das am Himmel Koreas von Gewitterwolken vage gezeichnete Gesicht eines weinenden Christus einem Fotografen ein Vermögen eingebracht, die amerikanischen Zeitungen hatten sich um das Negativ gerissen. Was Olivier vor sich sah, war nichts so Spektakuläres, nur eine große rote Scheibe, die in der Mitte durch eine kleine Wolke in Form eines durchlaufenden weißen Riegels verdeckt war. Die Scheibe, die auf der Spitze einer Zypresse aufsaß, bildete ein verblüffend exaktes Sperrschild für eine Einbahnstraße. Die Sonne und die Junta waren sich einig, die Fahrtrichtung Ost zu sperren.

»Selma!« rief Olivier ein wenig lauter.

Er war deprimiert, es kümmerte ihn kaum, daß er seit drei Tagen keine Nachrichten hatte, er wollte nicht darüber nachdenken, daß der Chef sicherlich mit Schwierigkeiten zu kämpfen hatte. Er betrachtete das blaue Himmelsgewölbe, in dem kleine weiße Haufenwolken trieben, rotgerändert, grau gepunktet, wie vom Wind geschälte Bataten. Das war alles, was von den schweren Nimbostratuswolken übriggeblieben war, die den nächtlichen Regen gebracht hatten, dessen Spuren man noch sehen konnte: am Glänzen der Blätter, an der dunkleren Färbung der Kiesel, der helleren Färbung der

Scheiben trockener Erde unter dem Schutzdach der Bäume, in denen unermüdlich die Tauben gurrten. Der See war von einer leichten Nebelschicht bedeckt, durch die sich die Schilfspitzen bohrten und aus der Schwärme von Enten mit rosafarbenen Schnäbeln schräg aufstiegen. Es war noch frisch. Die herbe Schärfe der morgendlichen Luft teilte sich dem Gesang der Vögel mit, säuerte die noch grünen Früchte der Apfelbäume.

»Selma!«

Diesmal antwortete ihm das glückliche leise Knurren eines sich streckenden Mädchens. Gleich darauf erschien ein malvenfarbenes Negligé, aus dem zwei fröstelnde nackte Arme hervorschauten.

»Vic schläft noch«, sagte Selma, sich neben ihm auf die Balustrade lehnend. »Das ist auch gut so. Er findet keine Kinder mehr, mit denen er spielen kann.«

»Sie haben Angst«, sagte Olivier.

Die Landschaft selbst bestätigte es. Wenn die Seeseite mit dem fast kanadisch anmutenden Dekor der unter den Bäumen verstreuten Chalets aus rohem Tannenholz ihren Charme eines Naturparadieses für begüterte Touristen bewahrt hatte, so schien die Landseite wie ausgestorben zu sein. Da Monsieur Mercier sein Chalet gern Freunden zur Verfügung stellte, kannten die Legarneaus das benachbarte Dorf sehr gut, das geduckt in einer Senke lag und von halbnackten, lärmenden, schnell vertraut, manchmal auch aufdringlich werdenden Kindern wimmelte. Bei ihrem ersten Aufenthalt hier vor zwei Jahren gab es ein großes Fest. Die riesige Domäne in der Nachbarschaft war aufgeteilt worden, und die Bauern machten trotz ihrer gelegentlichen Streitereien und trotz der Schikanen des enteigneten Großgrundbesitzers den Eindruck, endlich auf ihrem Land seßhaft geworden zu sein.

Nichts dergleichen gab es mehr. Zwei riesige Traktoren mit mehrscharigen Großpflügen zogen kilometerlange Furchen durch die Stoppelfelder und löschten die Parzellen unnachsichtig aus. Der Gutsverwalter trabte auf einem Apfelschimmel querfeldein, das Jagdgewehr umgehängt, ihm folgten zu Fuß zwei Aufseher. Ein Mädchen mit eingefallenen Brüsten, über eine Hacke gebückt, betrachtete sie schräg von unten. Etwas weiter entfernt war ein Dutzend Männer beim Jäten. Sie erstarrten, als der Verwalter sich näherte, und senkten demütig den Kopf.

»Was ist aus Agapito geworden?« flüsterte Selma. »Hast du gesehen? Sein Haus ist abgebrannt.«

Von den dreißig Lehmhütten des Dorfes waren mindestens drei eingestürzt, nur ein paar geschwärzte Stümpfe ragten in den Himmel. Was aus ihren Bewohnern geworden war – und vor allem aus Agapito, der die treibende Kraft der örtlichen Genossenschaft war –, danach sollte man wohl besser nicht fragen.

»Übrigens«, fuhr Selma fort, »Eric hat angerufen, fünf Minuten nachdem du zum Angeln fortgegangen bist. Ich habe ihn im Halbschlaf so verstanden, daß wir zurückkehren können, daß der Chef dich aber bittet, bei ihm vorbeizukommen, bevor du zum Haus fährst.«

»Also los, packen wir unsere Koffer«, antwortete Olivier. »Wir sollten besser nicht trödeln. Unsere Freunde müssen schon halb verhungert sein. Natürlich mußt du Maria telefonisch von der Rückkehr ihrer Herrschaft unterrichten. Es ist ja nicht nötig, daß wir bei der Ankunft über den Senator stolpern...«

Er verschluckte den Rest. »Min sockerdocka!« rief Selma. In der Annahme, daß diese zärtliche Vokabel nicht ihn betraf, drehte Olivier sich um und lächelte einem völlig nackten Vic zu, der mit seinem strohfarbenen Haar und der dunklen Haut wie ein Negativ aussah.

»Wer ist das, der Senator?« fragte das Kind neugierig.

15

Im Garten öffneten sich an einem zum zweitenmal blühenden Rosenstrauch drei verspätete Rosen, zerbrechlich wie das Glück der Liebenden.

Maria hängte Wäsche auf, womit sie gleichzeitig die Nachbarschaft an die Anwesenheit eines neuen Dienstmädchens im Haus der Legarneaus gewöhnte. Sie hatte gerade mit acht Klammern ein Bettlaken befestigt, unter dessen Gewicht sich die Wäscheleine bog, als im Gleichschritt eine ungewöhnlich starke Wachablösung aufmarschierte und direkt vor dem Gartentor hielt. Einen Augenblick war Maria wie gelähmt, schnappte sie krampfhaft nach Luft. Dann faßte sie sich wieder und ließ den Wind dieses schwere Segel blähen, von dem das Wasser auf ihre Hausschuhe tropfte. Abweichend von dem gewohnten martialischen Gehabe, das aus der Wachablösung eine Parade zur Erbauung der Anwohner machte, hatte der Wachhabende ihr einen feurig-bewundernden Blick zugeworfen. Sie antwortete mit einer leichten Handbewegung. Der *Sargento,* der sich geschmeichelt fühlte, salutierte zackig, worüber die Eigentümerin der Nachbarvilla, eine stark gepuderte Matrone, die gerade über den Zaun schielte, höchst indigniert den Kopf schüttelte.

Mit knallenden Stiefelabsätzen trat die Abteilung auf der Stelle. Der nächststehende Posten machte eine Kehrtwendung, marschierte im Stechschritt los, warf achtmal die Beine in die Luft, während er die Straße überquerte, ohne daß eine Ablösung folgte.

»Adelante, de frente!« brüllte der *Sargento.*

Maria trat noch näher heran und wagte es sogar, das Gartentor zu öffnen, vermied jedoch vorsichtig, den Bürgersteig zu betreten. Nach links hinüber sah sie keinen Wachtposten mehr vor der Parkmauer, auf der rechten Seite traten die übrigen einer nach dem anderen ins Glied, und die Abteilung schwenkte schließlich am Ende der Straße in den Boulevard der Einigkeit ab. Offenbar zog man den Absperrungskordon zurück und öffnete den Park wieder. Maria ging ohne Hast ins Haus zurück, lief dann schnell in den Flur, in dem die Leiter bereits ausgefahren war. Manuel hatte den gleichen Gedanken gehabt wie sie. Er war rasch hinaufgestiegen und hatte sich vor seinen Beobachtungsstand gekniet; jetzt kam er wieder herunter und schüttelte enttäuscht den Kopf.

»Nein«, sagte er, »sie haben die Umgebung des Parks geräumt, aber man sieht immer noch ein Dutzend Helme rings um den Garten der Botschaft. Wir können sie nicht erreichen... Wie spät ist es?«

»Halb zwölf«, sagte Maria. »Mein armer Liebling, du wirst wieder nach oben gehen müssen; die Legarneaus können jeden Augenblick eintreffen.«

Ein doppelter Seufzer. Widerstrebend lösten sich die Blicke der Liebenden voneinander.

»Ich werde ihre Abwesenheit vermissen. Seit drei Tagen haben wir ein fast normales Leben geführt.«

»Bedaure es nicht zu sehr«, sagte Maria. »Wir hatten schon fast vergessen, was wir sind, aber wichtig ist nur, was wir sein werden. Das sollte unsere einzige Sorge sein.«

Ihr Lächeln wirkte aufgesetzt; sie zeigte ein mit resoluter Freundlichkeit maskiertes glattes Gesicht, das sie sich wahrscheinlich für die mütterliche Betreuung fremder Kinder zugelegt hatte. *Was wir sein werden*... Eine ungewisse Zukunft ist kein Ersatz für eine leidenschaftliche Gegenwart, und Marias Stimme hatte es bei dieser Anspielung an Festigkeit gefehlt. Manuel stieg drei Stufen hoch, dann blieb er stehen und sagte:

»Entschuldige, Maria, ich möchte nicht, daß du über meine etwas heftigen Äußerungen verärgert bist.«

»Worüber sollte ich verärgert sein, Manuel?«

Sie hatte dieses leichte Lachen, das man bei Männern so selten findet, weil sie sich selbst und ihre Argumente zu wichtig nehmen.

»Du sprichst von unserem kleinen Disput heute morgen? Aber Liebster, wir haben uns gestritten, und wir werden uns sicher auch in Zukunft öfter streiten. Du und ich, das ist ein Glücksfall, der wahrhaftig nichts mit der Ordnung der Welt zu tun hat.«

»Das glaubst du!« warf Manuel ein. »Ich habe den Eindruck, daß ich, wenn die augenblickliche Ordnung der Welt uns besser entspräche, nicht gezwungen wäre, mich jetzt in mein Loch zu verkriechen.«

Sie legte zwei Finger auf den Mund, um ihn zum Schweigen zu bringen und ihm gleichzeitig einen Kuß zuzuwerfen. Und als er durch die Luke stieg, war sie bereits dabei, leicht hinkend, da der Knöchel noch immer etwas weh tat, jedes Zimmer genau zu inspizieren, um den rechtmäßigen Besitzern ein mustergültiges Haus zu übergeben.

Er hatte sich oben auf seiner Luftmatratze ausgestreckt, deren Pendant inzwischen weggeräumt worden war. Nervös zündete er sich eine Zigarette an, erinnerte sich an die veränderte Situation, drückte die Zigarette auf einem Balken aus.

Worum war es eigentlich gegangen, heute morgen beim Aufstehen, nach der langen zärtlich-leidenschaftlichen Umarmung, mit der sie ihr Erwachen zelebriert hatten? Und was hatten sie gesagt? Am Ende eines zweiundsiebzigstündigen ununterbrochenen Festes kann man plötzlich Lust verspüren, einen kleinen Hieb auszuteilen, einen Wermutstropfen in den Wein zu gießen. Eine lächerliche Posse... Also! Maria mokierte sich über sich selbst, während sie ihren Schlüpfer anzog; sie sagte, daß sie sich wie ein Einsiedlerkrebs fühle, der aus seiner Schale herausgekrochen ist. Ein Einsiedlerkrebs, ja, der für seinen weichen, stets gefährdeten Hinterleib Schutz sucht, wo er kann – in dem alten leeren Gehäuse einer Stachel- oder Kreiselschnecke zum Beispiel. Eine ruhige, emotionslose Feststellung, der aber eine andere auf dem Fuße folgte: Sie liebe ihr Schneckenhaus, das ein wenig starr, aber solide sei, kurz, die Art von Leben, die er besser als jeder andere verstehen müßte, er, der...

Oh, nein! Vergleich zurückgewiesen. Das war der Augenblick, wo die Dinge aus dem Lot gerieten. Beim morgendlichen Aufstehen, in einem so lächerlichen Aufzug, eine Debatte über Glaubens- und Weltanschauungsfragen vom Zaum zu brechen, die Verdienste und Wirkungen des eigenen Bekenntnisses zu rühmen, die des anderen herabzusetzen, tatsächlich, eine dringende Notwendigkeit! Und der Schlußabtausch war, gerade durch seine spitzfindige Argumentation, besonders lächerlich gewesen.

»Erkläre mir bitte eins, Maria: Wenn doch, wie es scheint, die Erlösung die Welt erneuert hat, warum hat sie nicht in einem Zug das Elend und die Unterdrückung ausgemerzt?«

»Und warum, Manuel, sind deine Freunde zu solchen Grausamkeiten fähig, selbst untereinander, um ihr Rezept für das Glück anderen aufzuzwingen?«

Bestürzt, mit offenem Mund, als wenn ihr das Wort *Glück* am Gaumen klebengeblieben wäre, hatte Maria plötzlich die Diskussion abgebrochen und war in die Küche gerannt, aus der sie bald in ausgelassener Laune zurückkam. Mit einer tiefen Verbeugung sagte sie: »Allah ist groß, der Monat Ramadan bricht an!« Sie erklärte, daß sie außer Tee nichts mehr anzubieten habe, daß sie ernsthaft erwäge, sich zum nächstbesten Basar zu begeben...

Wenn Selmas Anruf nicht gekommen wäre, würde sie dieses Risiko auf sich genommen haben. Auf der kalten Zigarette herumkauend, schnupperte Manuel den inzwischen vertraut gewordenen Geruch der Spatzen ein, hörte ihrem Schilpen, ihren kleinen, von kräftigen Krallenhieben begleiteten Streitereien zu, dachte nach. Weil der Liebe das Omen des Zufälligen anhaftet und weil es Zeit braucht, sich von dieser Vorstellung zu lösen, deshalb akzeptiert ein Mann seine neue Situation nicht ohne Befürchtungen, vor allem, wenn er von Natur ein etwas schwerfälliger Typ ist. Seit drei Tagen wiederholte sich Manuel, dem eine deprimierende Vorahnung die tödliche Bedrohung ihres Glücks suggerierte: »Zumindest das werde ich gehabt haben«, und im gleichen Augenblick: »Aber das, was ist das eigentlich?«

Und was ist es wert? Wenn die Liebe die Welt in Besitz nimmt, dann ist sie verwundert, daß ihre Manifestationen nicht anders sind als bei denen, deren Liebe nichts mehr in Besitz zu nehmen hat. Ist ihre Liebe nicht etwas Besonderes? Kann sie akzeptieren, von Geschlechtshormonen abhängig zu sein? Er erinnerte sich an ein Chanson: *Ich möchte für dich etwas anderes tun, um dir zu beweisen, was du mir bist.* Nun, Manuel II., der den Freudenspenderinnen des Liebesmarktes abgesagt hatte, war immer noch der gleiche Mann, mit den gleichen Gesten, den gleichen Funktionen wie Manuel I. Sein einziger ihm bekannt gewordener Cousin – ein pickeliger Schürzenjäger – pflegte einen abscheulichen Spruch zu zitieren:

»Das Freudenmädchen und die Betschwester sind Zwillinge.«

Daß das ein ausgemachter Blödsinn und dazu eine Beleidigung des Geschlechts war, daran hatte Manuel nie gezweifelt. Aber irgendwie hegte er unterbewußt noch immer einen kleinen Rest dieses Mißtrauens gegen die Privatsphäre, zu dem sich in der Partei viele seiner Kameraden offen nach dem Motto bekannten: »Liebende sind schlechte Kämpfer für die Revolution.« Übrigens hatte das Wort des heiligen Paulus: »Wer ledig ist, der sorgt sich um die Sache des Herrn, wer aber verheiratet ist, der sorgt sich um die Dinge der Welt...« eine ziemlich ähnliche Tendenz.

»Schwachköpfe sind eben Schwachköpfe, und ich bin der

größte!«· knurrte Manuel zwischen den Zähnen. Armer Tropf, dachte er. Hat dir die Entdeckung, daß du für die Zweisamkeit begabt bist, so sehr die Sprache verschlagen? Erinnerst du dich an Attilio, den sein Schicksal schon erreicht hat? Er hatte, auch er, eine anbetungswürdige Frau: Als ihn die Liebe packte, brauchte er Wochen, um sein Gleichgewicht wiederzufinden; er lächelte immer etwas geniert, wenn man ihm gratulierte. Du bist genauso verlegen wie er, benimmst dich genauso blöd würdevoll angesichts alles dessen, was mit dem Du zu tun hat. Was für eine Verrücktheit! Du hältst es für nötig, dich zu rechtfertigen, daß du glücklich bist. Du hältst es für nötig, Zeugen für das Recht auf Glück zu suchen!

Eine halbe Stunde später dachte er immer noch darüber nach. Eine Autotür wurde in dem Augenblick zugeschlagen, als er brummte:

»Was dich am meisten geniert, sollte das nicht zufällig der Umstand sein, daß du in einer Zeit deine Flitterwochen erlebst, die für so viele andere eine Zeit tödlicher Verfolgung ist?«

Er streckte seine steif gewordenen Gliedmaßen und kroch zu seinem Beobachtungsposten. Olivier und Selma gingen durch den Garten auf das Haus zu, Vic war nicht bei ihnen.

Fünf Minuten später hörte Manuel das übliche Signal, und er traf im Wohnzimmer wieder mit Maria zusammen. Sie hatten den seltsamen Eindruck, daß die Rollen vertauscht waren, daß sie als Gastgeber Besucher empfingen, die ihre Koffer aus dem Wagen ins Haus schleppten. Selma schien etwas verlegen zu sein, weil ihre Schwangerschaft in den wenigen Tagen soviel augenfälliger geworden war. Und natürlich konnte sie ihre Nervosität wegen der schlechten Nachrichten, die sie mitbrachte, nicht verbergen. Sie war totenblaß geworden, als Maria ihr die wirklichen Geschehnisse im Hause berichtet hatte. Auch den beiden Männern, die den Arm um ihre Frauen gelegt hatten, sah man ihre Besorgnis an.

»Alles in allem«, gestand Selma, »tut es mir nicht leid, dieses Land zu verlassen.«

»Haben Sie keine Angst«, fiel Olivier gleich ein, der Marias plötzliches Zusammenzucken bemerkt hatte, »der Chef hat mir eben mitgeteilt, daß ich zur Persona non grata erklärt worden bin und daß wir spätestens in zehn Tagen nach Frankreich ausreisen müssen. Aber er glaubt eine Möglichkeit zu haben, Sie vorher aus dem Land zu bringen. Eben deshalb haben wir Vic in der Botschaft gelassen. Ich muß die Sache nämlich gleich mit Ihnen besprechen, weil der Botschafter in kürzester Zeit Ihre Antwort braucht.«

»Reg dich nicht auf«, sagte Manuel und drückte Maria fester an sich.

Selma lächelte über das Du. Maria schwankte, sie hatte das Gefühl, mit dem Haus in die Luft geflogen zu sein und jetzt wieder langsam auf den Boden zurückzuschweben.

»Was ich Ihnen zu sagen habe, wird Sie erstaunen«, fuhr Olivier fort. »Um ihr Gewissen zu beschwichtigen und gleichzeitig ihr Mißfallen über die ihnen exzessiv erscheinenden Repressionsmaßnahmen der neuen Machthaber zum Ausdruck zu bringen, akzeptieren die Amerikaner, die wir diskret kontaktiert haben, Ihren Schutz zu übernehmen.«

»Die Amerikaner?« rief Maria bestürzt.

Das Haus hob sich von neuem. Ohne sich irgendwelche Illusionen zu machen, ohne Manuel anzusehen, fuhr Olivier fort:

»Sie sind die einzigen, die die Macht dazu haben. Die Junta, die ihrerseits daran interessiert ist, sich nicht zu sehr mit der Hilfe der Amerikaner zu brüsten, wird im nachhinein wütend protestieren, aber sie wird es niemals wagen, ein Auto oder einen Hubschrauber mit amerikanischen Hoheitszeichen festzuhalten. Vergessen Sie nicht, daß ihre Flotte in diesen Gewässern kreuzt.«

»Ich sehe!« sagte Manuel, der blaß geworden war.

Er befand sich in einer unmöglichen Lage. Die Hand, die auf Marias Schulter lag, war zur Faust verkrampft, die andere hatte er über die Augen gelegt; er mußte Zeit gewinnen, durfte nicht sofort eine Lösung ablehnen, die seine Gastgeber von ihrem Risiko befreien würde.

»Ich weiß, was ich Ihnen verdanke«, brachte er schließlich stokkend heraus. »Aber wirklich, auch um mich Ihnen erkenntlich zu zeigen, auch um dieses Mädchen hier zu retten…«

»Entscheiden Sie nach Ihrem Gewissen«, warf Olivier ein – ebenso betroffen über diese Reaktion wie seine Frau. »Um Ihnen auch den Rest nicht vorzuenthalten: Die Junta, die glaubt, daß Sie sich als Asylsuchender in der Botschaft aufhalten, hat uns den unglaublichen Vorschlag gemacht: Liefern Sie uns den Senator aus, und wir lassen alle anderen ausreisen, die noch bei Ihnen blockiert sind. Wir haben selbstverständlich abgelehnt.«

»Das würde ehrenhafter für mich gewesen sein«, antwortete Manuel. »Und doch schwöre ich Ihnen, daß ich im Augenblick nicht die geringste Neigung verspüre, mich als Held aufzuspielen.«

Marias Lippen bewegten sich, aber es kam kein Wort heraus.

»Ein Volk verdammen, einen einzelnen retten«, fuhr Manuel heftig fort, »wahrhaftig, das ist der Gipfel der Heuchelei. Ich danke Ihnen, Olivier, für die gute Absicht, aber ich kann mich nicht zum Komplizen eines Propagandamanövers machen. Was müßte man von mir denken?«

Von ratlosen Blicken begleitet, entspann sich eine ausweglose Debatte. Schließlich konnte Selma es nicht länger ertragen.

»Quäle sie nicht, sag ihnen...«

»Also gut«, sagte Olivier, »es gibt noch eine andere Lösung, die aber viel riskanter ist – die des Grenzschmuggels. Man hat uns von einer Organisation berichtet, die gewerbliche Fluchthilfe betreibt. Mehrere Ihrer Parteifreunde haben bei dieser Organisation Zuflucht gesucht, um über die Grenze zu kommen. Niemand weiß, ob sie im sicheren Hafen gelandet sind. Wenn jemand Sie erkennt, müssen Sie damit rechnen, verraten zu werden, denn der Preis für Ihren Kopf ist hoch. Und vor allem ist Voraussetzung, daß Sie über eine beträchtliche Summe Geld verfügen, die wir Ihnen nicht vorstrecken können, die aber in kürzester Frist beigebracht werden müßte.«

»Ich ziehe bei weitem die Schmuggler vor«, sagte Manuel mit gezwungenem Lächeln. »Doch ich muß gestehen, daß das Geld, das ich bei mir habe, gerade dazu reicht, Zigaretten zu kaufen, und ich sehe keine Möglichkeit, Geld von meiner Bank abzuheben.«

Er nahm die Hand von Marias Schulter und ging zum Fenster, dessen Vorhang unvorsichtigerweise geöffnet geblieben war; er zog ihn mit der Kordel zu, dann ging er an seinen Platz zurück, hob die Arme und ließ sie mit einer Geste der Resignation wieder fallen.

»Erlauben Sie mir, Ihre Abreise abzuwarten. Danach bleibt mir keine andere Wahl, als den guten Prelato um Asyl zu bitten.«

»Nein!« rief Maria, sich aus ihrer Erstarrung lösend. »Es bleibt uns noch eine Chance. Morgen, Donnerstag, um neun Uhr, werde ich in die Stadt hinuntergehen.«

16

Um die Gefahr der Kontrolle zu verringern, hat Olivier Maria in seinem DS zu ihrer Wohnung gefahren. Die Stadt schien unter dem neuen Regime wie erstarrt zu sein. Von dem gewohnten lebhaften Treiben keine Spur mehr. Sie haben mehrere Kreuzungen überquert und dabei festgestellt, daß die Ampelsignale mit einer vorbildlichen Disziplin beachtet wurden. Sie sind an einer Kirche vorbeigefahren, deren Stufen eine Gruppe Kinder in Dreierreihe – unter der Obhut eines Priesters, der mit erhobenem Finger seine Schäfchen zählte – hinaufstieg. Die auf Hochglanz polierten Schuhe der Kinder waren wohl Ausdruck der mütterlichen Sorge, der Kirche die geziemende Ehre zu erweisen. Maria hat gesagt:

»Hier ist meine Schwester getraut worden.«

Kurz danach hat sie das Fenster heruntergedreht und eine Rose hinausgeworfen, die sie im Garten der Legarneaus gepflückt hatte. Ein Volkswagen hat sie sofort unter seinen Reifen zerquetscht. Maria hat gesagt:

»Hier war es, wo der Panzer...«

Olivier hat wohlweislich das Tempo nicht verringert, und Maria ist schamrot verstummt, weil es ihr unmöglich war, die Stelle auch nur mit einer Genauigkeit von fünfzig Metern zu bestimmen. Auf dem Bürgersteig, über den der AML gerollt war, um dem Leichenfeld auszuweichen, bewegt sich ein langsamer Strom von Fußgängern, gleichgültig die Soldaten ignorierend, die lässig mit ihren Maschinenpistolen auf und ab patrouillieren.

»Die fünfte Straße rechts, die dritte links, und dann ist es in der vierten rechts«, sagt Maria mit leiser Stimme.

Wie könnte sie nicht aufgeregt sein? Ist es für sie nicht eine ungewöhnliche Rückkehr ins normale Leben, fast wie eine Haftentlassung? Daß die Beziehung zu Manuel außerhalb ihrer Familie – und die ist ausgelöscht – niemandem bekannt ist, daß ihre Abwesenheit nur ihren Bürochef stutzig machen kann, daß ihr eigentliches Handikap darin besteht, daß sie, um die festliche kleine Handtasche nicht auszubeulen, ihre Papiere nicht mit zur Trauung genommen hat, die man bei den strengen Kontrollen jetzt immer zur Hand haben muß – sie hat sich das alles oft genug gesagt, ohne wirklich davon überzeugt zu sein, genausowenig wie Manuel oder ihre Gastgeber. Der Bösartigkeit des Zufalls hilft die Bosheit der Menschen kräftig nach.

»Ich verstehe den Senator ja«, sagt Olivier plötzlich. »Aber Sie müssen zugeben, daß er uns die Sache nicht leichtmacht.«

Seit sie von zu Hause losgefahren waren, hatte er kein Wort gesprochen. Er versteht Manuel, selbstverständlich. Aber was Selma am Abend vorher gesagt hat, um den Senator umzustimmen, das ist auch seine Meinung. Als Vic, den Olivier am Abend aus der Botschaft abgeholt hatte, von dem »neuen Dienstmädchen« ins Bett gebracht worden war und die Diskussion weiterging, hat Olivier nicht ein einziges Mal seine Frau unterbrochen. Es ist in der Tat nicht auszuschließen, daß die Polizei Verdacht geschöpft hat, daß sie Maria in ihrer Wohnung abfangen und sie einem peinlichen Verhör unterziehen wird. Wer ist sich denn sicher, daß er auch dann schweigen wird, wenn man ihm der Reihe nach unter jeden Fingernagel ein Streichholz rammt? Selma hat nicht auszusprechen gewagt, daß das Recht, aus Stolz die Gefahr zu wählen, durch die Bedingung eingeschränkt wird, daß man andere nicht gefährdet. Aber das heimliche Verschwinden Manuels, den sie gerade noch hatten zurückholen können, als er während der Ausgangssperre offen die Straße zur Stadt hinunterging, hatte doch gezeigt, daß er diese Empfindung teilte, und Maria wird sein von Scham und Verzweiflung gezeichnetes Gesicht nicht so schnell vergessen.

»Dieser verdammte Dickschädel!« brummte Olivier. »Hat er Ihnen gesagt, wohin er gehen wollte?«

»Nein«, antwortet Maria, »aber das ist nicht schwer zu erraten. Er hat mir dreimal gesagt: ›Wenn jemand hinausgehen muß, dann bin ich das.‹«

Der DS biegt in die Straße ein, in der Maria wohnt, fährt zwischen zwei Reihen neuerrichteter Wohnblocks mit knapp bemessenen Etagenabständen hindurch; zwischen den hohen Betonklötzen ist nur ein schmaler Streifen Himmel zu sehen. Etwas weiter entfernt speien zwei hohe Fabrikschornsteine ihren dicken grauen Qualm aus, der sich auf die tristen Fassaden und die bunten Wäschestücke legt, die aus den Fenstern hängen.

»Ich wohne in Nummer fünfzehn«, sagt Maria, »neben dem Haus

mit den zerbrochenen Fensterscheiben. Fahren Sie bitte in fünf Minuten noch einmal hier vorbei, und werfen Sie einen Blick auf die achte Etage. Wenn alles in Ordnung ist, werde ich meinen Bettvorleger dort ausschütteln. Was auch geschehen mag – Dank für alles.«

Sie ist auf das Haus zugelaufen, ohne einen Blick auf den Nachbarblock zu werfen, der stark beschädigt worden war, den man aber schon wieder reparierte und von wo ihr ein Bauarbeiter bewundernd nachpfiff. Sie hat die Haustür gleichzeitig mit einem älteren Paar passiert, das ihr unbekannt war und das beflissen die Hausmeisterin grüßte – eine offenbar neu eingestellte Person, die mit klappernden Stricknadeln vor ihrer Loge stand und deren flinken Wieselaugen so leicht nichts entging. Im Kielwasser dieses Paares – und nach Fehleinschätzung der Hausmeisterin mit ihm verwandt – hat sie die Eingangshalle durchquert und den Aufzug betreten, in den sich im letzten Augenblick vier weitere Personen drängten, die glücklicherweise zu den anonymen Bewohnern der zweihundertdreiundvierzig preisgünstigen Wohnungen zu zählen schienen, zu denen auch ihr bescheidenes Apartment am Ende eines Korridors gehörte.

Sie hat den merkwürdigen Eindruck, als ob die Steinplatten härter hallen. Die Ragoutgerüche, das Kindergeschrei, das Gurgeln in den Rohren, die Wandkritzeleien, die abgewetzten Fußabtreter – alles scheint mit Gewalt ein in der Gewohnheit verankertes Alltagsleben aufrechterhalten zu wollen. Maria steht vor ihrer Visitenkarte, die sie mit vier weißköpfigen Reißzwecken an den Türflügel geheftet hat. Als sei sie eine Besucherin, läutet sie. Da sich nichts rührt, öffnet sie rasch mit ihrem Schlüssel. Sie hebt zwei Briefe vom Boden auf, und als sie die Tür hinter sich geschlossen hat, legt sie instinktiv, wie um erneut Besitz von dem vertrauten Raum zu ergreifen, die erstbeste Schallplatte auf, hört die Anfangstakte von Art Tatums *You took advantage of me.* Dann stürzt sie zum Fenster, um den kleinen imitierten Perser, der ihr als Bettvorleger dient, auszuschütteln. Der schwarze DS erscheint schon bald, Olivier tippt zweimal leicht auf die Hupe. Maria bringt den Teppich wieder an seinen Platz und setzt sich darauf, um das nächste Stück zu hören: *I'll never be the same.*

Ein Text, der den Umständen gerecht wird! Ein kurzer Rundumblick in diesem Zimmer fällt zufriedenstellend aus. Man verfügt über dreißig Quadratmeter, Miete monatlich zahlbar, vierteljährliche Kündigung. Hinter einer Zwischenwand eine Badewanne, groß genug, um sich lang auszustrecken. Alles gehört ihr allein. Man hat sich hier in eine reduzierte, aber ganz neue Freiheit eingelebt. Man fühlt sich großjährig und erhaben über die demütigende Erinnerung, »die Tochter meines Gatten« in einem Haus gewesen zu sein, aus dem Señora Pacheco die Zweite die Erinnerung an Señora Pacheco die Erste verbannt hatte. Maria hatte diese übrigens in kindlicher Ehrerbietung hierher überführt, in Gestalt dieses Fotos einer jungen Frau, geliebtes Andenken an eine Mutter, die bei der Geburt ihrer Tochter gestorben war. Ihr strahlendes Lächeln fiel auf einen präsumtiven Schwiegersohn, dessen Konterfei in einem identischen Rahmen die gegenüberliegende Wand beherrschte. Alles befindet sich an seinem gewohnten Platz, aber alles ist völlig verändert. Ennis Pacheco, Witwe ihres Witwers geworden, schaut auf ihre Tochter, der man zugerufen hat, daß auch sie Witwe sein werde, noch bevor sie verheiratet wäre.

Schluß mit den nostalgischen Gedanken! Maria steht auf. Sie öffnet den ersten Brief. Er enthält in sehr trockener Form die Mitteilung, daß ihr Arbeitsverhältnis fristlos gekündigt worden ist, »weil Sie ohne Entschuldigung und ohne eine Krankheitsbescheinigung vorzulegen, Ihrem Arbeitsplatz ferngeblieben sind, unter Mißachtung des Dekrets über die Wiederaufnahme der Arbeit«. Sie öffnet den zweiten Brief. Er enthält eine Mahnung, mit Androhung gerichtlicher Schritte, zur Zahlung ihrer Versicherungspolice, die seit vierzehn Tagen überfällig ist. Achtmal durchgerissen, in Konfetti verwandelt, finden sich die beiden Briefe gemeinsam mit ihren Umschlägen im Papierkorb wieder. Maria öffnet einen Wandschrank, nimmt ihren einzigen Koffer heraus.

Art Tatum singt noch immer. Jetzt stimmt er *Without a song* an, mit diesem genialen Schwung, in dieser glücklichen Stimmung, in der er den Song eines Abends für einige Freunde gesungen hat, ohne zu wissen, daß er aufgezeichnet wurde. Maria entkleidet sich, legt das beigefarbene Kleid ab – von Selma geliehen –, Schlüpfer und Büstenhalter – von Selma geliehen –, packt alles in den Koffer, geht dann zur umgekehrten Operation über, promeniert ihre kleinen Brüste, ihre festen kleinen Hinterbacken durch das Zimmer, kramt in ihrer Kommode, ihren Schränken, bekleidet Maria mit dem, was Maria gehört, zieht zum Schluß ihr graues, granatrot verziertes Kleid an. Dann nimmt sie das Foto ihrer Mutter aus seinem Rahmen, Manuels Foto bleibt zurück, es ist zu gefährlich; sie wird das Original haben – oder nichts. Sie packt jedoch seine Briefe ein, obwohl mehrere von ihnen den Briefkopf des Senats tragen. Ein Kostüm muß genügen. Ein Paar Jeans. Ein Pullover. Ein Regenmantel. Etwas Wäsche. Ein Paar flache Schuhe rollt sie in einen Pyjama. Zum Schluß die Zigarrenkiste, die Carmen ihr als Kind zum Geburtstag bemalt hat und die ein paar kleine Geldscheine, die so wichtigen Personalpapiere, den Verlobungsring ihrer Mutter und die Schlüssel zur väterlichen Wohnung enthält.

Das ist alles. Die restliche Kleidung, das Tafelgeschirr, das Küchengeschirr, der Plattenspieler – schade, aber er ist zu sperrig –, der Staubsauger, das Fernsehgerät, die Möbel – zum Glück auf Abzahlung gekauft –, das alles bleibt zurück für die Gerichtsvollzieher, die die Ratenwechsel, die Miete, die Steuern eintreiben werden. Man kann sich auf sie verlassen: Die gesamte Einrichtung wird – unterbewertet, mit Kosten belastet, in Versteigerungshäusern zu Niedrigstgeboten verkauft – kaum die Schulden decken, obwohl sie leicht das Dreifache wert ist... Schluß damit! Es sind nur leblose Dinge, und wenn ihr Verlust auch schmerzt, man kann sich damit abfinden. Maria dreht eine Pirouette. Maria schaut Manuel an, dessen kleiner Schnurrbart nach Tabak riecht und die Haut rötet, wenn die Borsten sie beim Küssen stechen. Sie murmelt:

»Nur ruhig! Mich wird man nicht mitversteigern.«

Und schon ist sie wieder unterwegs, zieht die Tür ins Schloß, ohne sie abzuschließen, saust, den Koffer in der Hand, die Treppen vom achten Stock bis zum Parterre hinunter, statt den Aufzug zu benutzen.

Aber unten wird sie von der Hausmeisterin abgefangen, die ihr, mit ihren Stricknadeln bewehrt, den Ausgang versperrt.

»Wer sind Sie, Señorita? Wohin gehen Sie mit diesem Koffer?«

»Was soll das?« erwidert Maria mit fester Stimme. »Ich bin die Mieterin von 208, und wohin ich gehe, ist wohl meine Angelegenheit.« Diese Frau ist stärker als sie, mit Gewalt kommt sie nicht an ihr vorbei. Außerdem läuft man mit einem Koffer nicht schnell, und weit würde sie wohl nicht kommen, da bereits Passanten, von dem lauten Wortwechsel angelockt, stehengeblieben sind. Maria zwingt sich zur Ruhe und versucht zu lächeln.

»Apartment 208? Warten Sie mal«, sagt die Hausmeisterin nachdenklich. »Entschuldigen Sie, aber die Befehle sind streng, und ich muß alles melden. Ich habe einen Vermerk Ihretwegen. Sie sind seit den Ereignissen nicht hiergewesen. Eine Verwandte sucht nach Ihnen –«

»Ich war in der Provinz«, unterbricht Maria sie, »und ich werde auch für einige Zeit dorthin zurückkehren.«

Sie kramt in ihrer Tasche, sie täuscht Zutrauen und Unbefangenheit vor.

»Darf ich Ihnen meine Schlüssel dalassen zum Ablesen der Zähler? Ich bin in San Vicente bei meinem Onkel, dem Capitán Pacheco; ich kümmere mich um meine Neffen, deren Mutter krank ist.«

Die Schlüssel eines Apartments, in das sie nie wieder einen Fuß setzen wird, ein kleiner Geldschein, der Name eines Onkels, der zwar ein Phantom ist, aber von der militärischen Spielart – das ist mehr als ausreichend. Die Hausmeisterin wird vielleicht hinter ihrem Rücken eine telefonische Meldung an ihren Spitzeloberen machen, doch zu spät. Ein gelbes Taxi nimmt Maria auf, setzt sie vor ihrer Bank ab. Bis auf einen kleinen Betrag, den sie abhebt, sind alle Konten gesperrt. Eine in ihrem Fall überflüssige Vorsichtsmaßnahme, ihr Guthaben ist sowieso minimal. Sie nimmt ein anderes Taxi, diesmal ein blaues, dessen Fahrer, wie der vorige auch, sorgfältig in einem besonderen Notizbuch die Adresse der Übernahme und die Zieladresse vermerkt. Olivier hat sie gewarnt:

»Geben Sie immer eine genaue Adresse an, warten Sie, bis das Taxi abgefahren ist, und legen Sie den Rest des Weges zu Fuß zurück.«

In der Straße, in der sie aufgewachsen ist, hält sie den Koffer in einer Hand, mit der anderen putzt sie sich die Nase, um hinter dem Taschentuch ihr Gesicht zu verbergen. Die Zeit ist günstig, die Läden sind geschlossen, die Menschen beim Essen. Das gilt auch für das alte dreistöckige Haus, in dem ihr Vater, Syndikus der Wohnungseigentümer, immer das Erdgeschoß bewohnt hat und das vielen reichen Faulpelzen in unangenehmer Erinnerung ist, weil sie dort zu Nachhilfestunden anzutreten hatten.

Man hat sie nicht gesehen, man hat sie nicht erkannt. Sie ist in der Wohnung; sofort dringen die Erinnerungen auf sie ein, quälend, deprimierend. Seit die Familie – *mit ihr* – zur Kirche fortgegangen ist, hat niemand mehr diese Wohnung betreten. Das Fest ist an Ort und Stelle verwest. Die Diele ist voll von schwärzlichen Sträußen, von vertrockneten Blumenkörben, von Hortensien mit drei oder vier zusammengeschrumpften, verwelkten Blütenkronen, zwischen denen noch Schleifen aus weißem Satin glänzen. Ein Geruch wie von fauligem Unterholz entströmt dieser Hochzeitsflora.

Maria hat das Gefühl, zu ersticken. Langsam geht sie durch die Wohnung. Im Eßzimmer, wo alles mit einer feinen grauen Staubschicht bedeckt ist, häufen sich die nicht ausgepackten Hochzeitsgeschenke auf dem Tisch. Der große Feigenbaum, auf den Señora Pacheco so stolz war, hat alle Blätter verloren, sie sind wie Herbstlaub auf dem Parkett verstreut. Grauenvoll aufgebläht treiben zwei Goldfische mit dem Bauch nach oben in einem Glasbecken. Und in der Nähe des Fensters liegen, vor Hunger und Durst krepiert, sechs bengalische Finken in ihrem Käfig im eigenen Kot, mit ihren winzigen Krallen in die Luft greifend.

In der Küche sieht es noch schlimmer aus. Das Festmahl am Mittag sollte im Restaurant Silvio stattfinden, aber für das Abendessen im engsten Familienkreis war alles vorbereitet. Ein Schinken wimmelt von Würmern, erinnert in unerträglicher Weise an das Schicksal der Tischgenossen. Zwei verschimmelte Torten sehen wie weiße Monde aus, und einer in zwei Teile zersägten Languste, auf einer großen Platte angerichtet und umgeben von kleinen, eitrigjauchigen Blätterteigpasteten und mit Grünspan überzogenen, sternförmig arrangierten Eiern, entströmt ein solcher Gestank, daß Maria in das Arbeitszimmer ihres Vaters flüchtet.

Früher war das das Allerheiligste, in das selbst Señora Pacheco sich selten wagte, zu dem die Kinder nur Zutritt hatten, um ihre Zeugnisse vorzuzeigen oder um nach einem dummen Streich vor dem Vater-Professor zu erscheinen, der majestätisch-wohlwollend, leicht gelangweilt von solchen Lappalien, aber mit Hilfe seiner tiefen Stimme und seines gottväterlichen Bartes, umrahmt von Tintenfässern, von zu korrigierenden Hefen, von Federn, Löschern und Büchern, eindrucksvoll seines Richteramtes waltete, vor einem riesigen Eichenschreibtisch sitzend, die Weste über dem prallen Bauch immer ein wenig aufgeknöpft.

Alles hängt davon ab, was Maria in dem Safe finden wird, der hinter dem Porträt ihrer Großmutter versteckt ist. Sie ist die einzige legitime Erbin. Aber wie könnte sie vergessen, daß sie es nur deshalb ist, weil niemand von ihren Angehörigen von der Trauung zurückgekommen ist! Die Kombination, die aus sechs Buchstaben besteht, glaubt sie zu kennen, weil sie zufällig gehört hat, wie ihre Stiefmutter ihrem Vater zugeflüstert hat: »Stimmt Carmen noch?«, und weil sie sie wenige Minuten später aus dem Arbeitszimmer mit einem Armband und einer Halskette hat zurückkommen sehen. Doch die Kombination kann verändert worden sein – in dem Fall ist alles verloren.

Kein Zweifel, Maria ist eine wohlhabende Frau. Die Wohnung allein ist zehnmal mehr wert als das, was die Schmuggler verlangen.

Aber wie könnte sie sie in einer Frist von acht Tagen verkaufen, angesichts der rechtlichen Komplikationen, die die Beibringung der Totenscheine, die Verifikation ihres Erbanspruchs, die notariellen Spitzfindigkeiten und nicht zuletzt die polizeilichen Schikanen verursachen würden? Ja, alles hängt von diesem Safe ab, dessen Inhalt ihr zweifelsfrei gehört, den sie aber nicht ohne vorherige Bestandsaufnahme, Besitzübereignung, Zahlung der Erbschaftssteuer anrühren dürfte. Ein schönes Beispiel, wie höhere Gewalt das Gewissen korrumpiert! Ein schönes Beispiel von erzwungenem Delikt! Maria hängt das Bild ihrer Großmutter ab. Die bläuliche Stahlplatte, mit sechs Knöpfen besetzt, kommt zum Vorschein. Damit erhebt sich das eigentliche Problem: Wo ist der Schlüssel?

Sie beginnt zu suchen. In den vier Schubfächern des Schreibtisches findet sie unter einem bunten Gemisch von Briefpapier, Durchschlagpapier, Notizbüchern, Heften, Kleberollen, Federmessern, Scheren, Lupen, Radiergummis, Filzstiften, Füllerpatronen, Kreiden, Sicherungen, Schachteln mit Reißzwecken, Heftklammern, Büroklammern und Tuben mit Klebstoff ein Dutzend Schlüssel ohne Beschriftungsschilder, die weiß Gott was öffnen oder auch nichts mehr zu öffnen haben. Jedenfalls ist der richtige, der vernikkelt ist und an einem Kupferring, Typ Zigeunerohrring, hängt, zusammen mit dem Steckschlüssel, der in eine Öffnung an der Innenseite der Safetür paßt und mit dem die Kombinationszahlen eingestellt werden, nicht darunter.

Als nächstes kommt der Aktenschrank an die Reihe. Maria, die langsam nervös wird, wühlt sich durch Aktenordner, Bündel von Briefen, Dutzende Nummern von *Enseñanza,* einer pädagogischen Zeitschrift. Vergeblich.

Maria schlägt den kleinen Teppich Ecke für Ecke um. Sie hängt alle Rahmen ab. Sie hebt alle hohlen Gegenstände hoch. Deprimiert schaut sie auf die mehr als zweitausend Bücher in den überfüllten Regalen, die die Wände bedecken. Wenn der Schlüssel in einem der Bücher versteckt ist, wird sie Stunden damit zu tun haben, sie Stück für Stück zu überprüfen.

Resigniert holt sie den Hocker herbei, auf dem sie so oft gestanden hat, um die Fenster zu putzen, während Señora Pacheco und Carmen vor dem Fernseher saßen. Die Schnittflächen der Bücher sind mit Staub bedeckt, und an seiner Fülle kann man ablesen, wie lange manche von ihnen nicht mehr in die Hand genommen wurden. Maria muß alle fünf Minuten niesen. Bei einigen Büchern entdeckt sie mit Herzklopfen einen Spalt, aber es fällt lediglich ein Lesezeichen, ein Zeitungsausschnitt, eine vergessene Anmerkung heraus. Der kleine und der große Zeiger der elektrischen Wanduhr – die seit einundzwanzig Tagen unerschütterlich mit immer gleichen kleinen Rucken die Sekunden einer neuen Epoche entgegenstoßen – befinden sich gemeinsam auf der VI, als Maria ohne Erfolg das letzte Buch an seinen Platz zurückstellt: ein lateinisches Wörterbuch.

Der Schlüssel befindet sich nicht im Arbeitszimmer. Bleibt das Elternschlafzimmer. Maria geht erbittert ans Werk, und nachdem sie den Rahmen, die Sprungfedern, die Matratze, den Kopfkeil, die Kopfkissen untersucht hat, wendet sie unbewußt die Technik der Einbrecher an. Der Reihe nach wirft sie den Inhalt des Kleiderschranks, der Kommode, des Nähtischchens auf das Bett. Sie findet, zwischen den Bettüchern versteckt, ein paar Geldscheine, aber nicht das, was sie sucht.

Die Lage wird ernst. Maria nimmt die Küche in Angriff, wühlt und wühlt trotz des pestilenzialischen Gestanks, leert auf dem Fliesenboden der Reihe nach alle Behälter des Speiseschranks aus. Sie verreibt mit den Schuhen ein scheußliches Gemisch aus Mehl, Tapioka, Salz, Gewürzen, Nudeln, Reis, Bohnen. Nichts, immer wieder nichts. Verzweifelt irrt sie in der Wohnung umher; sie inspiziert die Wandleuchter, die Kronleuchter, die verrücktesten Verstecke. Sie steigt sogar auf die Brille des WC, hebt den Deckel des Spülkastens hoch und schaut hinein. Nichts, immer noch nichts. Sie kann nicht mehr. Sie taumelt. Sie bricht schließlich vor dem Eisenbett zusammen, in dem sie noch vor achtzehn Monaten geschlafen hat, in dem Hinterzimmer, einer Art Zelle, in der man Fotos von Filmstars und Champions neben einem kitschigen Ölgemälde sieht, auf dem ein langhaariger Christus mit dem Finger auf sein großes Herz im Strahlenkranz zeigt. Ihre Lippen zucken. Das ist das Ende. Alles ist verloren. Das ist das Todesurteil für Manuel: Ihr Vater hatte den Schlüssel bei sich.

Aber nein! Das ist absurd. Angenommen, man trägt den Schlüssel in seiner Weste – wenn man sich umzieht, um die Tochter zum Traualtar zu führen, was macht man damit? Man hat ganz andere Gedanken im Kopf. Man läßt den Schlüssel, wo er ist. *Man läßt den Schlüssel, wo er ist.* Maria springt auf die Füße, rennt noch einmal ins Schlafzimmer der Eltern. Auf der Lehne eines Stuhls liegt, nachlässig hingeworfen, der abgetragene, zerknitterte Alltagsanzug. Marias

Hände befingern die Hose, befingern die Weste, alles vergebens. Aber plötzlich stößt sie einen erstickten Schrei aus. Unterhalb der Brusttasche des Sakkos ist ein Innentäschchen, das sorgfältig mit einem Reißverschluß verschlossen ist. Durch den Stoff hindurch fühlt Maria Metall, erkennt den Ring, den Schlüssel, den Steckschlüssel.

Zurück ins Arbeitszimmer. Sie hat Licht gemacht, denn es ist finster geworden. Sie wird es zur Vorsicht so bald wie möglich löschen. Sie wird die Nacht hier schlafen. Wenn wirklich, wie die Hausmeisterin behauptete, eine Verwandte nach ihr sucht – eine Verwandte, die vielleicht einen Schnurrbart trägt –, wenn die Hausmeisterin ihre Auftraggeber angerufen hat, wenn das, was Maria ihr erzählt hat, als falsch erkannt worden ist, wenn die Polizei auch die Adresse ihrer Eltern besitzt, dann wäre es unvernünftig, sich länger als nötig hier aufzuhalten. Aber sie hat sicher vierundzwanzig Stunden Zeit. Das ist genug. Sie wird morgen früh verschwinden, gleich nach Ablauf der Ausgangssperre.

Sie hat einen Augenblick erstarrt vor der Stahltür gestanden. Wenn die Kombination nur nicht geändert worden ist! Kleine Schwester, steh mir bei! C-A-R-M-E-N, das ist in Ziffern 3-1-18-13-5-14. Es klickt sechsmal. Sie führt den Schlüssel ins Schloß ein, der Schlüssel dreht sich, der Safe öffnet sich. In ihm liegt neben Señora Pachecos Schmuck ein kleines Paket, auf dessen Vorhandensein sie gehofft hatte.

»Danke!« flüstert Maria. »Danke, kleine Schwester.«

17

Manuel, der seit dem Vorabend allein ist, der keine Möglichkeit hat, den Verschlag zu verlassen, fühlt sich in seine Jugend im Waisenhaus zurückversetzt, als er im Alter von dreizehn Jahren drei Tage Ordnungsarrest erhalten hatte. Anlaß war ein – alljährlich wiederkehrender – Aufsatz über das Thema gewesen: *Bringe die Gefühle zum Ausdruck, die dir diese wohltätige Institution einflößt, deren Zögling du hier bist.* In seinen Augen verdiente dieses Thema nicht mehr als zwei unbeschriebene Seiten, abgeschlossen mit dem Satz: *Und wenn das mein Recht wäre?* Der Unterschied zwischen ihm und dem Jungen von damals ist, daß er unter diesem Dach wirklich Dankbarkeit schuldet; daß er in seinem Recht ist und auch wieder nicht; daß sein Entschluß ein Mißbrauch des Gastrechts ist.

Unten im Haus läuft Selma geschäftig hin und her. Sie ist heute zu Hause geblieben, um auf Vic aufzupassen und um Maria bei ihrer Rückkehr ins Haus zu lassen. Obwohl sie noch einige Tage zur Verfügung hat, läßt das Klacken der hochhackigen Schuhe keinen Zweifel, womit sie beschäftigt ist. Von einem Zimmer ins andere gehend, sucht sie die Sachen zusammen, die sie in den ersten der großen Reisekoffer packen will, aufgeregt »unterstützt« von ihrem kleinen Jungen, der gerade mit seiner hellen scharfen Stimme sagte, als sie unter der Klapptür gingen:

»Das ist doch komisch mit Maria. Sie ist gerade einen Abend hiergewesen, und du läßt sie schon in Urlaub gehen.«

»Sie holt ihre Sachen«, hat Selma geantwortet.

»Aber doch höchstens für eine Woche; glaubst du, daß das überhaupt lohnt?«

Manuel ist verzweifelt; ihre Rettung ist jetzt ein Wettlauf gegen die Zeit, und Maria ist immer noch nicht zurück. Eine Hand auf dem Bauch, die schmerzende Stelle betastend, grübelt er. Wenn er doch in diesem Loch verrecken würde, das wäre die beste Lösung. Am Abend, als er bis Mitternacht den Legarneaus gegenübersaß, die ebenso unruhig waren wie er und sich krampfhaft bemühten, Gründe für Marias Fernbleiben zu finden, muß er einen prächtigen Eindruck gemacht haben mit seinem schuldbewußten, von Angst zerrissenen Gesicht! Der harmloseste Blick schien ihn wie ein Dolch zu durchbohren. Und er war dafür noch dankbar. Er empfand einen solchen Abscheu vor sich selbst, hatte ein solches Verlangen, sich auszulöschen, wie er das nie für möglich gehalten hätte; wie konnte er, ein so überzeugungsfester Mensch, sich nur so gehenlassen!

Er war so völlig verzweifelt, als er sich schlafen legte, daß die Reaktion nicht ausbleiben konnte. Blinder Zorn packte ihn plötzlich, ausgelöst durch eine Kleinigkeit. Ein lautstarker Streit der Spatzen, eine Balgerei um die besten Schlafplätze unter den Deckenbalken, erinnerte ihn daran, daß diese unschuldigen Tiere – die heute alle fünf Erdteile erobert haben – mit den Kolonisatoren von Europa hierhergekommen waren. Mit den Kolonisatoren, die sich durch Schwert, Feuer und Peitsche diese Erde untertan machten, die heute, vierhundert Jahre später, den gleichen Greueln ausgeliefert war. Profitgier, Dünkel, Gewalttätigkeit, wahrhaftig eine schöne Erbschaft! Welche Naivität, dieses Land mit Milde reformieren zu wollen! Wie weltfremd war es gewesen zu glauben, daß das Brüderlichkeitsgeblöke einer sich zusammenrottenden Hammelherde nicht die Wölfe alarmieren würde! Wer den Zweck will, muß auch die Mittel wollen. Wenn man noch einmal neu anfangen könnte, dann würde sich dieser Schwätzer Manuel Alcovar mit anderen Waffen schlagen; er würde die Massen mit anderen Mitteln mobilisieren als mit einem lächerlichen Mikrophon.

Alles bloß Ablenkungsmanöver. Während eines großen Teils der Nacht kämpfte er gegen sich selbst an, versuchte er seine klare Urteilsfähigkeit wiederzugewinnen. Sich um Kaltblütigkeit, um Gelassenheit zu bemühen, erschien ihm bald als Gebot der Selbstachtung, bald als Beleidigung der Abwesenden. Beim kleinsten Geräusch sprang er auf, kniete sich vor den Ausguck, stellte sich die schlimmsten Dinge vor und wußte doch genau, daß Maria nicht so verrückt war, das Ausgehverbot zu mißachten. Im Schlafzimmer unter ihm fand man auch keine Ruhe; zwischen langen Zeiten des Schweigens drangen einzelne Gesprächsfetzen zu ihm herauf. Erst gegen drei Uhr hörte Manuel nichts mehr. Eine Routinepatrouille war im Jeep vorbeigefahren, die vier Soldaten schäkerten mit einem betrunkenen Mädchen, das schallend lachte. An einem klaren Himmel funkelte schwach über der schwarzen Silhouette eines Baumes der Stern *En-*

nis, über ihm leuchtete kalt der Kanopus. Feige – oder vernünftig – nahm Manuel schnell hintereinander zwei Schlaftabletten, er kaute sie, statt sie zu schlucken, und schaffte es dann nicht, diesen bitteren Brei mit dem Speichel von den Zähnen zu lösen.

Er hatte den Eindruck, in einem Dämmerzustand zwischen Schlaf und Wachen zu schweben. Im Halbtraum durchlebte er noch einmal die letzte Wahlkampagne, detailliert, in der genauen Reihenfolge, mit den gleichen örtlich variierenden Reden. Er saß in seinem Wagen neben dem schweigsamen Chauffeur, der – einzige Anomalie – die Gesichtszüge Marias trug. Er fragte sich gerade, warum sie die Kilometersteine auf schwedisch zählte, *en, tva, tre, fyra,* und mit zwei Stimmen, die eine tief, die andere hell, als er erwachte und feststellte, daß die drei Legarneaus ihre Gymnastik machten.

Kein Frühstück. Zweifellos auch kein Mittagessen. Wenn jede Viertelstunde, die die Uhr des benachbarten Kirchturms schlägt, die Aufregung über Marias Ausbleiben verschlimmert, dann sollte man wirklich nicht ans Essen denken, und doch, obwohl die Angst ihm die Kehle zuschnürt, macht das Geschirrklappern ihm seinen Hunger schmerzhaft bewußt. Er macht sich Vorwürfe. Wie kann ein Mensch in so verzweifelten Augenblicken Sklave seiner Bedürfnisse sein? Und wie kann er übrigens, wenn es sich um ein Mädchen wie Maria handelt, Sklave seiner Zweifel sein? Es ist idiotisch, aber bei der ständigen Wiederholung der quälenden Frage: *Und wenn sie nicht zurückkommen konnte?*... ändert sich plötzlich ein Wort, und man formuliert die Alternative: *Und wenn sie nicht zurückkommen wollte?* Immerhin würde das, von Gefühlen einmal abgesehen, nicht unvernünftig sein. Wenn man bedenkt, was Maria verliert, was sie riskiert, dann dürfte der Cousin, den die Familie für sie bestimmt hat, bei weitem vorzuziehen sein. Wer außerhalb dieses Verschlages die Situation nüchtern beurteilte, könnte nur zu einer Schlußfolgerung kommen: Wenn Maria deine Chance zum Glück ist, du bist nicht ihre.

Er ist nicht ihre, nein, aber fast sofort bestätigt sich, daß sie sehr wohl seine ist. Sechsmal kurz schlägt die Türklingel an. Das ist ein Code, den sie vereinbart haben. Um die Hausbewohner von den Besuchern zu unterscheiden – die mehr oder weniger lange auf den Klingelknopf drücken –, sind für Olivier vier kurze Anschläge reserviert, fünf für Selma, sechs für Maria. Manuel ist zum Ausguck gestürzt: Es ist tatsächlich Maria, die einen Koffer in der Hand trägt. Sie geht durch das Gärtchen, von Vic empfangen, der aufgeregt um sie herumspringt; sie verschwindet im Haus.

Jetzt überstürzt sich plötzlich alles. Die Stimme von Selma, die wohl mit Absicht besonders laut spricht, verkündet, wie es weitergehen soll.

»Nein, erklären Sie mir nichts. Die Zeit drängt. Ich fahre zur Botschaft, nehme das Nötigste mit. Vic kommt mit mir.«

Um den Jungen irrezuführen, vergißt sie nicht hinzuzufügen:

»Bis zum Abend putzen Sie bitte das Wohnzimmer gründlich.«

Sie braucht nicht einmal eine Minute, um sich fertigzumachen, durch das Tor zum Wagen zu gehen, der vor dem Bürgersteig geparkt ist, und loszufahren. Manuel ist sofort hinabgestiegen; er hält schon eine sehr müde, abgespannt wirkende Maria in den Armen, die sich auch noch entschuldigen zu müssen glaubt:

»Du hast dir sicher schlimme Sorgen gemacht. Ich habe die Schlüssel erst sehr spät gefunden...«

Wenn Maria da ist, dann hat sie Erfolg gehabt. Wie? Das ist nebensächlich. Ihre Rückkehr allein zählt. Ihre Rückkehr verbannt die schlimmen Gedanken. Manuel hört ihr kaum zu. Er preßt sie an sich, er küßt sie, er brennt vor Verlangen, er nimmt sie auf die Arme wie am ersten Abend, legt sie aufs Bett, er liebt sie, er liebt sie von neuem, endlich, ganz außer Atem, ist er bereit, ihren Bericht zu hören.

»Es ist ein Glück, daß mein Vater die große Geste liebte«, beginnt sie. »Er hätte Carmen ihre kleine Mitgift auch mit einem Scheck geben können. Er hat es vorgezogen, ein kleines Paket mit Schatzanweisungen und Inhaberobligationen zu machen, das er am Abend nach dem Dessert auf den Tisch werfen wollte; und das wußte ich. Aber vierundzwanzig Stunden später hätte ich nichts mehr gefunden. Stell dir vor, wen ich beim Verlassen der Wohnung heute morgen plötzlich vor mir stehen sehe... Wen? frage ich dich. Du wirst es nie erraten – Lila!«

Lila, der Name sagt Manuel nichts. Maria, die von dieser letzten Hürde nicht loskommen kann, beruhigt sich ein wenig, sie schaudert und hat einen ungewohnten, fast verächtlichen Zug um den Mund. Lila ist ihre Cousine, eine Enkelin ihrer Großtante Teresa und ihres Großonkels Ismael, der Büchsenmacher und der reichste Mann der Familie war. Lila ist fünfundzwanzig Jahre alt; sie ist geschieden, sie lebt – sagt man – mit dem Kapitän eines Überseefrachters zusammen. Sie war es, die in Panik aus der Kirche gelaufen war. Sie ist die einzige Überlebende ihrer Familie, da ihre Eltern bei dem Massaker umgekommen sind.

Als Maria das Haus verlassen hat – gegen neun Uhr, weil es ihr nach nochmaligem Überlegen sicherer zu sein schien, abzuwarten, bis die Leute aus dem Haus zur Arbeit gegangen waren –, sieht sie sie auf dem Bürgersteig stehen, schwarzgekleidet, mit Señora Gallo diskutierend, einer sehr alten Nachbarin, die als größte Klatschbase des Viertels gilt. Unmöglich, sich an ihnen vorbeizuschleichen. Maria ist lächelnd auf die beiden zugegangen, die sie mit vor Schreck geweiteten Augen anstarrten, als sähen sie ein Gespenst. Einen Augenblick lang verschlug es ihnen die Sprache, dann riefen sie beide gleichzeitig:

»Maria! Du bist nicht tot?«

Aber welcher Unterschied im Ton, mehr noch, im Ausdruck des Gesichts. Das der Achtzigjährigen, die zwar eine Klatschbase war, die aber das kleine Mädchen oft mit in ihre Wohnung genommen und getröstet und auch dem von Señora Pacheco stiefmütterlich behandelten Teenager oft Mut zugesprochen hatte, dankte dem Himmel für das Wunder und zeigte Mitleid und Rührung. Lilas Gesicht dagegen trug zwar einen geziemend kummervollen Ausdruck, bemühte sich aber vergebens, eine argwöhnische Enttäuschung zu verbergen.

»Aber wo warst du?« fragte die alte Dame. »Weißt du, daß die Behörden morgen die Wohnung aufbrechen wollen? Ich sprach gerade mit deiner Cousine darüber, die mich bat, als Zeuge dabeizusein... Das ist ja unglaublich! Ich weiß, es ist schrecklich, darüber zu sprechen, es hat Hunderte von Opfern gegeben, die man in Eile fortgeschafft hat, ohne sie zu identifizieren. Man weiß nicht einmal, wo man sie verscharrt hat...«

Die Cousine hatte angefangen zu weinen. Daß sie ihre Eltern aufrichtig bedauerte, kein Zweifel. Doch sie hörte nicht auf, Maria durch ihre Tränen mit scharfen Augen zu beobachten. *Eine Verwandte sucht nach Ihnen,* hatte die Hausmeisterin gesagt. Das stimmte also, und es war nicht schwer zu begreifen, warum sie suchte. Alleinige Überlebende, alleinige Erbin! Im Rundfunk hatte man »diesen schrecklichen Irrtum, Beispiel einer verhängnisvollen Unvorsichtigkeit« erwähnt und mit einer »Warnung, die Anweisungen strikt zu befolgen«, verbunden. Man hatte den Namen Manuels, dessen Steckbrief man übrigens überall sah, nicht damit in Verbindung gebracht. Lila selbst dürfte, da sie nicht miteinander verkehrten, wohl kaum von ihm gehört haben, ebensowenig wie Señora Gallo, der man nie vertrauliche Dinge erzählte. Aus Vorsicht entschloß Maria sich aber zu einer Notlüge:

»Ich komme gerade aus dem Hospital«, sagte sie, ohne rot zu werden. »Ich glaube nicht, daß es noch andere Verletzte gegeben hat.«

Tränen in den Augen, Schmerz in der Stimme: Sie brauchte sich fürwahr nicht dazu zu zwingen. Um weiteren Fragen und vor allem einem Lamento auszuweichen, das leicht einige Hausfrauen, die auf dem Weg zum Einkaufen waren, herbeiziehen könnte, umarmte sie rasch die beiden Frauen und murmelte:

»Entschuldigt mich, ich komme morgen wieder. Heute habe ich einige traurige Gänge zu erledigen.«

Die gleichen wie Lila, haben diese Damen denken müssen. Und das sollten sie auch. Maria ist nicht so gleichgültig gegenüber dem Vermögen, das sie zurückläßt, um die Habsucht ihrer Cousine gelassen hinzunehmen. Sie ist auch böse darüber, daß die erbrechtliche Situation noch für lange Zeit unentwirrbar bleiben wird. Señora Gallo wird bezeugen, daß sie das Massaker überlebt hat. Die Wohnung wird noch monatelang weiter verrotten. Man wird schließlich das Verhalten einer Tochter verdächtig finden, die verschwindet, wieder erscheint, dann endgültig untertaucht. Die Rechtsverdreher werden sich der Sache annehmen, es wird endlos prozessiert werden.

Maria erregt sich darüber, und Manuel entdeckt einen ganz neuen Zug an ihr, eine Spur von Besitzerstolz, die ihn überrascht, in gewissem Sinn aber auch beruhigt. Hat sie nicht allen Besitz für ihn geopfert?

»Nach den Mördern die Aasgeier – das ist ganz in Ordnung«, sagt er unbekümmert. »Es müssen jetzt hierzulande Tausende erbärmliche Halunken auf der Lauer liegen, um sich das Erbe der Ermordeten zu erschleichen. Ich bitte dich, sprechen wir von anderen Dingen.«

Er lächelt. Sie lächelt. Das ist dieselbe Maria, die ihm vor zwei Abenden nachgerannt ist, ihn beim Arm gepackt und zum Haus zurückgeschleppt hat, die das Tor hinter ihm abgeschlossen und den Schlüssel in ihre Tasche gesteckt und die zu ihm gesagt hat: *Du ziehst es vor zu sterben, wenn ich dadurch am Leben bleiben kann. Das ist edelmütig, Manuel, aber das ist nicht die Art von Edelmut, die ich mir von dir wünsche. Ich würde, offen gesagt, nicht gern sterben, wenn das die Bedingung wäre, daß du weiterleben kannst. Zwei we-*

niger eins, das macht in der Liebe null. Aber das ist auch dieselbe Maria, die am Tage darauf ihr Leben für ihn aufs Spiel gesetzt hat. Manuel springt auf die Füße und ruft:

»Es ist zwar nicht besonders wichtig, aber ich habe seit gestern abend nichts gegessen. Ich hätte gegen ein kräftiges Frühstück nichts einzuwenden.«

Er verzieht das Gesicht, bleibt einen Augenblick lang unbeweglich stehen und führt die Hand zum Bauch.

»Was hast du?« fragt Maria.

»Nichts«, antwortet Manuel. »Das ist diese verdammte Kolitis. Wenn ich mich aufrege, gedeiht sie.«

Maria runzelt ein wenig die Augenbrauen, sagt aber nichts. Das ist nicht die Zeit für Wehleidigkeiten, nicht der Augenblick, über leichte Bauchschmerzen zu jammern, die Vorsehung mit Kinkerlitzchen zu behelligen. Mit wieviel weniger Grund, wieviel weniger Schuld sind ihre Eltern, ihre Freunde, Attilio, Fidelia und so viele andere dem Aufstand zum Opfer gefallen! Nicht sie beide. Noch vor drei Wochen hätte Maria keinen Heller für ihre Chance gegeben, und doch haben sie alles heil überstanden. In drei oder vier Tagen werden sie die Grenze überschritten haben. In acht Tagen werden sie in Mexiko sein. Sie werden dort ihr ganzes Leben lang unter ihren Erinnerungen leiden. Aber sie werden sich dort einrichten, sie werden dort arbeiten, sie werden dort heiraten, sie werden ein Mädchen und einen Jungen haben.

Manuel hat Marias Hand genommen, er führt sie in die Küche. Sie setzt sich neben ihn. Sie schneidet Brot, zwei Scheiben kalten Braten, mit einer ernsten, verhaltenen Freude. Ihre Augen leuchten, nur das Senken der Lider verhüllt manchmal ihren Glanz. War es nicht Manuel selbst, der vor so kurzer Zeit gesagt hatte: *Man richtet sich kein Paradies in der Hölle ein?*

18

Als Olivier das Zimmer betrat, trank Monsieur Mercier gerade seine Schokolade – eine sehr dick eingekochte Schokolade, die er selbst auf einem elektrischen Kocher braute – und kredenzte, mit der Zunge schnalzend, einem australischen Freund eine zweite Tasse. Dieser Freund war möglicherweise ein Journalist, vielleicht auch ein von der UNO diskret delegierter Beobachter, verbarg den einen oder anderen Status jedoch unter dem Titel eines internationalen Postexperten, der vom Weltpostverein in Bern beauftragt worden war, gewisse Koordinationsprobleme zu lösen. Zwischen zwei Schlucken Kakao analysierten die beiden die Ursachen des in diesem Land wütenden Mordfiebers und ähnlicher Symptome in sehr vielen anderen Ländern, warfen sich die Bälle gegenseitig zu.

»Einschüchtern, um zu lähmen, das ist klar!« sagte der Australier.

»Das Problem beseitigen, indem man den beseitigt, der es aufgeworfen hat«, sagte Monsieur Mercier.

»Aus fanatischen Anhängern Teufel machen«, gab der Australier zurück, »sie in Henker verwandeln, um ihnen jede Rückkehr unmöglich zu machen. Aber ich frage mich, ob –«

»Sie fragen sich, was auch ich mich frage: Ob die Häufigkeit solcher Massaker in der Welt nicht etwas anderes bedeutet, ob es sich nicht um partielle Selbstvernichtung handelt... Ist's nicht so? Der Sieger glaubt den Besiegten den Göttern der Unterwelt zu opfern; er weiß nicht, daß Malthus Moloch inspirieren kann.«

Unbekümmert hatte Olivier sich eingemischt:

»Wenn diese bezaubernde Hypothese sich bewahrheitet, verspricht sie uns schöne Tage.«

Der Australier war bald darauf gegangen, und der Chef stellte die rituelle Frage:

»Was wollen Sie von mir, Olivier?«

Er wußte es so genau, daß er sich die Finger in die Ohren steckte und gleich fortfuhr:

»Was den Senator betrifft – damit das klar ist –, so weiß ich nichts und will ich auch nichts wissen... Wie weit sind Sie inzwischen gekommen?«

Er beugte sich vor, um Olivier besser zu verstehen, und würzte dessen kurzen Bericht mit zufriedenen *Bon!*-Rufen. Es gab auch Grund dazu. In vierundzwanzig Stunden hatte Selma, die nicht so argwöhnisch bespitzelt wurde und sich freier bewegen konnte, mit einem seiner »Freunde«, dessen Name nicht ausgesprochen wurde, die Angelegenheit geregelt. Die Schatzanweisungen des verstorbenen Professors, die sofort verkäuflich waren, sicherten Maria nicht nur die verlangte Summe, sondern auch ein Reisegeld, das ausreichte, um nach Mexiko zu gelangen und dort einige Zeit Atem zu schöpfen. Selma würde den Schmuck vorerst aufbewahren und ihn ihr von Frankreich aus zuschicken. Das Unternehmen schien seriös zu sein, da zwei seiner Kunden inzwischen nun ein Lebenszeichen geschickt hatten. »Der Freund« war verschwiegen bezüglich der Fluchthelfer, erfahrener und einfallsreicher Schmuggler, doch er ließ durchblicken, daß sie mit allen Tricks arbeiteten: vom zweckentfremdeten Tankwagen bis zum doppelten Boden im Laderaum eines Schiffes, wo die menschliche Fracht ein vorteilhafter Ersatz für die Schmuggelware war. Blieb eine Schwierigkeit: der Transport des Senators bis zum vereinbarten Treffpunkt, der zwei Kilometer entfernt war.

»Schminken Sie ihn ein bißchen«, schlug Monsieur Mercier vor. »Rasieren Sie ihm den Schnurrbart ab, kämmen Sie ihm das Haar nach hinten, beschaffen Sie ihm eine Brille mit neutralen Gläsern, stecken Sie ihn in einen schmutzigen Overall.«

»Das war meine Absicht«, antwortete Olivier. »Was die ›Übergabe‹ betrifft, so werde ich natürlich selbst den Senator und Maria zum Treffpunkt fahren. Außerdem werde ich jetzt gleich diskret die Örtlichkeiten erkunden.«

Ein letztes anerkennendes *Bon!* für diesen lobenswerten Einsatz. Monsieur Mercier erhob sich schwerfällig und begleitete seinen Attaché zur Tür. Dort sagte er mit spöttischem Lächeln:

»Sie verdienen die Beurteilung, die ich Ihrem Dossier anfügen werde. Sie haben eine für Ihre Karriere sehr förderliche Befähigung: die eines Sündenbocks. Aber übertreiben Sie es nicht. Es gibt üble Jagdfrevler, die den Bock, statt ihn zu jagen, manchmal hinterrücks abknallen.«

Wenn man zu zweit umherstreift, ist das unauffälliger, es kann als Promenade eines Liebespaares durchgehen. Olivier hatte Selma von ihrer Arbeit weggeholt, und wie immer hatten sie beim Verlassen der Botschaft ihre Pässe dem Wachtposten vorzeigen und dann warten müssen, bis ein Mann Prelatos – zufällig war das diesmal Ramón – den Kofferraum ihres Wagens ausgeräumt und nach der Durchsuchung Ölkanister, Wagenheber, Werkzeugkasten und sonstiges Inventar kunterbunt wieder hineingeworfen hatte, mit kräftigem Scheppern des Eisenzeugs gegen die Blechwand. Wozu sich darüber aufregen! Außerhalb der Botschaft war Olivier nur ein Ausländer, der einen Ausweisungsbefehl erhalten hatte und sehr vorsichtig sein mußte, damit man ihn nicht vor dem festgesetzten Termin abschob.

»Das sind noch genau sechs!« rief Ramón ihm zu, als er startete.

»Das sind zwei für den Senator!« brummte Olivier, als er hundert Meter weg war.

In seine Wut über die Schikane mischte sich die Lust, der Polente ein Schnippchen zu schlagen. Da er damit rechnen mußte, verfolgt zu werden, drehte er auf, bog dann plötzlich ab, legte den Rückwärtsgang ein, drehte und fuhr wieder in die entgegengesetzte Richtung... Er amüsierte sich sicherlich dabei mehr als Selma, der diese rasante Fahrweise Übelkeit verursachte. Nach einer Viertelstunde solcher Manöver glaubte Olivier, eventuelle Verfolger abgeschüttelt zu haben, und steuerte die Avenue Leonardo an, verlangsamte das Tempo vor der Baptistenkirche, um sich zu orientieren, fuhr so gemächlich, daß ungeduldige Autofahrer hinter ihm wütend hupten.

»Parke vor der Hausnummer 88«, sagte Selma. »Dort werden wir Manuel und Maria am Sonntag vormittag um elf Uhr absetzen. An solchen Tagen gibt es immer viel weniger Kontrollen. Der Treffpunkt ist fünfzig Meter weiter, an der anderen Seite der Geschäftslauben, wenn der Plan stimmt.«

Die Treffpunkte wurden bestimmt laufend geändert; dieser hier war bemerkenswert. Olivier und Selma stiegen aus, schlenderten untergehakt durch die Lauben und kamen auf den Platz. Man konnte leicht den Vorzug der überdachten Markthalle erkennen, um die sich an drei Seiten unkontrollierbare Kundenströme drängten und die aus fünf verschiedenen Straßen von Gemüselieferanten angefahren wurde. Manuel und Maria würden von dem Gedränge verschluckt werden, nach zwanzig Schritten würden sie das Tor B erreichen, unter dem Arm würde Manuel ein halbes der Länge nach durchgeschnittenes Brot tragen. Die kleinen Händler würden nur auf die

Kundschaft, auf ihre Waagen, auf diebische Hände achtgeben. Es wimmelte von Prostituierten, die den Polizisten schöne Augen machten. Diese wurden außerdem an den Schanktischen der illegalen Schnapsverkäufer freigebig mit Kostproben eingedeckt, damit sie ein Auge zudrückten. Olivier zählte drei von ihnen, die gerade ein Glas herunterschütteten.

»Am Tor B«, flüsterte Selma ihm zu, »werden sie einen Mann in grauer Bluse treffen, der auch ein halbes Brot unter dem Arm tragen wird. Sie werden ihm folgen, und auf der Treppe, die zum Kühlhaus hinunterführt, wird der Mann ihnen zwei Blusen der gleichen Art und Farbe zum Überziehen geben...«

Der Rest war das Geheimnis der Schmuggler. Olivier und Selma gingen denselben Weg zurück, kauften unter den Lauben für Vic ein prächtig aussehendes Flugzeug mit Zellophantragflächen und einem durch eine aufziehbare Feder angetriebenen Propeller. Dann stiegen sie in den Wagen, holten wie jeden Abend das Kind von der Schule ab und kehrten nach Hause zurück.

Kaum war das Törchen zugeschlagen, als Maria ihnen mit seltsam fiebrigen Augen entgegenkam. Selma hielt sie für ein Symptom der unerträglichen Spannung, die dem langen Warten auf das Ergebnis ihrer Recherchen zuzuschreiben war, und rief ihr aufmunternd zu:

»Alles in Ordnung. Sonntag morgen geht es los.«

Aber diese gute Nachricht brachte die völlig aufgelöste Maria noch mehr aus der Fassung. Ihr Blick wanderte von Vic zu seinem Vater, ließ erkennen, daß sie vor dem Kleinen nicht sprechen könne.

»Du könntest dein Flugzeug im Garten ausprobieren«, sagte Selma, um ihn loszuwerden.

Kinder haben sehr empfindliche Antennen, und Vic, der die Spannung spürte, die in der Luft lag, klammerte sich an den Rock seiner Mutter. Als er sich schließlich widerwillig dazu überreden ließ, mit dem Flugzeug zu spielen, warf er es gleich so ungeschickt, daß es in der Hecke landete. Das Intermezzo hatte Maria Zeit gegeben, sich etwas zu fassen. Sie sagte, ein Schluchzen unterdrückend:

»Das ist wirklich zuviel... Das ist ungerecht! Wir werden nicht reisen können. Manuel hat vierzig Fieber und muß sich dauern erbrechen.«

»Oh, nein!« rief Selma entsetzt.

Sie gingen ein paar Schritte weiter und blieben bestürzt, wie angewurzelt, stehen. Eine dem Untergang sich zuneigende Sonne warf drei langgezogene Silhouetten halb horizontal auf den Rasen, halb vertikal auf die Fassadenwand. Vic befreite sein Flugzeug aus der Hecke, brach in Tränen aus und rief nach seiner Mutter, weil das Zellophan der einen Tragfläche zerrissen war. Auf einem Fenstersims der Nachbarvilla hockte eine Perserkatze wie eine Sphinx, beobachtete die Szene mit einem schläfrigen Goldauge.

»Doch«, erwiderte Maria mit heftiger Stimme. »Es ist so!«

Ihr Gesicht war hart geworden. Da das Schicksal sie nicht schonte, würde auch sie niemanden schonen, sich selbst am wenigsten. Die Wahrheit, die brutale Wahrheit, mußte ausgesprochen werden:

»Ein Schmerz wie von Dolchstößen, auf der rechten Seite zwischen Leistengegend und Nabel, wissen Sie, was das heißt? Ich würde mich gern täuschen, aber ich habe in den Slums öfter Kranke mit den gleichen Symptomen gesehen. Bei den Seitenstichen, über die er sich die ganze Zeit beklagte, muß es sich um eine Blinddarmentzündung gehandelt haben, die jetzt in eine akute Phase getreten ist. Und wenn das stimmt, ist die Alternative klar: Wird er nicht operiert, ist er verloren; bringen wir ihn in eine Klinik, wird er gesundgepflegt und anschließend erschossen.«

19

Das Zimmer, das dieses Bett umschließt, hat im Halbdunkel keine Dimensionen mehr; bald verengt es sich auf die kleinen Gesten der Pflegerin, dann wieder öffnet es sich weit, erstreckt sich in die Tiefen der Nacht, wenn Manuel für einen Moment die Lider zu einem Blick erhebt, der nichts sieht, der aus der Ferne zu kommen und in ihn einzudringen scheint.

Hat er begriffen? Von der Vereinbarung mit den Schmugglern hat Maria ihm nichts gesagt; er weiß nicht, daß die Sache Sonntag starten soll; sie will ihn im Glauben lassen, daß er sechs Tage hat, um gesund zu werden. Es hat nur einen Augenblick der Auflehnung gegeben, das war am Ende dieser grausamen Nacht gewesen, in der er den Mut gehabt hatte, sich nicht zu verraten, in der er bis zum Morgen die Zähne zusammengebissen hatte. Beim Versuch herabzusteigen hat er plötzlich wie ein Fuhrmann geflucht. Maria hat es gehört und ist herbeigestürzt. Er war die Stufen heruntergerollt. Sie hat ihn am Fuß der Treppe gefunden, von Krämpfen geschüttelt, glühend vor Fieber, er hielt sich den Bauch, versuchte vergeblich, sich zusammenzureißen, verwünschte sein Mißgeschick.

»Verdammtes Gerippe! Ausgerechnet jetzt muß es mich im Stich lassen.«

Aber er ist sehr schnell still geworden und hat den Mund nur noch aufgemacht, um sich, über die Schüssel gebeugt, zu entschuldigen, daß er ein so widerliches Theater aufführe. Natürlich hat Maria ihm ihr Bett überlassen. Es war völlig ausgeschlossen, ihn nach oben zu schaffen, ihn auf die Luftmatratze zu betten. Statt dessen hat sie diese für sich als Notlager in das Krankenzimmer geschafft. Wenn die Ermüdung sie zwingt, sich hinzulegen, wird das leiseste Stöhnen sie aufwecken.

Manuel stöhnt übrigens nicht. Ein Mann kann sich zimperlich anstellen, wenn man ihm einen Splitter aus dem Finger zieht, und ein wirkliches Leiden stoisch ertragen, wenn er merkt, daß es für seine

Angehörigen zur Qual wird, daß sie mit ihm leiden. Maria erinnert sich sehr gut an das Ende ihres Großvaters, der jahrelang alle Welt mit seinem Gejammer über Rheumatismusbeschwerden zur Verzweiflung brachte und in den letzten Monaten seines Lebens die schrecklichsten Qualen eines Kehlkopfkrebses ohne Klage ertrug, schweigend dem Schweigen derer dankend, die ihm nichts anderes mehr geben konnten als ihr Lächeln.

Maria hat lange gezögert. Wenn sie in seinem Zustand wäre, würde sie wünschen, daß man ihr reinen Wein einschenkt. Ein kampferprobter Mann wie Manuel wird (sie müßte ihn sonst völlig falsch eingeschätzt haben) kein Freund der frommen Lügen sein, mit denen Schwerkranken ihr wahrer Zustand von ihrer Umgebung so oft aus Feigheit verheimlicht wird. Aber vielleicht hat er sich entschlossen zu schweigen, um sich die Spannung, die Angst nicht anmerken zu lassen, um Maria zu beruhigen, die keine Möglichkeit hat, jemanden zu benachrichtigen, die gezwungen ist, den ganzen Tag – sechshundert Minuten – auf die Rückkehr der Legarneaus zu warten. Und wenn er recht hat? Die einzige Bemerkung, die er sich gestattete – »Also wirklich, daß eine Leberentzündung so schmerzhaft sein kann, hätte ich nicht gedacht« –, war kein Versuchsballon. Gesetzt den Fall, daß er die Bemerkung machte, um Maria irrezuführen, dann klang sie so natürlich, daß sogar ihre Überzeugung ins Wanken geriet. Schließlich konnte nur ein Arzt eine zuverlässige Diagnose stellen.

Maria schüttelt den Kopf über sich selbst. Sie hat kein Recht, sich etwas vorzumachen, an ein Wunder zu glauben – allerdings auch nicht an ein Verhängnis. Sie hat Gott sei Dank die Fähigkeit, ihre Emotionen im Zaume zu halten, ihre Verzweiflung nicht zu zeigen, wenn sie diesen Mann ansieht, der sie vor so kurzer Zeit noch so heftig geliebt hat und dessen Leib jetzt so schwach, so zerbrechlich geworden ist, daß er nicht einmal das Gewicht der Decken tragen kann. Wenn sie dem Schicksal trotzen will, kann sie das nur mit der Kraft beherrschter Gefühle. Sie werden ihr helfen. Wer würde einem Bauern, den man von seinem Land vertreiben will, einem Bürger, dessen Stadt der Feind belagert, verdenken, wenn er sein Eigentum, seine Familie, sein Recht mit Zähnen und Klauen verteidigt? Ihr Haß gegen die Verfolger ist durch die bizarre Ungereimtheit eines ökologischen Reports im Fernsehen noch bestärkt worden, den sie vor ein paar Tagen gesehen hat. Da wurden Maßnahmen zum Schutz der Vikunjas gefordert, einer Lamarasse, die vom Aussterben bedroht ist.

Tatsächlich, zum Schutz der Vikunjas! Und der um Gnade für sie bat, der war – welch ein Hohn! – ein *Coronel:* ein gnadenloser Verfolger von Sozialisten und Kommunisten, die in diesem Lande doch auch von der Ausrottung bedroht waren. Aber nun setzen bei Manuel die Krämpfe und das Erbrechen wieder ein. Dieses Auswürgen grünlichen Schleims und das nachfolgende lange Aufstoßen sind weitere Symptome. Sie sind für Manuel, wie der bittere Zug in seinem Gesicht zeigt, eine immer neue Demütigung. Maria wischt ihm den Mund ab, leert die Schüssel aus, setzt sich leise wieder an sein Bett. Weiß er denn nicht, daß für eine *Martha* solche Dienstleistungen eine Ehre sind? Weiß er nicht, daß sie gleichzeitig Martha und Maria ist: die, die *beide Teile* erwählt hat? Sie ist es, die sich schuldig fühlt und ihm zuflüstert:

»Mein Gott! Wenn ich daran denke, daß ich gar nichts tun kann, um dir zu helfen.«

»Meine Arznei bist du«, murmelt Manuel, der den Kopf erschöpft aufs Kissen fallen läßt.

Irgendwo im Haus klappern geschäftig Selmas Absätze. Olivier telefoniert in seinem Büro. Vic fragt, wo Maria ist, warum sie sich nicht mit ihm beschäftigt. Sie, denen sie jetzt so nahe ist, werden bald fern von hier ihr alltägliches Leben weiterführen, um das sie sie bisher so beneidet hat. Aber ist das ihre Bestimmung? Und vor allem, ist es Manuels Bestimmung? Er hatte einmal bei einer seiner politisch-philosophischen Tiraden bemerkt: *Diese Gesellschaft hat die Fähigkeit verloren, sich einen Sinn zu geben.* Wenn er auf jene neue Gesellschaft verzichten muß, von der er träumt, und wenn er Gott entbehren muß, durch den dieses Leben vielleicht einen Sinn bekommen könnte, wird die Liebe allein ihm genügen?

Ein stiller, verzweifelter Schrei entreißt sich ihrem Herzen, steigt auf in Höhen, in denen die Luft zu dünn zum Atmen ist, wo Gebet und Fluch in eins verschmelzen. Aber schon ist sie wieder auf der Erde bei ihrem bescheidenen Kummer, beobachtet die blaue Ader, die an Manuels Hals schlägt. Die Liebe genügt! Maria ist da, sie ist bereit. Was auch geschehen mag, sie bleibt bei ihm.

20

Olivier klappert der Reihe nach seine Freunde ab, die, um das Unglück vollzumachen, fast alle wegen des Wochenendes nicht zu erreichen sind. Er ist schon bei seiner dritten Tour: Das muß die Spitzel argwöhnisch machen, das ist unvorsichtig, und das Ergebnis ist mehr als enttäuschend. Er hat bisher nichts herbeischaffen können als undefinierbare Beruhigungs- und Schmerzmittel, die man ganz hinten im kleinen Lackschränkchen fand und deren Haltbarkeitsdauer vielleicht schon abgelaufen ist... Einen Arzt! Das fordert Maria immer wieder mit vor Angst verzerrtem Mund, wenn sie Manuel einen Augenblick zu einer kurzen Beratung im Nebenzimmer verläßt.

Aber wen? Wo einen finden? Die Ärzte hatten sich leidenschaftlich gegen jede staatliche Bevormundung zur Wehr gesetzt, sie waren die schärfsten Gegner des gestürzten Regimes; sie hatten es sogar gewagt, in den Streik zu treten. Und nach dem Putsch hat der Vorstand ihrer Standesorganisation den als »unzuverlässig« geltenden Mitgliedern nicht nur das Recht der Berufsausübung entzogen, er hat sogar eine große Anzahl von ihnen bei der Polizei denunziert. Die Junta ist zu Praktiken des Mittelalters zurückgekehrt, als manche Feldherren verboten, verwundete Feinde zu pflegen. Sie verpflichtet alle praktizierenden Ärzte – Allgemeinärzte und Gynäkologen, Internisten und Psychiater –, jeden Abend eine Liste der Kranken abzuliefern, die in ihre Sprechstunde gekommen sind. So erspart sie sich eine Menge Spitzel. Würde man trotzdem einen Arzt finden, der das Risiko auf sich nähme, Verschwiegenheit zu wahren, so würde der Apotheker nicht mitmachen; und noch weniger würde das der Chirurg, da die Krankenhäuser – in deren Ressort der Fall Manuel in letzter Instanz fällt – von der Polizei scharf überwacht werden. Marias Urteil ist leider richtig, und wenn sie selbst nicht wirklich jede Hoffnung aufgibt, wozu sie die wunderbaren Geschehnisse der letzten Wochen zu berechtigen scheinen, so ist die Situation doch noch viel gefährlicher, wenn man über das direkte Handikap hinaus die weiteren Konsequenzen betrachtet.

Manuel müßte in vierundzwanzig Stunden wieder auf den Beinen sein, um das Rendezvous bei der Markthalle einzuhalten. Nun, selbst wenn er bis dahin operiert wäre, so würde er mindestens zehn Tage Rekonvaleszenz benötigen. Seine Gastgeber müssen aber schon in fünf Tagen das Land verlassen und vorher die Schlüssel dem Eigentümer zurückgeben, der sich schon um neue Mieter bemüht und bereits zweimal angerufen hat, um sich einen Termin zur Wohnungsbesichtigung geben zu lassen. Schließlich würde, selbst wenn man einen provisorischen Zufluchtsort für Manuel fände, die Organisation der Fluchthelfer auf keinen Fall wieder zur Verfügung stehen, da die Schmuggler viel zu mißtrauisch sind, als daß sie sich auf ein zweites Treffen einließen, gleich welche Gründe man für die Nichteinhaltung des ersten Treffens vorbrächte.

Ein erschwerender Umstand: Olivier ist jetzt allein. Selma hat der Brutalität dieses Schicksalsschlages nach der vorherigen Erfolgseuphorie nicht standgehalten. Sie hat sich zuerst schluchzend Maria in die Arme geworfen, die immer wieder verzweifelt sagte:

»Nehmen Sie alle drei das nächste Flugzeug! Warten Sie nicht, bis es zu spät ist und bis der Hauseigentümer Manuel entdeckt! Eine Viertelstunde später würde Prelato hier sein!«

Dann, während Maria sich mit dem Kranken in ihrem Zimmer einschließt, um zu vermeiden, daß Vic – ein perplexer Vic, dem diese geschwollenen Augen, dieses verstörte Gerede Rätsel aufgeben – sie überrascht, hat Selma hastig ihre Koffer gepackt. Sie hat wie gewöhnlich den Tisch gedeckt, den Jungen ins Bett gebracht, da sie ja wegen der Ausgangssperre noch eine Nacht hier verbringen muß. Sie hat sich sogar als Krankenpflegerin betätigt, hat einen Eisbeutel gefüllt und Maria, die vor Müdigkeit fast umfiel, überredet, sich auf die Couch im Büro zu legen. Mehrere Stunden hat sie bei Manuel gewacht, der ebenfalls darauf drang, in einer leicht delirierenden Art, daß sie fortgehen solle:

»Der Schnee Ihrer schwedischen Winter, davon träume ich, Selma! Und Sie können sich nicht vorstellen, wie glücklich ich wäre, Sie bald an den Ufern des Dalbosjöns in Sicherheit zu wissen, der ja zu dieser Jahreszeit noch zugefroren sein muß... Ich kann Sie natürlich nicht vor die Tür setzen, Sie sind schließlich in Ihrem eigenen Haus, und es wäre eigentlich an mir zu verschwinden. Leider, wie Sie sehen, bin ich daran gehindert.«

Als Selma ihn gegen zwei Uhr umarmt hat, bevor sie hinausgegangen ist, um sich schlafen zu legen, hat er vielleicht begriffen, aber er hat sich nichts anmerken lassen; und Selma selbst hat über ihre Absichten gegenüber niemandem ein Wort verlauten lassen. Aber als sie wie gewöhnlich nach dem Aufstehen Vic angezogen hatte, kümmerte sie sich nicht um seine Schultasche. Sie packte drei Handkoffer in den Kofferraum des Wagens, während ihr Mann sich noch an Manuels Bett aufhielt, in Optimismus machte und versicherte, daß man heutzutage mit Antibiotika solche Geschichten leicht in den Griff bekomme und daß er gleich welche besorgen werde.

Welche Entscheidung Selma getroffen hatte, war Olivier durch ihr Schweigen klargeworden. Die Situation wurde für eine hochschwangere Frau zu riskant, und außerdem konnte man sie vor Vic nicht länger geheimhalten. Aber erst am Ende der Straße hat Selma mit fester Stimme erklärt:

»Vic wird heute nicht zur Schule gehen. Fahr uns direkt zur Botschaft.«

Olivier hat nicht einmal den Kopf gewendet, als er murmelte:

»Du kommst nicht zurück?«

»Nein«, hat Selma geantwortet, »du wirst unseren Freunden sagen, daß Mercier mich nicht weggelassen hat.«

Diese Anordnung gab übrigens der Chef, der an diesem Samstag zu Hause geblieben war, spontan, bevor Selma ihn um Asyl bitten konnte. Die Mitteilung von der Erkrankung des Senators traf ihn tief. Er stieß fünf oder sechs Flüche echt gascognischer Provenienz aus, wie sie nur der Zorn oder die Erschütterung aus dem tiefsten Grunde seiner Seele zutage fördern konnte. Er vergaß seine sonstige sprachliche Bedächtigkeit. Mit beiden Daumen spannte er seine Hosenträger bis zum Zerreißen und ließ sie dann wie einen Peitschenhieb zurückschnellen – so, als wolle er damit den empfindlichsten Teil seines Körpers bestrafen. Er haderte vor allem mit sich selbst. »Wie konnte ich mich darauf einlassen! Ich sollte wirklich wissen, daß man unter solchen Umständen keine Rücksicht auf persönliche Animositäten nehmen kann, wenn man einem Menschen helfen will. Ich hätte die einzige vernünftige Lösung durchsetzen und ohne vorherige Ankündigung den Senator den Amerikanern übergeben müssen, die sich jetzt ein Vergnügen daraus machen würden, ihm einen ganzen Satz fabrikneuer Därme einzupflanzen.«

Er schlug sich die Seiten, marschierte im Zimmer auf und ab.

Plötzlich änderte er den Ton, schimpfte lauthals über den Zufall:

»Das ist doch wirklich absurd! Ich werde noch an Nemesis glauben. Da ist ein Mann, der keine Chance hatte, auch nur zehn Schritte durch die Stadt zu gehen, ohne verhaftet zu werden, und der dennoch allen Polizeistreifen und auch noch einer Haussuchung getrotzt hat, der sich den Luxus der Anmaßung leistete, als wir ihm einen sicheren Weg zur Rettung anboten, und der trotzdem sogar jetzt noch eine große Chance gehabt hätte, das Land zu verlassen. *Fatum!* Das Schicksal entzieht ihm seine Gunst und vernichtet ihn auf eine fast lächerliche Art. Eine Appendizitis! Das ist heute eine Bagatelle, aber in seinem Fall wird sie zu einer tödlichen Gefahr.«

»Ja, es ist wahr«, sagt Olivier, »ein paar kleine Schnitte mit dem Skalpell, doch das Skalpell steht nicht zur Verfügung!«

»Und so ist der Senator«, fährt Monsieur Mercier fort, »ins 16. Jahrhundert zurückversetzt, wo diese Bagatelle so furchtbar war, daß man sie die *Miserere-Kolik* nannte.«

Er setzte sich rittlings auf einen Stuhl, seine kräftigen runden Schenkel um die Lehne gepreßt. Er knurrte:

»Ich schwatze, ich schwatze; das bringt uns nicht weiter. Ich muß gestehen, daß ich wütend bin. Diese ganze Geschichte lag mir wirklich am Herzen, und jetzt weiß ich mir keinen Rat mehr. Wir müssen mit dem Schlimmsten rechnen. Du, Selma, wirst dich mit deinem Sohn hier einquartieren. Wenn das Unheil hereinbricht, soll es nicht auch die Unschuldigen treffen. Sie, Olivier, kenne ich zu gut, ich kann Sie nicht hindern, das Unmögliche zu tun...«

Besorgtes Zungenschnalzen. Dann hatte Monsieur Mercier den Ton gelassener Vertraulichkeit wiedergefunden und bemerkte ganz beiläufig:

»Wissen Sie übrigens, daß die Besatzung der *Lolland* in der Stadt ist? Das sind ordentliche Dänen, die sich hier als Touristen langweilen, bis man ihr havariertes Schiff repariert hat. Ich könnte mir vorstellen, daß der Schiffsarzt, der ihre Wehwehchen behandelt, nicht an Bord geblieben ist.«

Olivier ist sofort in die Stadt gefahren und kommt erst gegen sechs Uhr nach Hause zurück. Sein Gesicht hat den Ausdruck starrköpfiger Entschlossenheit, auf seinen Lippen liegt das süffisante Grinsen des vom Pech verfolgten Spielers, der mit seinem letzten Einsatz den großen Wurf gemacht hat. Na also! Die Chancen des Senators stehen vielleicht doch nicht so schlecht, wie Monsieur Mercier vermutet.

Der DS bremst und parkt zwischen zwei Wagen ein, die wahrscheinlich irgendwelchen Nachbarn gehören. Es ist merkwürdig: Das Haus sieht zusammengeschrumpft, verlassen, fremd aus, wie ein Schlupfwinkel, der einem Flüchtigen vorübergehend Schutz gewährt.

Aber was bedeutet dieser lautstarke Disput auf der Türschwelle? Olivier erkennt plötzlich den Hauseigentümer, Señor Menandez, der in Begleitung eines ihm unbekannten Paares ist; Olivier hört ihn mit schriller Stimme schimpfen: Da man das Mietverhältnis aufgekündigt habe, sei es sein Recht, die Villa diesen Herrschaften zu zeigen, und er werde sich im Falle einer Weigerung durch einen Gerichtsvollzieher Zutritt verschaffen. In der Tür stehend, den Eingang versperrend, murmelt Maria unverständliche Worte. Wieder einmal ist alles in Frage gestellt. Die Partie wird knapp: Nur ein Bluff kann sie noch retten. Olivier, der wenigstens das Glück hat, rechtzeitig einzutreffen, wirft sich in die Brust und geht gemessenen Schrittes auf das Haus zu.

»Entschuldigen Sie meine Hausangestellte«, sagt er. »Wir haben Sie nicht erwartet, sie hatte daher keine Anweisungen. Bitte treten Sie näher.«

Kein unnützes Gerede! Die Besichtigung beginnt sofort. Maria hat sich entfernt. Señor Menandez beobachtet und betrachtet mit Argusaugen, notiert den Sprung in einer Kachel, den schwarzen Fleck, den ein Zigarettenstummel Ramóns auf dem Teppich hinterlassen hat, rühmt beim Umhergehen den guten Zustand des Hauses und die zweckmäßige Raumaufteilung. Zwischen zwei Vermietungen ist er der Herr in dieser Fünfzimmerwohnung mit der großzügig bemessenen Raumhöhe, den schalldichten Wänden, der vorzüglichen sanitären Einrichtung. Mit einer raschen Handbewegung öffnet er eine Tür, durch die man ein auf Hochglanz poliertes Bidet und eine WC-Schüssel sieht, deren korallenfarbener Deckel mit dem Papierrollenhalter und der Bürstengarnitur abgestimmt ist. Er weist auf das Fassungsvermögen der Wandschränke hin, in denen eine Menge von Selma freigemachter Kleiderbügel und Rockhalter hängt. In der Küche besichtigt er die Dunstabzugshaube, dreht den Wassermischhahn auf, führt die automatischen Türschließer der Anbaumöbel vor, betont, daß die gesamte Kücheneinrichtung sein Eigentum ist, also in der Wohnung bleibt. Das Paar, eine Dame in perlgrauem Kostüm und ein etwa vierzigjähriger Herr in einem aus dem gleichen Stoff geschneiderten Anzug, nimmt diese Erläuterungen mit etwas gelangweiltem Kopfnicken zur Kenntnis, interessiert sich hingegen lebhaft für das elektrische Grillgerät.

»Ist das eine amerikanische Marke?« fragt die Dame.

Señor Menandez ignoriert die Frage, steuert rasch auf die Schlafräume zu; doch jetzt geht Olivier voraus, öffnet die Tür zum Elternschlafzimmer. Das Paar nimmt mit Hilfe eines aufrollbaren Bandmaßes, das der Herr aus der Tasche zieht, die Maße für ein großes Bett mit barock ausladenden Enden, die Dame notiert diese in einem goldverzierten Büchlein. Dann geht Olivier, dessen Füße plötzlich so schwer sind, als wären sie aus Blei, zum Ende des Korridors. Dort setzt er alles auf eine Karte und verkündet mit lauter Stimme:

»Das Zimmer der Hausangestellten. Ich muß Sie allerdings warnen: Ihr Mann, der als Gärtner in der Botschaft arbeitet und der nebenbei auch unseren Garten pflegt, hat plötzlich Scharlach bekommen. Ich erwarte die Ambulanz, die ihn in das Quarantänehospital bringen soll.«

Es gibt eine goldene Regel für solche Fälle: Man muß so lügen, daß der andere nicht auf den Gedanken kommt, die Lüge überprüfen zu wollen. Wenn man die Leute ansieht, um ihre Reaktion zu beurteilen, kann das nur Zweifel herausfordern. Das einzige erfolgversprechende Rezept ist, die Fabel weiterzuspinnen. Olivier dreht den Besuchern den Rücken zu, klopft zweimal kurz an die Tür.

»Nein, nein, stören Sie sie nicht«, sagt hinter ihm die Dame in Grau.

»Das Zimmer hat übrigens die gleichen Abmessungen wie das vorige«, sagt der Hausbesitzer.

Aber Olivier insistiert. Er hat die Tür einen Spaltbreit geöffnet, gerade weit genug, um den Kopf hindurchzustecken und zu fragen:

»Alles in Ordnung?«

In Wirklichkeit will er kontrollieren, ob Maria auch an der richtigen Seite des Bettes sitzt, ob sie mit ihrem Körper das Gesicht des Kranken verdeckt. Da das der Fall ist, stößt er den Türflügel weit auf. Die Besucher können im Halbdunkel die Silhouette einer Frau erkennen, die sich ängstlich über das Krankenbett ihres Gatten beugt, doch sie schrecken zurück vor dieser gefährlichen Öffnung, die in eine Höhle mit verpesteter Luft führt. Olivier kann die Tür wieder schließen. Das Paar ist schon bis zum Eingang zurückgehastet, und erst im Garten holt er sie wieder ein und sagt, um den Hauseigentümer daran zu hindern, selbst die Initiative zu ergreifen:

»Selbstverständlich habe ich den Desinfektionsdienst benachrichtigt.«

»Rufen Sie mich an, sobald die Desinfektion durchgeführt ist. Im Prinzip tragen Sie die Verantwortung für diese Verzögerung, und ich müßte von Ihnen eine Monatsmiete als Schadenersatz verlangen.«

Es bleibt nur, die Besucher mit einem Kopfnicken zu verabschieden und dabei ein ernstes Gesicht zu behalten. Das Lachen bricht aus, als Olivier ins Haus zurückgegangen ist, es erschüttert den ganzen Korridor, aber es verlischt rasch im Zimmer Marias, vor diesem Mann mit dem wächsernen Gesicht, den tiefliegenden Augen, der ihm eine mit klebrigem Schweiß bedeckte Hand entgegenstreckt. Olivier erklärt nichts. Wozu von den vielen ergebnislosen Fahrten sprechen, die ihn kreuz und quer durch die Stadt geführt haben, bis er schließlich in einem Hotelzimmer einen gewissen Gorm aufgetrieben hat, vollgepumpt mit Bier und mit einem Mädchen schäkernd, doch noch klar genug, um bei dem Angebot eines königlichen Honorars Mitleid zu empfinden. Wozu sich über sein Risiko bei diesem Unternehmen auslassen? Die großen Gefahren annullieren die kleinen.

»Ich habe einen Arzt gefunden«, murmelte Olivier nur. »Aber er kann erst morgen früh kommen.«

21

Ein matter, an den Rändern ausgefranster Mond, von einem vorbeiziehenden schwärzlichen Schleier teilnahmslos verhüllt, erscheint an der rechten Seite des Fensters, wo der Vorhang nicht ganz zugezogen ist. Ein milchiger Strahl streift die Füße einer Frau, wandert über die Füße eines Mannes und fängt sich schließlich im Wasser einer Karaffe, die auf einer Kommode steht.

Nanu, wie spät ist es? Und was soll die Karaffe? Manuel schließt wieder die Augen, wundert sich, daß er das Rauschen des Flusses nicht hört, der, von der Sierra de Nayarit herabkommend, unmittelbar hinter dem Haus vorbeifließt und aus dem gerade sein Sohn – der kleine Bursche krault schon schneller als er! – triefend herausgestiegen ist. Manuel taucht wieder in den Traum. Der Mond verwandelt sich in eine gute mexikanische Sonne, die schon rot ist, doch mit ihren Strahlen die Bergzacken am Horizont zu herrlichem Erglühen bringt. Maria steht oben am Ufer, auf das der Junge gerade hinaufgeklettert ist; sie hüllt ihn in ein riesiges Badetuch in den Nationalfarben; sie ruft:

»Hast du keinen Hunger?«

Manuel kommt jetzt ebenfalls ans Ufer und zieht sich hoch. Seine nackten Füße treten auf einen für dieses Klima erstaunlich grünen Rasen. Weniger erstaunlich indessen als Marias kühle Frische; sie ist so unverwüstlich wie dieses graue Kleid mit dem Granatbesatz, das sie seit ewigen Zeiten trägt.

»Wollen wir gehen?« fragt Maria.

Der Junge läuft vor ihnen her. Wie ist doch nur sein Name? Er ist ein stämmiger Bursche, braun bis zu den Zehen, der aufmerksam den Lehren seines Vaters lauscht, ohne daß Maria Einwendungen macht. Er wird eines Tages, mit seinem Vater oder ohne ihn, wieder in den fernen Süden ziehen, wo der Sommer im Januar brennt, und er wird den Kampf fortsetzen. Aber was gibt es da? Das Kind wendet sich um und zeigt mit dem Finger:

»Das Haus! Schaut doch, es läuft weg.«

»Aber nein, mein Liebling«, erwidert Maria. »Das sind wir; wir entfernen uns von ihm.«

Das Haus, das sein Lehrerfreund ihm überlassen hat – mitsamt seiner Klasse –, um eine neue Stellung in Chihuahua anzutreten, der Stadt mit dem Hundenamen –, das Haus entfernt sich nicht wirklich, es schrumpft zusammen. Während die Sonne schwächer wird, sich von den Bergzacken zerstückeln läßt, wird es immer kleiner. Jetzt sieht es aus wie ein Gartenhäuschen, jetzt wie ein von einem Architekten entworfenes Modell. Jetzt ist es ein Liliputanerhaus, ein Spielzeug für den Riesen Gulliver. Es ist nur noch ein Dominostein, es ist nur noch ein Punkt, der verschwindet. Manuel, alarmiert durch die selbst für einen Traum nicht akzeptable Unwahrscheinlichkeit, öffnet wieder die Augen.

Wo ist er nur? Der Mond beleuchtet schwach die Fransen eines Vorhangs, der keine Erinnerung in ihm weckt. In seinem oberen Teil zeigt das Zimmer eine normale Decke: eine weiße Gipsfläche, von Schatten verdunkelt, von der ein schwarzer Strich mit einem weißen Kreis als Abschluß herabhängt – oder zu der er hinaufsteigt –, der wohl eine Lampe sein muß. Wer in diesem Zimmer, das dumpf nach Äther riecht, pflegt wen? Noch eine kleine Anstrengung, um aus dieser Konfusion herauszukommen, um wieder von diesem gepeinigten Körper Besitz zu ergreifen, um den Kopf zu heben, der so schwer ist, als gehöre er zu einer Bronzestatue. Maria schläft auf der Luftmatratze auf dem Fußboden, also muß wohl er der Kranke sein, er, Manuel Alcovar, der dem Mädchen zu ihrem Unglück nicht gleichgültig gewesen ist.

Es hat kein Mexiko gegeben, es wird nie ein Mexiko geben. Manuel, dessen Arm ebenso schrecklich schwer ist, wirft einen Blick auf das leuchtende Zifferblatt seiner Armbanduhr, deren eiliges Ticken dem Schlag seines Pulses entspricht. Der kleine Zeiger steht auf der Vier, der große auf der Zwei. Da Maria schläft, ist es also vier Uhr zehn morgens, und er selbst ist, betäubt vom Morphium oder einer Droge ähnlicher Art, ohne Bewußtsein vom Sonntag in den Montag hinübergegangen.

Der Verantwortliche für die Spritze, der vielleicht noch mehrere andere gefolgt sind, hieß der Gorm oder Storm? Er hatte blaue Augen, die so aussahen wie diese beiden Kugeln, die Señora Alcovar, seine Mutter, früher zum Bläuen ihrer Wäsche benutzte. Aus dem blonden Gestrüpp, das sein Gesicht umrahmte, drangen Worte, die eine gewisse Ähnlichkeit mit dem Englischen hatten, vermischt mit einem sehr präzise definierbaren Whiskygeruch. Ohne ein paar freundliche Worte für den Kranken, sich den Kopf kratzend, von dem ein feiner Regen von Haarschuppen fiel, hat er angefangen, eine Reihe banaler Fragen zu radebrechen. Olivier hat sie mit einer gewissen Verlegenheit für Maria übersetzt und ihre Antworten dann an den Arzt weitergegeben. Darauf begannen dessen Hände zu gleiten, zu tasten, zu kneten, wurden unerträglich, als der Daumen sich in eine bestimmte Stelle grub. Schließlich hat er kaum verständlich gemurmelt:

»Das erste, was wir tun müssen, alter Junge, ist, Ihnen Erleichterung zu verschaffen.«

Er war nicht sehr sicher auf den Beinen, als er aus einer Tasche ein offenes *Plastipak* zog, auf dem in roter Schrift stand: *Destroy after single use,* und ihm eine gebrauchte Spritze entnahm. Er hat die Nadel eingesetzt und Maria eine Ampulle zum Öffnen gegeben, deren Inhalt er dann langsam in die Spritze eingesaugt hat. Die Spritze zitterte stark, während er den Kolben zurückschob, und ein kleiner Strahl ist ihm nach dem Ausstoßen der letzten Luftblase an die Nase geflogen.

»Drehen Sie sich nicht um«, hat er gesagt, als er Manuels schmerzhafte Bemühung sah, ihm eine Hinterbacke zuzukehren.

Er hat zweimal ansetzen müssen, um in den Schenkel zu spritzen, zu nahe an einer Ader, und hat dann, ärgerlich an den Schnurrbartspitzen kauend, ein kleines Blutrinnsal mit einem Wattebausch abtupfen müssen.

»Der Doktor hatte keine Zeit zum Frühstücken«, hat Olivier gesagt. »Ein starker Kaffee würde ihm guttun.«

Das war der Augenblick, wo, eng ineinander verwoben, die Zeit und der Schmerz begannen, sich aufzulösen. Maria klapperte mit den Tassen in der Küche, kam zurück, um einen Blick auf den Kranken zu werfen, ging wieder hinaus, beteiligte sich draußen an dem Gespräch, dessen Inhalt man erraten konnte, ohne angestrengt horchen zu müssen. Der Patient hatte sich seine Meinung gebildet, sie beunruhigte ihn kaum, er fühlte sich als ein gespaltenes Wesen; er war sich nicht sicher, ob er Objekt oder Subjekt sei; er war befreit von der Angst, an deren Stelle eine leichte Neugier trat. Geschehe, was geschehen mag! Die Luft verlor ihre Transparenz, wurde zu Glas, verwischte die Konturen, trug aber den Schall besser, so, als wenn es mitten am Tage plötzlich Nacht würde. Und das alles schien auch der Wirklichkeit zu entsprechen, wie sich zeigte, als alle Welt auf leisen Sohlen in das Zimmer zurückkam und eine Stimme flüsterte:

»Er schläft schon! Ich habe ihm allerdings auch eine starke Dosis gegeben.«

Er brauchte sich kaum zu verstellen. Die eigene Schwere kann die Lider schließen und wie Blei auf sie drücken, so daß sie nicht einmal mehr blinzeln können, während die Ohren noch hellwach sind. Man malträtierte wieder diesen Bauch, der so hart war, daß das Klopfen der Finger ihn wie eine Metallplatte zum Klingen brachte. Man stieß einen dieser Seufzer aus, die keine Erläuterung brauchen. Man entfernte sich ein wenig – nicht genug – zu einer letzten geflüsterten Beratung. Aus dem Gemurmel drangen einige Satzfetzen zu ihm:

»Nein, ich wiederhole... Wenn es sich um eine einfache Appendizitis handelte, würde ich die Operation versuchen... Aber ein Durchbruch, das ist eine ganz andere Sache!«

Der Rest war nicht mehr von Interesse. Der Bärtige versuchte nicht, seinem Kunden Mut zu machen:

»Eine Penicillininjektion in das Bauchfell, das werde ich noch... Aber Sie wissen...«

Er hat sich schließlich dazu aufgerafft, ein neues *Plastipak* aufzureißen, er hat irgend etwas in diese verfluchte Region des Nabels gespritzt, dort, wo das Kind Manuel mit seiner Mutter durch eine Schnur verbunden gewesen war, die nie wieder gebraucht wurde. Einen Arzt, selbst wenn er Sie gerade zum Tode verurteilt hat, werden Sie nicht daran hindern, von seiner Anwesenheit zu profitieren, zu versuchen, Ihr Leben zu verlängern, sogar gegen Ihren Willen. *Danke, Doktor,* hat Maria mit eisiger Stimme gesagt, bevor sich wie ein Leichentuch das Schweigen über diesen provisorischen Kadaver legte, der dem endgültigen – vom Atmen abgesehen – schon sehr ähnlich war. Vielleicht aber wird er doch noch einmal mit Respekt sagen: Danke Doktor, das war kein unnützer Aufschub.

Vor allem sich nicht rühren. Niemanden aufwecken. Wenn deine Rechnung aufgeht, prüfe auch ein wenig die der anderen. Eine Bauchfellentzündung – das kann dir noch einige Tage lassen, aber es ist völlig ungewiß. Olivier wird, wenn nichts dazwischenkommt, den Atlantik überfliegen und nichts mehr zu befürchten haben. Bleibt Maria. Sie wird sich, darauf kann man sich getrost verlassen, keinen Fingerbreit fortbewegen, solange der Mann nicht tot ist, der ihre Existenz so gründlich zerstört hat; sie wird auch danach nicht fortgehen. Wollte sie ihn heimlich beerdigen, sie würde es nicht können. Ein Kadaver, würde Prelato sagen, ist scheußlich unhandlich. Wer könnte sich vorstellen, wie Maria ganz allein eine Leiche von siebzig Kilo fortschafft? Wer könnte sich vorstellen, wie Maria im Garten, unter den Augen der Nachbarn, ein zwei Meter tiefes Loch gräbt, um ihren geächteten Geliebten geziemend zu bestatten?

Aber Prelato würde auch sagen: Wo es keine Leiche gibt, gibt es auch keinen Fall. Manuel Alcovar ist verschollen. Welchen Grund hätte er, sich gerade hier aufzuhalten? Sprechen nicht vielmehr ausgezeichnete Gründe dafür, daß er sich woanders befindet? Wenn der Tod nun einmal unausweichlich ist, dann geziemt es sich wohl, Herr Senator, daß Sie Ihren Geist dort aufgeben, wo man Maria nicht des Verbrechens der Unterstützung eines Staatsfeindes bezichtigen kann. Als Olivier am Samstag abend den Besuch eines Arztes angekündigt hat, war Manuel schon überzeugt, daß niemand mehr etwas für ihn tun konnte. Er ist froh darüber, daß er nicht der Versuchung nachgegeben hat, Maria seinen Gastfreunden »anzuempfehlen«. Sie hätten vielleicht begriffen, daß sein Entschluß gefaßt war, und hätten versucht, ihn zurückzuhalten. Das, was er schon einmal versucht hat, mit zuwenig Überzeugung, um schnell genug zu laufen – obwohl er doch die Kraft dazu hatte –, das, was er schon einmal versucht hat, mit genügend Selbstmitleid, um sich von Maria einholen und zurückführen zu lassen, das muß er jetzt, in dem Zustand, in dem er ist, notfalls auf den Knien rutschend, zur Vollendung bringen.

Ohne Aufheben. Ohne eine Spur oder Botschaft zu hinterlassen. Das wird nicht leicht sein. Seit drei Wochen, seit er sein endgültiges Schicksal ahnt, hat er die Gedanken daran verdrängt. Aber er hat nicht verhindern können, daß ihn von Zeit zu Zeit ein Alptraum heimgesucht hat, daß ihm ein Schauer den Rücken heruntergelaufen ist, wenn er an die Folter gedacht hat, daß ihm Zweifel gekommen sind, ob sein Mut in einem solchen Fall standhalten würde. Er gehört nicht zu dieser Spezies heroischer Irrer, die es fertigbringen, sich auf einem öffentlichen Platz mit Benzin zu übergießen und sich selbst zu verbrennen, um ein Zeichen des Widerstandes zu setzen. Er gehört auch nicht zu diesen Bombenbastlern, deren Ritual verlangt, daß Tyrann und Richter gemeinsam zerrissen werden. Für ein Mädchen zu sterben, indem man sich von einer Patrouille schnappen läßt, die einem den Gnadenschuß verpaßt, statt im stinkigen Eiter einer langsamen Agonie qualvoll zu krepieren, das ist wahrhaftig nicht sehr schmeichelhaft.

Aber was soll das! Es handelt sich nicht darum, *für* Maria zu sterben; es handelt sich darum, *ohne* Maria zu sterben, ihr sozusagen als Nebeneffekt das Leben zu schenken. Wenn es ebenso ehrenvoll wie dumm ist, für eine verlorene Sache zu sterben – verloren nur für eine gewisse Zeit und in einem bestimmten Teil der Welt –, wenn es absurd ist, seinem Mörder entgegenzugehen, dann ist es jedenfalls nicht absurd, diesen eines Opfers zu berauben. Und auch nicht, jemanden zurückzulassen. Wenn unser Weiterleben – das einzig sichere – die Dauer der Erinnerung im Herzen dessen ist, der uns liebt, ist es dann nicht der schönste Egoismus, dafür Sorge zu tragen?

Der Mond neigt sich. Adieu, Maria. Verletzt, gewiß, das wird sie sein, aber nur verletzt. In der Liebe, sagt sie, macht zwei weniger eins null. Für zwei Liebende, die sich trennen, kein Zweifel. Doch wenn der eine das Leben verliert, dann soll wenigstens der andere es behalten! Was hat es mit diesem »schönen Egoismus« auf sich, mit dem er sich noch schmückt? Wer gibt ihm das Recht, die Frau, die ihn verliert, zu dem trostlosen Leben einer Witwe zu verurteilen, nur um sich diese vage Symbiose einer Lebenden mit einem Toten zu sichern? Warum sollte das bißchen Glück, das ihnen beschieden war, ein ganzes Leben in Trauer verlangen? Maria hat sechzig Jahre Leben vor sich. Es gibt nur ein angemessenes Vermächtnis: Vergiß mich, und möge dir eine neue Liebe geschenkt werden, die wie ein Kind der unseren ist!

Der Mond neigt sich. Es wäre unklug zu warten, bis der Streifen Licht, der schon auf Marias Oberkörper fällt, ihr Gesicht erreicht und sie aufweckt. Vom Schlaf überrascht, liegt sie angezogen auf der Luftmatratze, eine Hand auf ihrer Brust, die sich hebt und langsam wieder senkt, während die andere Hand, schon vom Mondlicht erfaßt, unruhig mit den Fingern an der Decke zerrt, deren Würfelmuster an ein Drahtgitter erinnert.

Sie nicht mehr anschauen. Sie nicht mehr anschauen. *Ich möchte für dich etwas anderes tun, um dir zu beweisen, was du mir bist.* Jetzt ist die Gelegenheit da. Manuel hat das Bettuch zurückgestoßen. Er hat sich aufgerichtet, geräuschlos, Zentimeter für Zentimeter. Er hat sich auf den Rand des Bettes gesetzt. Er zögert, aufzustehen, aus Angst, er könnte umfallen. Der Schmerz hat nicht mehr den Charakter eines Lanzenstichs, er preßt ihn in eine Art Eisenkorsett, dessen Spitzen nach innen gerichtet sind. Er kann ihn ertragen, da er es will. Aber er fühlt sich weicher als schmelzendes Wachs. Ein wie Teer klebender Schweiß hat den Pyjama durchtränkt. Er zittert vor Schwäche wie Espenlaub. Wahrhaftig, es ist höchste Zeit; in ein oder zwei Tagen würde er zweifellos nicht mehr die Kraft haben, sich zu bewegen. Mit einer schwerfälligen Anstrengung steht er auf, die Beine schlottern ihm, er schwankt, rudert mit den Armen, er stützt sich mit einer Hand an der Wand ab, er folgt der Wand, er beginnt seine Runde durch das Zimmer, setzt einen nackten Fuß vorsichtig vor den anderen, auf einem Parkett, das zum Glück nicht knarrt.

Eine schweigsame Tour, die kein Ende nehmen will, die kurze Aufenthalte verlangt. Ruhepausen, die die Angst, Maria aufzuwekken, verkürzt. Die Kommode muß umrundet werden. Die Tür – halb geöffnet, um im Notfall Olivier zu rufen – wird an der Randleiste gepackt, die als Stütze dienen muß, wird gezwungen, sich langsam, ganz langsam zu drehen, um das verräterische Quietschen der Türangeln zu vermeiden.

Alarm! Maria hat sich auf ihrer Matratze umgedreht. Manuels Schläfen, an die Türfassung gepreßt, pochen wie verrückt. Aber er dreht sich weiter, ohne sich umzuschauen; er erreicht den Korridor, schiebt sich, Fuß vor Fuß, den Rücken an die Wand gelehnt, bis zur Haustür, deren Schlüssel, wie immer mit dem des Gartentörchens am selben Ring befestigt, im Schloß steckt.

Maria hatte sich im Schlaf umgedreht, das war alles. Könnte sie sich doch auch so einfach zur anderen Seite ihres Lebens umdrehen, wo er sie nicht mehr begleiten wird. Halb fünf. Im allgemeinen kommt hier gegen fünf Uhr die Streife auf ihrer dritten Runde vorbei. Manuels Plan scheint zu gelingen, und der Erfolg gibt ihm für kurze Zeit neue Kräfte.

Er hat die Haustür geöffnet, hat darauf geachtet, daß die Schlüssel nicht gegeneinander schlugen. Immer noch nicht fest auf den Beinen, zu Pausen gezwungen, die wie Stationen eines Kreuzweges sind, ist er zur Garage geschwankt, er hat sich an die Mauer gepreßt, er hat das Fahrrad gepackt.

Ein Fahrrad? In seinem Zustand? Gerade ein Fahrrad; zunächst dient es als Krücke, um den Garten zu durchqueren. Wer hat nicht schon einen Betrunkenen, in Schrägstellung auf die Lenkstange gestützt, dem nächsten Wirtshaus zusteuern sehen? Oder ihn, nachdem er sich unsicher das Rad zwischen die Beine geklemmt hat, in Zickzacklinien losfahren sehen, allmählich zu einem Gleichgewicht findend, das allein der Gewohnheit zu verdanken war? Das Villenviertel liegt auf einer Anhöhe. Die Straße fällt steil zur Avenue der Unabhängigkeit ab, die mit geringerem Gefälle dem Stadtzentrum zustrebt.

Am schwierigsten ist es gewesen, das Rad durch das Gartentörchen zu schieben, und vor allem, auf den Sattel zu kommen und diese ersten Pedaldrehungen zu schaffen, die ihm die Eingeweide zerrissen. Jetzt aber bewegen sich die Räder im Freilauf, beschleunigen die Fahrt den Hang hinunter, der zur Unterstadt führt. Es wird gut sein, in den Kurven zu bremsen. Sanft zu bremsen, denn wenn Manuel fällt, wird er nicht wieder aufstehen können, und die Sicherheit verlangt, daß er möglichst weit kommt.

Die Sicherheit! Ein lächerliches Wort, wenn es, seines gewöhnlichen Sinns entkleidet, den von Manuel gewählten erhält. Was hat er zu befürchten, außer daß er zu früh von den Henkern überrascht wird, zu denen ihn sein Weg führt. Wenn er ohne Därme wäre wie ein Hähnchen, das man zum Grillen ausgenommen hat, wenn er von diesem Bauch erlöst wäre, könnte er fast vergnügt sein. Das Ausgehverbot macht die Straßen so leer, daß er bestimmt noch zwei Kilometer zurücklegen kann, ohne daß sein Schwung gebremst wird. Er ist frei – wie das Rad, das unter ihm wie eine Kaffeemühle schnurrt. Er ist eine Herausforderung: an die Krankheit, an den gesunden Menschenverstand, an die etablierte Ordnung. Dieses tüchtige Zweirad, dessen Motor Manuels Gewicht ist – Ehre gebührt dir, o Schwerkraft, die du mich bald dem Reich der Schwerelosigkeit überantworten wirst! –, dieses tüchtige Zweirad erreicht schon die Avenue der Unabhängigkeit, auf der die Demonstrationszüge so oft zur Stadt hinuntergezogen sind. Zwischen den Mietshäusern, die die Villen abgelöst haben, zwischen den Bürgersteigen, die in Zonen von Schatten und Licht unterteilt sind – eine Laterne, ein Baum, eine Laterne, ein Baum –, defiliert ein Volk von Phantomen, dem unsichtbare Transparente vorausgetragen werden. Hier bin ich, meine Freunde, hier bin ich! Entschuldigt meine Verspätung!

Er fährt und fährt. Auf dieser langen geraden Strecke, deren Neigung über acht Prozent beträgt, erhöht sich die Geschwindigkeit immer mehr. Die Reifen singen. Der Wind bläht den Pyjama Manuels, dessen Brust starr vor Kälte ist. Er lacht. Was kümmert ihn eine Bronchitis oder sogar eine Lungenentzündung? Er lacht. Stellt euch das vor: Er ist einer der wenigen Menschen, die den Tag ihres Todes exakt vorhersagen können. Er lacht. Da er das Rädchen des Dynamos nicht an die Felge geklappt hat, rollt er ohne Licht: Er macht sich eines Verstoßes gegen die Straßenverkehrsordnung schuldig. Er lacht. Wenn man vom Teufel spricht, kommt er. Für den Bruchteil einer Sekunde hat er an einer Kreuzung, deren Ampel auf Gelb stand – *auf Ambra,* wie Selma als gute Skandinavierin sagen würde –, einen Jeep bemerkt, der in eine Querstraße abgebogen ist. Eine Minute früher, und er wäre in ihn hineingefahren. Gewiß, er hat kein präzises Ziel, aber dieses Fahrrad kann vielleicht mit seiner auslaufenden Geschwindigkeit noch die lange Horizontale überwinden, die zum Platz der Freiheit führt. Der Platz, wo er Maria kennengelernt hat. Der Platz, wo sie sich auf eine Bank gesetzt hat, die vor der Freiheitsstatue stand. Der Platz, wo Manuel auf derselben Bank das Ende erwarten und der einen wie der anderen die letzte Huldigung darbringen möchte. Wenn man nichts Besseres anzubieten hat, sind die Symbole keine Attrappen mehr.

Ein Pfeifentriller zerreißt die Nacht, deren öden Charakter das Übermaß von grellem Neonlicht unterstreicht. Ein Feuerstoß folgt. Ein einziger. Drei oder vier Straßen von hier hat man einen Vagabunden niedergemacht oder ihn verfehlt. Das Fahrrad verlangsamt seine Geschwindigkeit, als die Straße eben wird. Das Gleichgewicht, ein Effekt der Bewegung, droht verlorenzugehen. Achtung! Das Gebäude rechts ist der Senatspalast. Die Richtung halten, um jeden Preis. Nicht schwanken. Tief durchatmen: Das ist eine Übung, die schon bald überflüssig sein wird, die aber jetzt unbedingt notwendig ist, um den Sauerstoff für den letzten Kraftakt zu liefern.

Noch hundert Meter. Noch fünfzig. Das Surren des Freilaufs wird schwächer. Man müßte jetzt ein wenig nachhelfen, um Fahrt zu behalten, aber er ist völlig außer Atem, und sein von den Zacken des Pedals malträtierter Fuß beschleunigt den Sturz, den ein lautes Klappern von Eisenteilen und verschiedene Flüche untermalen. Das Fahrrad kann bleiben, wo es ist. Manuel steht nicht auf, sondern kriecht zu dieser Riesin in menschlicher Gestalt hin, die sich wie er um den Belagerungszustand nicht kümmert. Er hatte es ja gewußt, daß er, um sein Ziel zu erreichen, notfalls auf den Knien rutschen mußte.

22

Ein Wind war aufgekommen. Nicht diese kräftige, rauschende Brise, der die Kiefernnadeln im Park ihren harzig-frischen Duft mitteilen, sondern ein von Böen und Windstößen vorangetriebener Sturm, der an den Fensterläden rüttelte und die Haustür schlagen ließ, die offengeblieben war.

Maria war davon wach geworden. Mit dem leeren Bett konfrontiert, hatte sie sofort begriffen, und Bewunderung, Bestürzung und Zorn hatten sie der Reihe nach ergriffen. Dieser Held, dieser gemeine Schuft, er hatte es gewagt, sie zu verlassen, er hatte es gewagt, dies bißchen Zeit abzukürzen, das ihnen für ihr gemeinsames Leben blieb. Als ihr bewußt geworden war, daß seine Handlungsweise nicht nur vom Mut, sondern auch vom Delirium bestimmt war, hielten Gekränktheit und Stolz über seinen Opfergang einander die Waage. Sie war vor Entsetzen wie gelähmt.

»Olivier! Olivier!« stöhnte sie.

Und zu sich selbst sagte sie mit beherrschter Stimme:

»Wenn ihn sein Leben nicht interessiert, sondern das meine, ich kann mit gleicher Münze zahlen!«

Die Sprungfeder im Nachbarzimmer ließ ihr übliches Cis ertönen. Olivier erschien mit verschwollenen Augen, ein Gähnen unterdrükkend.

»Sie wollen doch nicht behaupten, daß er es geschafft hat...«

»Ich hatte das Exil akzeptiert«, sagte Maria, »aber nicht diese Art von Exil.«

Olivier schwenkte ratlos die Arme, konnte nur murmeln:

»Er hat Sie retten wollen.«

»Das ist genau das, was ich ihm vorwerfe.«

Ärgerlich, verstört, argwöhnend, daß Olivier nicht ohne Absicht mitten in der Tür stand, zog Maria nervös ihre Schuhe an. Wenn man für sich selbst den Entschluß faßt, sich aufzugeben, hat man dann das Recht, den anderen gegen seinen Willen zu retten? Wer kann sagen, für welche Seite das Opfer geringer ist? Die Liebe hat keine Reliquien. Hat die Natur sich jemals bemüht, ihre herrlichen Werke zu retten? Hätte diese rosa Blüte, die sich an Señora Gallos Fenster aus einem banalen runden Kaktus mit zwölf Rippen entfaltete, diese königliche Blüte, die aus einem Sporn mit üppigen Blättern und Staubgefäßen hervortrat, mit ihrem herrlichen Duft für einen einzigen Tag ihren eigenen Ruhm verkündend, hätte sie wieder Knospe werden können? Verwandeln sich die mit dem Regenbogen bekleideten Schmetterlinge wieder zur Raupe zurück?

»Er dürfte nicht sehr weit gekommen sein. Möglicherweise ist er im Garten«, sagte Olivier.

Das hätte er nicht sagen dürfen. Maria öffnete das Fenster, sprang schon. Das erste, was sie im Dunkel bemerkte, war ein weißer Fleck: Manuels Taschentuch, das ihm beim Garageneingang aus der Tasche gefallen war. Sie lief sofort darauf zu. In der Nähe des Wagens, der schläfrig auf seinen Reifen stand, in einen faden Geruch von Öl gehüllt, gab es nur noch ein Fahrrad – das von Selma. Olivier, um seine nackten Füße besorgt, war in sein Zimmer zurückgelaufen, um Pantoffeln anzuziehen. Als er endlich auf der Türschwelle stand, war Maria schon am Gartentörchen.

»Kommen Sie zurück, das ist Wahnsinn!« rief er. »Sie haben keine Chance, ihn zu finden. Und wenn es Ihnen gelingt, können Sie ihn nicht zurückbringen.«

Maria warf ihm noch einen Blick zu, winkte mit der Hand, aber sie antwortete nicht. Mit einem leichten Satz, der ihren Rock fliegen ließ, hatte sie sich auf das Rad geschwungen und trat stehend in die Pedale, daß sie sich fast die Knöchel verrenkte. Olivier lief bis zur Straße, um ihr mit den Augen zu folgen. Sie hatte sich gesetzt, die Haare flatterten im Wind, sie sauste, vom Gefälle der Straße getrieben und ihm die Führung anvertrauend.

23

Ein schönes Tête-à-tête zwischen einem Mann und einer Statue! Allerdings hat die Statue den Vorteil, daß sie aus Bronze ist; sie posiert sehr aufrecht, sehr würdig auf ihrem Sockel, von dem der General-Präsident sie nicht stürzen kann: Er braucht zu viele Alibis. *Platz der Freiheit,* die doch unterdrückt ist, *Avenue der Unabhängigkeit,* obwohl man doch immer vom Ausland abhängig gewesen ist, *Avenue der Verfassung,* wo sie doch zehnmal gewechselt worden ist und man die letzte abgeschafft hat, ohne sie zu ersetzen... Man tauft nicht um! Die Worte sind von großem Nutzen, um ihre Negation zu bemänteln – und nicht nur in diesem Land! Der gestrandete, unsäglich elende Mann, der wieder angefangen hat, sich zu erbrechen, der diesen prächtigen Platz entehrt – sollte der vielleicht das wirkliche, das wahre Sinnbild sein? Manuel schimpft leise vor sich hin:

»Diese Herren lassen auf sich warten!«

Die Statue läßt sich auf kein Gespräch ein. Statt dessen hört Manuel ein heiseres, zänkisches Liebesmiauen. Er ist von Katzen umgeben, die tänzeln, voltigieren, sich anknurren, sich nachjagen, vom Geruch der Brunst angelockt und von Phosphor sprühend. Ein Hund ist gerade vorbeigelaufen: Auch ihn beunruhigen keine Patrouillen. Die bodenständigen Bäume, die den Platz umstehen, ignorieren sie ebenso wie die wanderlustigen Zugvögel, die sich für eine Nacht auf ihre Zweige hocken, ganz still, die aber von Zeit zu Zeit ein Lebenszeichen geben, indem sie ihren Kot auf den Asphalt fallen lassen, der mit weißen Sternen übersät ist.

Aber jetzt bewegen sich die Vögel unruhig; sie schwirren durch das Laubwerk und fliegen hoch. Es sind hundert, es sind tausend, die schimpfend hin und her fliegen und unentschlossen in dieser violetten Zone kreisen, in der das Licht der dreikugeligen Straßenlaternen allmählich verblaßt. Aus der Tiefe der Avenue der Verfassung zieht ein Grollen auf, das sich sehr rasch zu einem Tosen verstärkt, zu einem ohrenbetäubenden Knallen und Knattern und Rasseln wird.

»Und das alles für mich!« sagt Manuel, der den Kopf hebt und blinzelt.

Nein, der Konvoi, der mit großer Geschwindigkeit heranbraust, überquert nur den Platz. Manuel – der sich an die sehr selektiven Rüstungsaufträge erinnert – erkennt zwei *M-60*, einen britischen *Chieftain* mit dem langen Rohr, einen deutschen *Leopard*, Aufklärungspanzer, Amphibientanks, Mörser auf Selbstfahrlafette, Begleitfahrzeuge. Kommen diese Raubtiere mit dem Stahlfell von der blutigen Niederschlagung eines Aufstandes in der Provinz zurück? Sind sie auf dem Wege dorthin? Will ein neuer General bei Morgengrauen den Präsidentenpalast stürmen? Die Gewalt kennt keine Ruhe, Herr General! Wie ein Witzbold treffend bemerkt hat: Man kann mit Bajonetten alles machen, nur nicht sich drauf setzen.

Auf jeden Fall werden sich diese tapferen Krieger, die den großen Donner mit sich führen, nicht damit aufhalten, einen armen Teufel wie ihn aufzulesen. Sie machen das Engrosgeschäft, den Detailkram überlassen sie anderen. Der letzte Riese – ein Pionierpanzer, der für einen Sturmangriff auf eine unbotmäßige Stadt sprechen könnte – pufft knallend glühende, stinkende Rauchwolken aus und verschwindet. Der Lärm läßt nach, hört schließlich auf. Die Vögel kehren auf ihre Zweige zurück, Manuel in seine Einsamkeit. Einige Lampen, die Jalousien in leuchtende Leitern verwandelten, erlöschen. Es ist fünf Uhr. Was macht Maria? Schläft sie noch?

»Wenn sie aufgewacht ist, muß sie mich verabscheuen!« sagt Manuel, der das Bedürfnis hat, den Klang seiner Stimme zu hören. »Aber schließlich hätten wir ja auch auf eine banalere Weise getrennt werden können.«

Das Aufstoßen setzt wieder ein, zerreißt ihm den Leib. Auch im Überschwang der Liebe muß man den Tatsachen ins Auge sehen, um nicht enttäuscht zu werden. Das Verlangen, das müde wird; die Körper, die sich daran gewöhnen, bewohnt zu werden wie Häuser; die Frau, in die man sich voller Illusionen verliebt hat und die man heiratet, um dann einer anderen zu begegnen, die die Richtige gewesen wäre; die Sorge um sich selbst, die die Sorge um den anderen in den Hintergrund drängt; die geschundene Zärtlichkeit, von kleinlichem Gezänk aufgerieben – das alles, Maria, werden wir nicht kennenlernen. Die Schulden, die Stundenpläne, die Monatsenden, die Verdrießlichkeiten mit dem Haus, mit dem aufreibenden Kleinkram, die Sorgen um Pflege, Wartung, Einrichtung, das Streben nach Erfolg, die Besitzwut, das alles bleibt uns erspart. Doch warum sollten diese

Dinge so verabscheuenswert sein? Gemeinsamkeit nutzt sich immer ab und reibt sich immer auf. Es gibt keine Liebe, die nicht ein Drama wäre, sie hat nur die Wahl zwischen zwei Schlußakten: entweder Vergessen oder Tod. Die unsere, intensiv und kurz...

»Schwachsinniger Idiot!« schreit Manuel.

Er krümmt sich. Die Anstrengung, die es ihn gekostet hat, aus der oberen Stadt bis hierher zu kommen, hat die Arbeit dieses geplatzten Blinddarms vollendet und die Ausbreitung der Infektion beschleunigt. Die Wirkung der letzten Spritze ist verpufft. Sein Bauch ist wie ein glühender Ofen, gefüllt mit dieser Höllenglut, die brennt, ohne zu verzehren – wenn man dem Anstaltskaplan des Waisenhauses glauben kann, diesem Verteiler frommer Bildchen zum Einlegen in das Gebetbuch. Idiot! Das ist nicht der Augenblick der Ausflüchte und Selbsttäuschungen. Maria ist in Sicherheit, gut, das ist schon etwas. Aber der Rest ist nur Scheitern. Ein doppeltes Scheitern. Durch ihr Versagen verurteilt die Politik auch den Liebenden. Wie es keine fossile Liebe gibt, so gibt es auch keine Blitzliebe. Kurz muß Spannung nur für die Zuschauer sein, die bequem in ihren Sesseln vor dem kleinen oder großen Bildschirm sitzend die dramatische Handlung verfolgen, die *The End* in neunzig Minuten erreichen muß. Eine Idee, eine Leidenschaft, das ist ein Kampf gegen die Zeit. Schön und gut ist nur, was Dauer hat, solange es dauern darf. Eine Idee, eine Leidenschaft, die verloren, zwei Feuer, die erloschen sind, das ist unerträglich für den, der nur an die Erde glaubt. Wenn es kein Weiterleben nach dem Tode gibt, dann kann ein Christ gelassen seinen Einsatz verlieren – er wird es nicht wissen. Aber die anderen...

Manuel erbricht sich wieder. Die Nacht weicht langsam dem Grauen des Morgens. Der Mond wird von einem fernen Kirchturm aufgepfählt und in zwei ungleiche Teile zerlegt. Unter der Statue faucht wütend eine Katze, die von einem Kater hart bedrängt wird. Ein plötzlicher Windstoß wirbelt schmierige Papierfetzen hoch, schüttelt die Bäume, deren Wipfel die Leere peitschen. Fast unhörbar rollt ein Wagen auf den Platz.

»Chef! Chef! Schauen Sie mal dort rechts! Da ist ein Kerl im Pyjama, auf der dritten Bank, der kotzt wie ein Reiher«, sagt eine junge, sehr aufgeregte Stimme.

»Noch ein Betrunkener!« sagt eine feiste Stimme verächtlich.

Eine Taschenlampe wirft einen flimmernden Kreis auf den Boden, der größer und ovaler wird, als er sich im Zickzack der Bank nähert und den Kopf des Delinquenten wie eine Aureole umhüllt.

»He, du, keine Bewegung, oder du bis tot«, schreit eine dritte Stimme. »Ein Betrunkener, ein Betrunkener... Das ist leicht gesagt. Dieser Kunde erinnert mich an jemanden. Matuz, gib mir die Fotos rüber.«

Nun hat also die letzte Prüfung begonnen. Wegen der Windböe hat Manuel das Fahrzeug nicht kommen hören, und da es von rückwärts kam, hat er es auch nicht gesehen. Er muß ein wenig den Kopf drehen, damit er die Soldaten aus den Augenwinkeln beobachten kann.

In fünfzehn Meter Entfernung hält ein bizarr aussehender Wagen, den man wohl am Tag nach dem Putsch so zusammengebastelt hat, um seiner Besatzung Schutz vor den auf den Dächern im Hinterhalt liegenden Scharfschützen zu geben. Seiten- und Rückwände sind durch starke Blechplatten bis in Kopfhöhe verstärkt, und außerdem besitzt der Wagen durch Scharniere verstellbare Klappen als Kugelfang, die man seitwärts oder nach oben auf das Dach schwenken kann – wie sie sich übrigens im Augenblick darbieten. Vier *Carabineros* haben an den Lippen vier Zigaretten kleben, aus denen vier rote Punkte durch den Rauch glühen. Diese Hüter der Ordnung sind vorsichtig: Unter den Helmen sieht man kaum mehr als Nasen direkt unter der Visierlinie eines leichten Maschinengewehrs. Eine lange Antenne schwankt an der Seite des Vehikels, in dem die gerade eingeschaltete Deckenbeleuchtung auf dem Vordersitz neben dem Fahrer einen rotgesichtigen Mann zeigt, dessen Blick zwischen dem Verdächtigen auf der Bank und den Steckbrieffotos hin- und hergeht. Eines der Fotos erregt seine Aufmerksamkeit. Er spuckt seinen Stummel aus und sagt verdutzt!

»Nicht möglich!«

Er ist offenbar der Chef, ein *Sargento.* Auf seiner schlecht rasierten Visage breitet sich ein verzücktes Lächeln bis über das Doppelkinn aus, er rollt die blassen Augen.

»Herrgott, Jungens, wir haben das große Los gewonnen! Das ist Manuel Alcovar. Ein solcher Fang ist bestimmt eine Medaille wert.«

»Er scheint in einem jämmerlichen Zustand zu sein«, sagt der Fahrer.

»Keine Sorge, der wird bald noch jämmerlicher sein!« lacht der Rotgesichtige höhnisch und dreht den Kopf nach hinten, wo seine Männer schon die Hände an den Türgriffen haben. »Nein, niemand steigt aus! Ich telefoniere. Auf Alcovars Steckbrief steht der Vermerk: *Sofort zu melden.* Wartet die Befehle ab und überwacht den

Kerl. Würde mich nicht wundern, wenn er Anrecht auf eine Spezialbehandlung hätte.«

Er greift zum Apparat, fügt ohne weitere Erklärung hinzu:

»Haltet die Taschenlampe auf ihn gerichtet, aber löscht alle anderen Lichter... Hallo? Hier Wagen neunzehn. Verstehen Sie mich? Hier Wagen neunzehn...«

Manuel versucht vergeblich, sich aufzurichten. Er gibt es schließlich auf. Wozu soll es gut sein, diese Bestien zu belauern, in deren Hände er schließlich sein Schicksal gelegt hat? Eine Farce würde es allerdings sein, wenn sie den Befehl bekämen, ihn zuerst ins Hospital zu schaffen. Zivilisierte Staaten reparieren im Prinzip die zum Tode Verurteilten vor der Vollstreckung, da das Gesetz ihnen verbietet, einen Menschen hinzurichten, der nicht bei guter Gesundheit ist. Hier ist das jedoch nicht gerade lokale Tradition. Aber den Gefangenen so weit zu Kräften zu bringen, daß er dem Verhör bis zum dritten Grad standhalten kann, das ist überall der Brauch. Gefährlicher Vollstreckungsaufschub! Was wird er auf die Frage antworten: »Wo hast du dich die letzten sechsundzwanzig Tage aufgehalten?« Zum Glück ist es wenig wahrscheinlich, daß die »Spezialbehandlung« lange Verzögerungen zuläßt; sie muß vielmehr Diskretion und Schnelligkeit vorschreiben. Zweifellos aufgrund einer über Funk erteilten Anordnung ruft der *Sargento* – der seinen Bericht immer noch nicht beendet hat – aufs Geratewohl:

»Manuel Alcovar!«

»Zur Stelle!«

»Will der mich verarschen, oder was?« knurrt der *Sargento.* »Na, die Hauptsache ist schließlich, daß er es wirklich ist.«

Machen Sie sich keine Sorgen! Dieser Jammerlappen, der sich auf einer vollgekotzten Bank herumlümmelt – zweifeln Sie nicht daran, *Sargento* –, das ist tatsächlich Manuel Alcovar, so leid ihm das tut – die Situation sollte mehr Würde verdienen. Und auch mehr Höflichkeit. Man würde gern diesen armen, schlechtbezahlten, rüde behandelten Unteroffizier fragen, was er bei der Aussicht empfindet, einen Mann liquidieren zu müssen, den er nicht kennt, der ihm nichts getan hat, der nur den Wunsch hatte, allen – Soldaten eingeschlossen – ein wenig mehr Glück zu bringen. Man würde gern, wie Thomas More auf dem Schafott, mit diesem fast unschuldigen Henker scherzen, der jetzt vor sich hin schimpft.

»Genau, was ich mir vorgestellt habe. Niemand hat Lust, diesem

Kerl da den Prozeß zu machen: Er würde den Gerichtssaal zur Rednertribüne umfunktionieren. Also nichts gesehen, nichts erkannt, kein Wort darüber, die Medaille kann man sich in den Arsch stecken, immer sind wir es, die die Drecksarbeit machen müssen. Laßt bloß die Scheinwerfer aus!«

Gut, gut. Es wird also das Massengrab sein, die Anonymität der Verwesung. Bah! Die ganze Erde als Mausoleum, das ist auch nicht schlecht. Nach einigen Monaten sind Freunde wie Feinde nicht mehr als Knochen vom *Homo sapiens,* die man vielleicht in zehntausend Jahren wieder ausgraben und mit der Kratzbürste reinigen wird – mit der gleichen Sorgfalt, der gleichen Neugier, wie sie heutzutage die Neandertaler-Spezialisten entfalten. Übelkeit, Bedauern, Angst, Trauer, Niederlage, Todesurteil für Herz und Körper: Schluß damit! Die beste Laparotomie der Welt ist...

»Chef!« schreit der Fahrer. »Aber nein, schauen Sie sich doch die mal an. Welche Frechheit!«

Es geht etwas vor sich. Der *Sargento* brüllt:

»Wartet! Wir wollen keine Zeugen. Das fehlte noch. Laßt die Wahnsinnige passieren.«

Zum letzten Mal hebt Manuel den Kopf. Die Wahnsinnige trägt ein graues Kleid mit Granatbesatz. Sie tritt mit aller Kraft in die Pedale, sie holt das Letzte aus sich heraus. Sie kommt aus der Avenue der Unabhängigkeit herausgeschossen, sie bearbeitet mit dem Daumen die Fahrradklingel, sie klingelt und klingelt, damit auch jeder auf sie aufmerksam wird.

»Nein!« schreit Manuel.

Sie hat ihn gesehen. Sie springt im Fahren ab, das Fahrrad kracht gegen einen Baum, ein Rad dreht sich weiter ins Leere, die Radnabe summt weiter ihr kleines Lied. Ich habe dir das Leben zum Geschenk gemacht, du schenkst mir deinen Tod: das ist absurd. Wenn du nicht die Schlüssel in der Haustür gelassen hättest, wenn ich in irgendeine Seitenstraße abgebogen wäre, wären wir nicht hier, ich nicht und du nicht: das ist absurd. Wenn man alles getan hat, um das zu vermeiden, und durch einen seltsamen Widerspruch einen Zustand erreicht hat, der dem Glück ganz nahe ist, wenn man diesen Augenblick erlebt, der es lohnt, gelebt zu haben, ihn erkennt, weil er auch der letzte sein wird: dann ist das alles absurd. Aber wie gut es ist! Maria hat nur einen gleichgültigen Blick auf den Wagen geworfen. Sie hat sich auf den Rand der Bank gesetzt, sie hat Manuels Hand in ihre genommen. Er flüstert:

»Hilf mir aufstehen, wenn du es kannst.«

Der Wind macht sich eine sehr lange Minute zunutze, um Staub aufzuwirbeln und fortzutragen. Der *Sargento* erstattet noch einmal Meldung. Schließlich räuspert er sich und sagt mit heiserer Stimme:

»Habt ihr mich genau verstanden? Sie versuchen zu fliehen. Wir sind gezwungen, von unseren Waffen Gebrauch zu machen.«

»Und das Mädchen?« fragt der Fahrer.

»Schade um sie. Aber sie ist seine Komplizin. Und die Toten, auch tote Mädchen, reden nicht.«

Manuel steht aufgerichtet. Damit er nicht umfällt, hat Maria sich schräg gegen ihn gelehnt. Sie sind eins. Ihre Haare sind ineinander verwoben, sie haben die Augen geschlossen. Maria, die kein Wort gesprochen hat, bewegt unmerklich die Lippen. Von einem Ende des Platzes zum anderen schallt das Echo zurück, läßt einige Fenster klirren, und die Vögel fliegen wieder einmal auf in einer grauen Morgendämmerung, die von kurzen Blitzen durchlöchert wird.

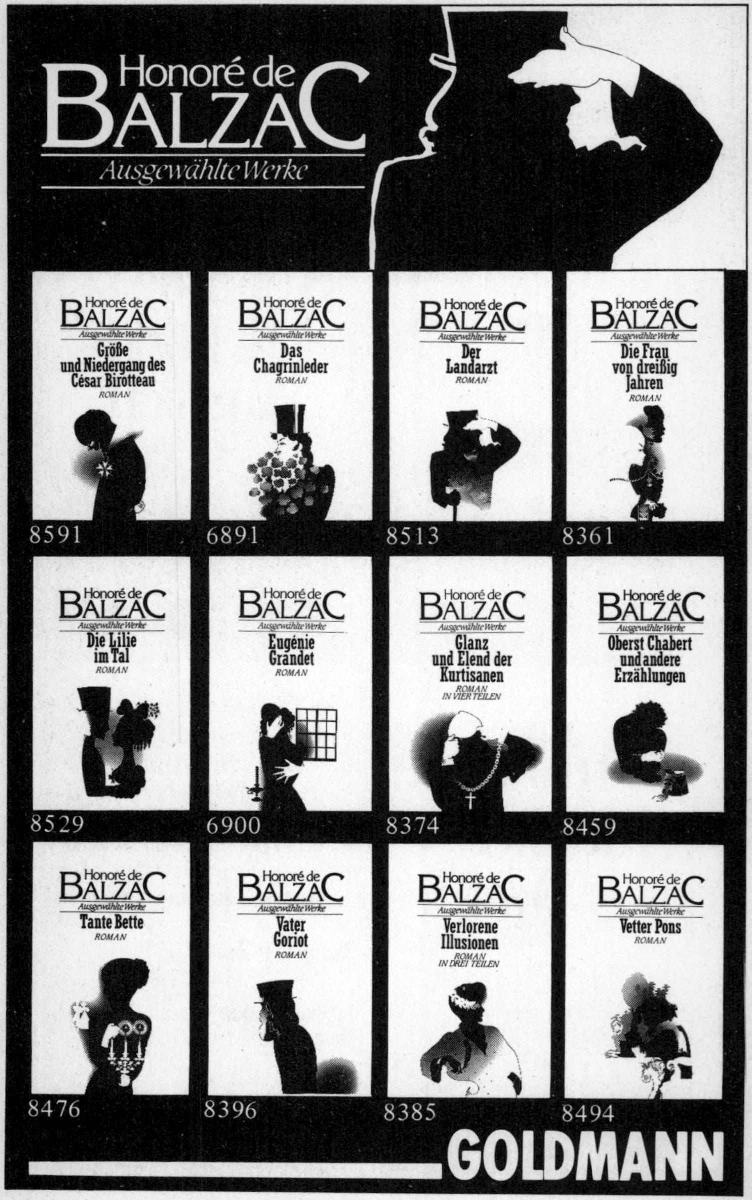

Honoré de BALZAC
Ausgewählte Werke
Größe und Niedergang des César Birotteau ROMAN
8591
Das Chagrinleder ROMAN
6891
Der Landarzt ROMAN
8513
Die Frau von dreißig Jahren ROMAN
8361
Die Lilie im Tal ROMAN
8529
Eugénie Grandet ROMAN
6900
Glanz und Elend der Kurtisanen ROMAN IN VIER TEILEN
8374
Oberst Chabert und andere Erzählungen
8459
Tante Bette ROMAN
8476
Vater Goriot ROMAN
8396
Verlorene Illusionen ROMAN IN DREI TEILEN
8385
Vetter Pons ROMAN
8494
GOLDMANN